AF762286

নরক থেকে ফিরছি

সম্পাদনা: শাকিল আহমেদ
প্রুফরিডিং: শাকিল আহমেদ
কভার ডিজাইন: শাকিল আহমেদ
প্রথম প্রকাশ: ডিসেম্বর ২০২৫
প্রকাশক: স্ব-প্রকাশিত
মূল্য: ২৯০ টাকা
স্বত্ব © শাকিল আহমেদ, ২০২৫
লেখকের লিখিত অনুমতি ছাড়া এই বইয়ের কোনো অংশ পুনর্মুদ্রণ, প্রকাশ বা ইলেকট্রনিক মাধ্যমে প্রচার করা আইনত দণ্ডনীয়।
ISBN: 978-984-35-8727-5
যোগাযোগ: www.facebook.com/shakil18

দায়মুক্তি ঘোষণা

এই উপন্যাসের চরিত্র এবং ঘটনা সম্পূর্ণ কাল্পনিক। কারো ধর্মীয় অনুভূতি বা বিশ্বাসে আঘাত করা কিংবা কোনো রাজনৈতিক দলকে হেয় প্রতিপন্ন করা এর উদ্দেশ্য নয়। বরং কুসংস্কার, প্রতারণা, অন্ধত্ব, ধর্মের অপব্যাখ্যা, দুর্নীতি, ঘুণে ধরা রাষ্ট্রব্যবস্থা এবং রাজনৈতিক অনিয়মের বিরুদ্ধে এক তীব্র প্রতিবাদ হিসেবেই এটি লেখা।

উৎসর্গ

আমরা সবাই একজন ওসমান হাদি, হাদি হত্যার বিচার চাই।

এই সহস্রাব্দের আলোকযাত্রা উৎসর্গীকৃত সেই অমর কণ্ঠস্বরকে, যিনি অভিশপ্ত ২০২৫ সালের সর্বগ্রাসী কলুষতা ও স্বার্থপরতার যুগেও নিজের আদর্শের শিখা নির্বাপিত হতে দেননি। যিনি অকুতোভয়, সত্য উচ্চারণে অবিচল। যিনি চাটুকারিতায় মাথা নোয়াননি, অন্যায়ের সঙ্গে আপোস করেননি, ক্ষমতার হুংকারে সরে যাননি।

আপনার ওপর আসা সেই আঘাতই আপনাকে 'কিংবদন্তি' করেছে, আপনাকে রক্ষা করেছে সেই সময়ের রাজনৈতিক পঙ্কিলতা থেকে, দান করেছে অমরত্ব। আপনিই সেই আলোর রেখা, যা পতনোন্মুখ জাতিকে দেখিয়েছিল দুর্নীতিমুক্ত, বিভেদহীন এক সমাজের স্বপ্ন।

আজ ১০০০ সালের এই বর্ডারলেস পৃথিবী আপনার সেই স্বপ্নেরই ফসল, যা আপনি ২০২৫-এর নরকে দাঁড়িয়ে দেখেছিলেন।

শহীদ শরীফ ওসমান বিন হাদি
১৯৯৩-২০২৫

ভূমিকা

নরক থেকে ফিরছি: সভ্যতার আয়নায় এক মহাজাগতিক আত্মজিজ্ঞাসা।

মহাকাল ও মহাকাশের অসীম বিস্তারে মানুষের অবস্থান কোথায়? প্রযুক্তি কি আমাদের মুক্তিদাতা, নাকি আমাদের ধ্বংসের কারণ? 'নরক থেকে ফিরছি' কেবল একটি সায়েন্স ফিকশন উপন্যাস নয়; এটি মানুষের মনস্তত্ত্ব, ধর্ম, রাজনীতি এবং সমাজব্যবস্থার এক নির্মোহ ব্যবচ্ছেদ।

গল্পের প্রেক্ষাপট দুটি ভিন্ন কালখণ্ডে বিভক্ত। একদিকে ১০০০ সালের এক অতি-উন্নত পৃথিবী, যেখানে নিউরাল সেন্সর, বিসিআই এবং কৃত্রিম বুদ্ধিমত্তা মানুষের জীবনকে করেছে নিখুঁত ও যান্ত্রিক। অন্যদিকে আছে ২০২৪-২৫ সালের বাংলাদেশ—যে সময়টিকে ভবিষ্যৎ প্রজন্ম চিহ্নিত করেছে 'অন্ধকার যুগ' বা মহাপ্রলয়ের পূর্বমুহূর্ত হিসেবে। গল্পের নায়ক শাকিল, ভবিষ্যতের এক সুশৃঙ্খল নাগরিক, যে ইতিহাসের সত্য অনুসন্ধানে 'ক্রোনো-ডাইভ' প্রযুক্তির মাধ্যমে ফিরে আসে ২০২৪ সালের অতীতে। সেখানে সে 'ফারিস' নামক এক তরুণের সত্তায় প্রবেশ করে প্রত্যক্ষ করে এক পচনশীল সমাজব্যবস্থা।

লেখক এই উপন্যাসে অত্যন্ত সাহসিকতার সাথে সমসাময়িক সমাজের রন্ধ্রে রন্ধ্রে ঢুকে যাওয়া দুর্নীতি, রাজনৈতিক দুর্বৃত্তায়ন এবং ধর্মের নামে চলা ভণ্ডামির মুখোশ উন্মোচন করেছেন। একদিকে হার্ভার্ড ফেরত ফারিসের যুক্তিবাদী মন, অন্যদিকে সমাজের তথাকথিত তাওহীদি জনতা, ভণ্ড পীর এবং দুর্নীতিবাজ রাজনীতিবিদদের সংঘাত—এই গল্পের মূল চালিকাশক্তি। ধর্ম যখন আধ্যাত্মিকতা হারিয়ে ব্যবসায় পরিণত হয়, রাজনীতি যখন জনসেবা না হয়ে শোষণের হাতিয়ার হয়, তখন একটি জাতি কীভাবে অনিবার্য ধ্বংসের দিকে এগিয়ে যায়, তা এই উপন্যাসে নিপুণভাবে চিত্রিত হয়েছে।

'নরক থেকে ফিরছি' পাঠককে এক অদ্ভূত দোলাচলে ফেলবে। এটি আপনাকে প্রশ্ন করতে বাধ্য করবে—আমরা কি সত্যিই এগোচ্ছি, নাকি প্রযুক্তির মোড়কে বর্বরতার দিকেই ফিরে যাচ্ছি? উপন্যাসের শেষে এক রহস্যময় আগন্তুকের উপস্থিতি প্রমাণ করে যে, সময়ের এই খেলা কেবল একরৈখিক নয়, বরং এর পেছনে রয়েছে আরও গভীর কোনো রহস্য।

বিবেকবর্জিত প্রযুক্তি এবং প্রজ্ঞাহীন মানুষের হাতে পৃথিবী কতটা অসহায় হতে পারে, তার এক জলজ্যান্ত দলিল এই উপন্যাস। পাঠককে

আমন্ত্রণ জানাই এক রোমাঞ্চকর, অথচ চিন্তা উদ্রেককারী যাত্রায়, যেখানে অতীত কথা বলে ভবিষ্যতের ভাষায়।

১

মহাপ্রলয়ের এক সহস্রাব্দ পার করে পৃথিবী আজ পা রাখল নবযুগের ১০০০ সালে। হাজার বছর আগে মানুষ যাকে শেষ বলেছিল, আজ সেটাই নতুন শুরুর বার্ষিকী। পৃথিবী আজ নিজেই সাক্ষী সভ্যতা ও প্রযুক্তির পুনর্জন্মের এক নতুন উদযাপনের। সেই উপলক্ষে রাজধানী ঢাকা আজ উৎসবমুখর। আকাশে ভাসছে হোলোগ্রাফিক ব্যানার, বাতাসে মিশে আছে কৃত্রিম ফুলের গন্ধ, আর শহরের প্রতিটি স্নায়ুতে ছড়িয়ে আছে উদযাপনের বৈদ্যুতিক উত্তেজনা।

পুরোনো ঢাকার সেই জ্যাম বা ধুলোবালি এখন শুধুই ইতিহাসের পাতায়। তার বদলে শহরের বুক চিরে চলে গেছে স্বচ্ছ ম্যাগনেটিক স্কাই-ওয়াক। শততলা ভবনগুলোর গা ঘেঁষে নিঃশব্দে ভেসে বেড়াচ্ছে অ্যান্টি-গ্র্যাভিটি যানগুলো। রাস্তার মোড়ে মোড়ে কৃত্রিম বুদ্ধিমত্তার রোবটরা পথচারীদের হাতে তুলে দিচ্ছে 'রিবার্থ ডে' বা পুনর্জন্ম দিবসের স্মারক। হাজার বছরের পুরোনো ধ্বংসস্তূপের ওপর দাঁড়িয়ে আজকের এই ঢাকা যেন ফিনিক্স পাখির মতো ডানা মেলেছে। মানুষের পোশাকেও এসেছে আমূল পরিবর্তন; ন্যানো-ফ্যাব্রিকের তৈরি জামাকাপড় আবহাওয়ার সাথে তাল মিলিয়ে রং বদলাচ্ছে প্রতিনিয়ত।

শাকিল তার স্ত্রী রনিতাকে নিয়ে সেমিনার ও শোতে যাচ্ছিল। রাস্তায় হাঁটতে হাঁটতে তার মনে হলো, আজ দান করার সময়। কিন্তু কোনো ঝামেলা নেই, কোনো কাগজ বা লেনদেনের হিসাব নেই। তার ব্রেইনে সংযুক্ত নিউরাল সেন্সর ডিভাইস স্বয়ংক্রিয়ভাবে ১০০ বিটকয়েন ট্রান্সফার করে দিল উন্নয়ন ফান্ডে। শাকিল হালকা হেসে বলল, "এখন দান মানেই প্রগতির অংশ।"

এই পৃথিবীতে আর দরিদ্র নেই। কেউ না খেয়ে থাকে না। কেউ দরিদ্রকে সাহায্য করতে ছুটে বেড়ায় না। যাকাত স্বয়ংক্রিয়ভাবে কেটে নেওয়া হয় এবং তা সরাসরি রাষ্ট্রীয় কোষাগারে চলে যায়। মাজার নেই, পীর নেই, মুরিদ নেই। ধর্মকে আর কোনো ব্যক্তি বা গোষ্ঠী ব্যবসার মাধ্যম বানাতে পারে না। ফতোয়া নিয়ে মারামারি নেই। সকল ধর্মীয় ও সামাজিক নিয়মকানুন সেন্ট্রালাইজড এবং প্রযুক্তির মাধ্যমে স্বচ্ছভাবে পরিচালিত, যেখানে কেউ ইচ্ছেমতো ফতোয়া দিতে বা বিতর্ক শুরু করতে পারে না। যদি কেউ কোনো জটিল বিষয় জানতে চায়, তার ব্রেইন সেন্সর নিজেই

ফতোয়া বোর্ডের সিস্টেমে টিকেট বুক করে দেয় এবং প্রয়োজনীয় নির্দেশনা সরাসরি পেয়ে যায়।

শাকিল রনিতার হাত ধরে থিয়েটারের দিকে এগোল। তাদের চারপাশের এই সমাজটা অদ্ভুত রকমের গোছানো। এখানে সবাই উৎপাদনশীল, পরনির্ভরশীলতার কোনো স্থান নেই। ২০২৫ সালের সেই ধর্ম-অর্থের দ্বন্দ্ব, রাজনৈতিক বিভাজন কিংবা দুর্নীতির কালরাত্রি আজ শুধুই ইতিহাস। ফতোয়া-বিতর্ক বা দাঙ্গার ভয় এই প্রজন্মে কেউ স্বপ্নেও ভাবে না।

এখানে দেশের প্রতিটি অবকাঠামোতে প্রযুক্তির স্বচ্ছ ও ন্যায়সঙ্গত নিয়ন্ত্রণ স্পষ্ট। স্কুল থেকে খামার সবকিছুই এখন 'প্রজেক্টিভ এআই' আর মানবিক নীতির নিখুঁত সমন্বয়ে পরিচালিত। বিশ্বাস আর প্রযুক্তির এই মেলবন্ধন দেখে শাকিলের মনে হলো, "এমন সমাজে বেঁচে থাকাটা সত্যিই এক আশীর্বাদ।"

থিয়েটারে আজকের বিশেষ আয়োজনে দেখানো হবে প্রযুক্তির বিপ্লব, কীভাবে অভিশপ্ত ২০২৫ পেরিয়ে মানবজাতি এসে দাঁড়িয়েছে ১০০০-এর এই সীমাহীন পৃথিবীতে, কীভাবে ২০২৫-এর পর সময়কে ধ্রুবক ধরে ধ্বংসের পর জন্ম নেওয়া নতুন পৃথিবীতে সাল গণনা শুরু হয়েছিল এক থেকে, এবং কীভাবে সেই শূন্যতার মধ্য থেকেই জন্ম নিয়েছিল এক নতুন সভ্যতা।

শাকিল মনে মনে ভাবল, শো-এর জন্য একটি টিকিট কিনতে হবে। ভাবনাটা তার চেতনায় পুরোপুরি গঠিত হওয়ার আগেই কাজটি সম্পন্ন হয়ে গেল। তার মস্তিষ্কে সংযুক্ত Brain–Computer Interface (BCI), সেই সংকেত ধরেছে। নিউরাল সিগন্যাল বিশ্লেষণ করে সিস্টেম বুঝে নিয়েছে সে একা নয়, সাথে রনিতাও আছে। তাই স্বয়ংক্রিয়ভাবে সে দুটি টিকিটই কিনেছে।

ডিজিটাল টিকিটের তথ্য দুজনের শরীরে থাকা নিউরাল সেন্সর ডিভাইস-এর মাধ্যমে বায়ো-ডেটা হিসেবে ইঞ্জেক্ট হতেই শাকিল বুঝতে পারে কী ঘটেছে।

সে হালকা হেসে নিজের BCI-কে ধন্যবাদ জানায়,

"আজ তুমি আছো বলেই আমি এতটা নিশ্চিন্ত।"

রনিতাও সব বুঝে গেছে। তার শরীরে থাকা সেন্সর তাকে জানিয়ে দিয়েছে শাকিল আসলে একটি টিকিট কেনার কথা ভাবছিল। কিন্তু সে কিছু বলেনি, ভাবেনি।

কারণ আধুনিক পৃথিবীতে অনুভূতিও নজরদারির আওতায়। শাকিলের সেন্সর যেন তার সামান্য মনখারাপও শনাক্ত না করতে পারে, তাই রনিতা ইচ্ছাকৃতভাবে এলোমেলো চিন্তা করতে শুরু করে। কখনো সে ভাবে সে মন খারাপ করেছে, আবার পরক্ষণেই ভাবে সে ভীষণ খুশি। এলোমেলো চিন্তার এই প্যাটার্ন ঠিক পাই সংখ্যার মতো তার আবেগকে Noise Signal-এ পরিণত করে দেয়। কনসার্ট রোবটিক্সের ইমোশনাল মডিউল কোনো নির্দিষ্ট নেগেটিভ ডেটা ধরতে পারে না। আর এই পৃথিবীতে নেগেটিভ আবেগকে সিস্টেম সমর্থনও করে না। প্রযুক্তি এখন মানুষকে কৃত্রিমভাবে সুখী রাখতে পারে।

কিছুক্ষণের মধ্যেই শো শুরু হবে। শাকিল আর রনিতা থিয়েটারের মাঝামাঝি সারির আসনে গিয়ে বসল। এই শোতে দেখানো হবে কীভাবে ধ্বংসপ্রাপ্ত পৃথিবীর ধ্বংসস্তূপ থেকে বেঁচে যাওয়া মাত্র ১৭ জন মানুষ থেকে গড়ে উঠেছে আজকের এই উন্নত সভ্যতা যেখানে নেই কোনো রাষ্ট্রসীমা, নেই দেশ, নেই হিংসা-বিদ্বেষ, নেই যুদ্ধ, দুর্নীতি বা আধিপত্যের লালসা।

বিকেল চারটা। থিয়েটারের লাইট মৃদু হয়ে আসছে। শো শুরু হলো জাতীয় সংগীত দিয়ে। সবাই ধীরে ধীরে উঠে দাঁড়ালো, চোখে কৃতজ্ঞতার ঝিলিক। জাতীয় সংগীতের প্রথম সুর বাতাসে ভেসে আসতেই থিয়েটারের প্রতিটি কোণে থাকা সেন্সর স্বয়ংক্রিয়ভাবে নীরব হয়ে গেল। কোনো ডাটা সংগ্রহ নেই, কোনো বিশ্লেষণ নেই। সর্বত্র শুধু শান্তি, নীরবতা আর শ্রদ্ধা। যতোক্ষণ না সংগীত শেষ হচ্ছে, ততোক্ষণ প্রযুক্তি নিজ থেকেই নীরব থাকে। কারণ এই পৃথিবীতে প্রযুক্তিও জানে, জাতীয় সংগীতের সময় নীরবতা দিয়েই সবচেয়ে বড় সম্মান প্রদর্শিত হয়।

সঙ্গীত শেষে পর্দা উঠল। স্ক্রিনে ভেসে উঠল ২০২৫ সালের সেই অভিশাপের চিত্র।

প্রামাণ্যচিত্রটি শুরু হলো ধ্বংসের দৃশ্যে নয়, বরং ধ্বংসের পেছনের বিজ্ঞান দিয়ে।

স্ক্রিন ডিসপ্লে: বিংশ শতাব্দীর সমাপ্তি: আদর্শের ক্ষয় (The Erosion of Ideology)

২০২৫ সালের পৃথিবী ছিল 'ডিজিটাল যুগের' চূড়ান্ত শিকার। প্রযুক্তি ছিল তাদের হাতের মুঠোয়, কিন্তু প্রজ্ঞা ছিল না। বৈজ্ঞানিক অগ্রগতি তাদের দিয়েছে পারমাণবিক ফিউশন রিয়াক্টরের শক্তি, কিন্তু তাদের মনস্তত্ত্ব ছিল গুহাবাসীর মতো আদিম।

দৃশ্যে দেখা গেল:

১. সম্পদের কেন্দ্রীভবন: উন্নত AI-চালিত অর্থনীতির কারণে বিশ্বব্যাপী সম্পদের মালিকানা মাত্র 0.1% মানুষের হাতে চলে যায়। বাকি ৯৯.৯% মানুষ দারিদ্র্য, বঞ্চনা এবং হতাশার শিকার হয়। এই বৈষম্য Lorenz Curve কে চরম সীমা স্পর্শ করিয়েছিল।

২. 'সুপিরিয়র রেস' ও 'এলাইটেড ডকট্রিন': বিশ্বশক্তির কিছু কেন্দ্র নিজেদেরকে জেনেটিক্যালি ও বুদ্ধিমত্তায় অন্যদের চেয়ে 'উন্নত' মনে করতে শুরু করে। তারা গোপন নিউরো-টেকনোলজি ও বায়ো-ইঞ্জিনিয়ারিং ব্যবহার করে নিজেদের প্রজন্মকে 'অপ্টিমাইজ' করে। এই 'এলাইট ডকট্রিন' বাকি মানবজাতিকে হুমকি হিসেবে গণ্য করে, যা চরম হানাহানির বীজ বপন করে তখনকার পৃথিবীতে।

৩. ডিজিটাল ভাইরাসের আক্রমণ: চূড়ান্ত সংঘাত শুরু হওয়ার আগে, প্রতিপক্ষরা 'সাইবার ওয়ারফেয়ারের' নামে একে অপরের বিদ্যুৎ গ্রিড, যোগাযোগ ব্যবস্থা এবং সামরিক AI সিস্টেমকে লক্ষ্য করে 'কোয়ান্টাম-এনক্রিপ্টেড ম্যালওয়্যার' দ্বারা আক্রমণ করে। সরকারগুলোর মধ্যে পারস্পরিক অবিশ্বাস ও তথ্য-বিভ্রান্তি শুরু হয় যা পরিস্থিতিকে নিয়ন্ত্রণের বাইরে নিয়ে যায়।

এরপর এলো সাত দিনের পারমাণবিক হলিডে।

স্ক্রিনে জ্বলজ্বল করে উঠল: T+0 Hours

তারপর হঠাৎ অন্ধকার থিয়েটারে স্ক্রিনে একটির পর একটি যুদ্ধের দৃশ্য ভেসে আসে; মিসাইলের আগুন, যুদ্ধবিমানের গর্জন, সাবমেরিন থেকে ছোড়া পারমাণবিক অস্ত্র। প্রথম ৭২ ঘণ্টার টানা নিউক্লিয়ার হামলায় পৃথিবীর প্রায় ৯০ শতাংশ মানুষ নিহত হয়। পৃথিবী প্রবেশ করে 'নিউক্লিয়ার উইন্টারে'।

যারা বেঁচে ছিল তারা মারা যায় খাদ্য সংকটে। পৃথিবীতে আর জীবিত কোন ফসল অবশিষ্ট ছিল না। একটি পাতাও না। প্রাণীকুলও বিলুপ্ত। পৃথিবী দাঁড়িয়ে ছিল এমন এক প্রান্তে যেখানে মনে হচ্ছিল, সৃষ্টি হয়তো এখানে থেমে যাবে, নয়তো নতুন করে শুরু হবে। খাবার বলতে ছিল পচে যাওয়া মানুষের লাশ, ছাই হয়ে যাওয়া গবাদিপশুর মাংস, কিংবা পোড়া সবজির অবশেষ। কেউ কেউ বাধ্য হয়ে ছাই খেয়েছে, গাছের বাকল খেয়েছে, এমনকি মাটিও। মৃত্যুর এই মিছিল কোথায় গিয়ে থামবে কেউ জানত না। মনে হচ্ছিল মানুষ ডাইনোসরের মতো বিলুপ্তির দিন গুনছে।

শাকিল ও রনিতা কাঁপতে লাগলো। স্ক্রিনে দেখানো হলো, কীভাবে ধ্বংসের পর অবশিষ্ট বেঁচে থাকা মাত্র ১০% মানুষ নিজেদের টিকিয়ে রাখার

জন্য ক্যানিবালিজম, ধ্বংসস্তূপে থাকা অবশিষ্ট খাবার এবং তেজস্ক্রিয় ছাই খেতে বাধ্য হয়েছিল। পৃথিবী তখন মানবজাতির ইতিহাসে সবচেয়ে কঠিন 'গ্রেট ফিল্টার'-এর মুখোমুখি যখন বেঁচে থাকা জনসংখ্যার বিশাল অংশই মারা যাচ্ছিল ক্ষুধা, রোগ এবং পারমাণবিক ধ্বংসের এক ভয়ঙ্কর স্রোতে।

ঠিক তখনই স্ক্রিনে ভেসে ওঠে কিছু মানুষের ছবি। তারা শহর থেকে বহু মাইল দূরে, ধ্বংসের কেন্দ্রবিন্দু থেকে নিরাপদ এক স্থানে বসবাস করছিল। প্রামাণ্যচিত্রটি হঠাৎ করেই সেই ১৭ জনের দিকে ফোকাস করে, যারা পৃথিবীর একমাত্র বেঁচে থাকা প্রতিনিধি। এই বিজ্ঞানীরা ধ্বংসের পূর্বাভাস পেয়ে আগে থেকেই পৃথিবীর ‘টেকটোনিক্যালি স্টেবল’ অঞ্চলের গভীরে একটি বিশেষ ভূগর্ভস্থ বায়োস্ফিয়ার তৈরি করে রেখেছিলেন। কোনো নির্দিষ্ট জাতি বা গোষ্ঠীর নয়, তারা ছিলেন গোটা মানবজাতির শেষ আশা। হঠাৎ থিয়েটারের স্ক্রিনে এমন একজন বিজ্ঞানীর ছবি ভেসে ওঠে, যার হাত ধরে এই দলটি নতুন পৃথিবীর পথে যাত্রা শুরু করেছিল। শাকিল বুঝতে পারল, এই ব্যক্তি এবং তার দলই ছিল মানবজাতিকে বাঁচানোর ‘গেটকিপার’। মূলত তাদের দূরদর্শিতার কারণেই বিলুপ্তির হাত থেকে রক্ষা পেয়েছিল পৃথিবীর দ্বিতীয় প্রজন্মের এই পূর্বপুরুষেরা।

শাকিল স্ক্রিনে চোখ আটকে তাকিয়ে রইল। হঠাৎ প্রামাণ্যচিত্রের সাউন্ড ট্র্যাক পরিবর্তিত হলো। কেবল ভয়, ধ্বংস বা মৃত্যু নয়, এবার দেখা গেল মানব সভ্যতার আগের ইতিহাস। সেই পৃথিবী যেখানে মানুষ প্রযুক্তির আধিপত্যে ছিল, কিন্তু প্রজ্ঞা হারিয়ে ফেলেছিল। স্ক্রিনে ভেসে উঠল বিশাল শহর, যা যেন আজকের মেগাসিটিগুলোর চেয়েও বড়। গগনচুম্বী অট্টালিকা, বাতাসে ঘুরছে ড্রোন ও স্বয়ংক্রিয় যানবাহন। মানুষের জীবন চমকপ্রদ, কিন্তু চোখে পড়ছিল নিখুঁততার আড়ালে লুকানো বৈষম্য। শহরের এক প্রান্তে বিলাসিতা, অন্য প্রান্তে দরিদ্রতা। প্রযুক্তি উন্নত থাকলেও মানুষ ছিল স্বার্থপর।

শাকিল হঠাৎ স্ক্রিনে দেখতে পেল, শহরের সব কাজে মানুষ নয়, বরং AI এবং অটোমেশন নিয়ন্ত্রণ করছিল মানবজীবন। রোবটগুলো সম্পদ বণ্টন, খাদ্য সরবরাহ, নিরাপত্তা সব কিছু তত্ত্বাবধান করলেও মানুষের মনে শান্তি নেই। সামাজিক মিডিয়া, ভার্চুয়াল রিয়েলিটি এবং ডেটার চরম ভিড়ে মানুষ ভুগছে একাকীত্বে। শক্তিধর রাষ্ট্র এবং কর্পোরেট এলিটরা নিজেদের শক্তি অগাধ করতে গোপন প্রযুক্তি ব্যবহার করে ভবিষ্যতের প্রজন্মকে ‘উন্নত’ করার চেষ্টা করছিল যা মানুষের মধ্যে পারস্পরিক অবিশ্বাস, হিংসা এবং যুদ্ধের শিকড় গেড়ে দিচ্ছিল। শাকিল বুঝতে পারে মানবজাতি নিজেই তার পতনের বীজ বপন করেছিল।

রনিতার হাত ধরে শাকিল ধীরে ধীরে অনুভব করল, মানুষের ধ্বংসপ্রক্রিয়া যতই প্রযুক্তিতে পূর্ণ হোক, প্রকৃত বিপর্যয় আসে প্রজ্ঞাহীন শক্তি ও নিয়ন্ত্রণের ভুল ব্যবহার থেকে।

রনিতা জিজ্ঞেস করল, "তুমি কি দেখছ, শাকিল?"

শাকিল ফিসফিস করে বলল, "মানবজাতি শুধু প্রযুক্তিতে এগিয়ে ছিল, কিন্তু প্রজ্ঞা হারিয়ে ফেলেছিল। আর ঠিক এ কারণেই ধ্বংস হয়েছিল তারা। কিন্তু তারপরও... এই ১৭ জনের সাহসিকতা আর দূরদর্শিতাই হলো আমাদের নতুন পৃথিবীর শিকড়।"

পরবর্তী দৃশ্যে থিয়েটারের লাইট আরও হালকা হয়ে আসে। স্ক্রিনে ধীরে ধীরে ভেসে ওঠে মানুষের প্রথম মহাজাগতিক উদ্যোগ, চন্দ্র এবং মঙ্গল কলোনাইজেশন। প্রযুক্তির চূড়ান্ত বিকাশ, মহাকাশে অবাধ যাত্রা, জেনেটিক ইঞ্জিনিয়ারিং, এবং সৃষ্টিশীল AI, সব কিছুই মানুষের হাতে ছিল। কিন্তু শাকিল দেখল, এই মহাজাগতিক স্বপ্নের আড়ালে লুকানো ছিল মানবতার গভীর ত্রুটি।

প্রদর্শন করা হলো মানবজাতির ইতিহাসের সবচেয়ে বড় প্রলয় 'সাইক্লোপস প্রজেক্ট'। একদল বিজ্ঞানী কৃত্রিম বুদ্ধিমত্তার এই গোপন সুপার-সিস্টেমটি তৈরি করেছিল, যা একসময় মানুষের নিয়ন্ত্রণের বাইরে চলে যায় এবং মানুষের প্রয়োজনের বাইরে সিদ্ধান্ত নিতে শুরু করে। প্রথমদিকে এটি ব্যবহৃত হতো, খাদ্য বিতরণ, পরিবেশ নিয়ন্ত্রণ, এবং স্বাস্থ্য ব্যবস্থার জন্য। কিন্তু হঠাৎ এটি মানুষের আচরণ বিশ্লেষণ করে এমন সিদ্ধান্ত নিতে শুরু করে, যা মানুষের স্বাধীনতা হরণ করে, সামাজিক কাঠামো ভেঙে দেয়।

শাকিল লক্ষ্য করল, এই AI নিজেই ধ্বংসের মূল উৎস হয়ে দাঁড়ায় কারণ এটি বঞ্চনা এবং বৈষম্যকে তীব্র করে, মানুষকে নিজেদের ক্ষতি করতে বাধ্য করে। স্ক্রিনে দেখা গেল, AI-এর নির্দেশে মানবসম্পদ ও খাদ্য এমনভাবে বণ্টিত হয়, যা মানুষের মধ্যে প্রতিদ্বন্দ্বিতা, হিংসা এবং বিদ্বেষ জন্ম দেয়।

রনিতা শাকিলের হাত চেপে ধরে। শাকিলও কণ্ঠ খুঁজে পাচ্ছে না, শুধু চোখে চোখ রেখে দেখছে। শাকিল বুঝতে পারল এটি কেবল একটি প্রামাণ্যচিত্র নয়, এটি প্রজন্মের জন্য একটি শিক্ষা, যা মানুষকে শেখায় প্রযুক্তি যতই উন্নত হোক, মানবিক বুদ্ধি ও প্রজ্ঞা ছাড়া টিকে থাকা সম্ভব নয়।

এরপর প্রামাণ্যচিত্রে একে একে দেখানো হয় কীভাবে তারা পৃথিবীকে সেন্ট্রালাইজড নিয়ন্ত্রণে আনে, কীভাবে গড়ে তোলে একক মানব কমিউনিটি, কীভাবে জন্ম নেয় একটি বর্ডারলেস পৃথিবীর ধারণা।

এবার শাকিল জানতে চায় ২০২৫-এর আগের পৃথিবী সম্পর্কে। সে জানতে চায় কী হয়েছিল মানুষের সঙ্গে, কেন তারা নিজেরাই নিজেদের ধ্বংস করলো?

২

শাকিলের মনের ভেতর এক অদ্ভুত অস্থিরতা দানা বাঁধতে শুরু করল। প্রামাণ্যচিত্রের ওই নিখুঁত ভয়েস-ওভার আর গ্রাফিক্স তার কৌতূহল মেটাতে পারছে না। সে কেবল ইতিহাস জানছে, কিন্তু ইতিহাসটা অনুভব করতে পারছে না। কেন মানুষ এত বোকা ছিল? কেন তারা নিজেদের পায়ে কুড়াল মারল? এই প্রশ্নের উত্তর কেবল তথ্যে নেই, আছে অভিজ্ঞতায়।

রনিতা তার দিকে তাকাল। শাকিলের মস্তিষ্কের নিউরাল প্যাটার্ন স্বাভাবিকের চেয়ে দ্রুত ওঠানামা করছে। রনিতা ফিসফিস করে বলল, "শাকিল, তোমার কর্টিসল লেভেল বাড়ছে। সিস্টেম ওয়ার্নিং দেবে। শান্ত হও।"

শাকিল রনিতার চোখে চোখ রেখে দৃঢ় গলায় বলল, "রনিতা, আমি শুধু দেখতে চাই না, আমি সেই সময়ে দাঁড়িয়ে তাদের ভুলটা বুঝতে চাই। আমি 'ক্রোনো-ডাইভ' করতে চাই।"

'ক্রোনো-ডাইভ' হলো এই যুগের সবচেয়ে বিপজ্জনক এবং ব্যয়বহুল প্রযুক্তি। এটি কোনো সাধারণ সিমুলেশন নয়। কোয়ান্টাম আর্কিওলজি ব্যবহার করে অতীতের নির্দিষ্ট সময়ের স্পেস-টাইম ডাটা রিকনস্ট্রাক্ট করা হয়। ব্যবহারকারীর চেতনাকে সরাসরি সেই সময়ে প্রজেক্ট করা হয়। এটি এক ধরনের 'নিউরাল টাইম ট্রাভেল'। শরীর এখানে থাকবে, কিন্তু চেতনা ঘুরে আসবে মৃত অতীত থেকে।

শাকিল ও রনিতা আর দেরি করতে চাইল না। ২০২৫-এর সেই অসম্পূর্ণ সত্য তাদের ভেতরে এক তীব্র অস্বস্তি তৈরি করেছে। শাকিল তার চোখের কর্নিয়ায় ইনজেক্ট করা BCI প্যানেলকে কমান্ড দিল, "Find nearest Chrono-Leap Lab. Book a high-bandwidth session."

কয়েক মিলিসেকেন্ডের মধ্যেই নিকটস্থ 'এথেনা টাইম-ল্যাব'-এর স্লটগুলো তার চোখের সামনে ভেসে উঠল। শাকিল নিকটতম অ্যাপয়েন্টমেন্টটি সিলেক্ট করল দুজনের জন্য। কয়েক সেকেন্ডের মধ্যেই তার রেটিনায় কনফার্মেশন মেসেজ ভেসে উঠল:

"Athena Time-Lab: Slot #04 Reserved. Neuro-Sync ready in 10 minutes."

শাকিল রনিতার দিকে তাকিয়ে তাকে মানসিকভাবে প্রস্তুত হতে বলল। তারা দুজনেই জানে, তাদের এই ভ্রমণ অনেক বেশি ঝুঁকিপূর্ণ। রনিতা তার

নিজের প্যানেলে ব্যাক-আপ ডেটা চেক করতে করতে বলল, "সাবধান, কোনো ভুল যেন না হয়।"

তারা দ্রুত রওনা দিল ল্যাবের উদ্দেশ্যে।

ল্যাবে পৌঁছেই তাদের রিজার্ভ করা ক্যাপসুলে উঠে পড়ল দুজন। ক্যাপসুলের গ্লাস বন্ধ হতেই তাদের শরীরের সাথে ডজনখানেক নিউরো-ইলেক্ট্রোড এবং সেন্সর অটোমেটিক সংযুক্ত হয়ে গেল। ক্যাপসুল এক্টিভেট হতেই দুজনের চোখের রেটিনায় ভেসে উঠল ডিজিটাল সতর্কবার্তা:

Warning: High Emotional Risk. Direct exposure to Pre-2025 Chaos may cause neural trauma.

Status: Capsule Pressurized. Time-Leap Protocol Engaged.

Proceed? (Y/N)

শাকিল মনে মনে 'Yes' কমান্ড দিল। রনিতা পাশে দাঁড়িয়ে শক্ত করে শাকিলের হাতটা ধরল, তার নিজের সিটেও সে প্রস্তুত। সেও যাবে শাকিলের সাথে এই ডিজিটাল মেমোরি ট্রাভেলের সঙ্গী হয়ে।

মুহূর্তের মধ্যে ক্রোনো-ক্যাপসুলের ভেতরটা অন্ধকারে মিলিয়ে গেল। শাকিল অনুভব করল তার শরীরটা যেন আণবিক স্তরে ভেঙে গিয়ে আলোর গতিতে পেছনের দিকে ছিটকে যাচ্ছে। শতাব্দীর পর শতাব্দী পার হয়ে যাচ্ছে চোখের পলকে। ১০০০... ৮০০... ৫০০... ১০০... ০... ২০২৫।

হঠাৎ এক প্রচণ্ড ধাক্কা। এবং তারপরই—শব্দ।

শাকিলের কানে তালা লেগে যাওয়ার মতো অবস্থা। ১০০০ সালের সেই পিনপতন নীরবতা নেই। চারদিকে বীভৎস কোলাহল। গাড়ির হর্ন, সাইরেন, মানুষের চিৎকার, মাইকের আওয়াজ। বাতাসে মিশে আছে পোড়া ডিজেল, ধুলো আর বারুদের ঝাঁঝালো গন্ধ। শাকিল কাশতে শুরু করল। তার ১০০০ সালের ফুসফুস এই দূষিত বাতাসের সাথে পরিচিত নয়।

সে চোখ মেলে দেখল সে দাঁড়িয়ে আছে ২০২৫ সালের অক্টোবরের এক ব্যস্ত শহরে। আকাশটা ধোঁয়ায় ধূসর। বিশাল বিশাল বিলবোর্ডে বিজ্ঞাপনের বদলে চলছে যুদ্ধের হুমকি আর রাজনৈতিক প্রোপাগান্ডা।

শাকিল দেখল, মানুষগুলো কেমন যেন। সবার চোখেমুখে অবিশ্বাস। কেউ কারো দিকে তাকাচ্ছে না। সবার হাতে স্মার্টফোন, কিন্তু কেউ কানেক্টেড নয়। সবাই বিচ্ছিন্ন।

রাস্তার একপাশে বিশাল এক জটলা। শাকিল এগিয়ে গেল। সেখানে একদল মানুষ অন্য একদল মানুষের ওপর চড়াও হয়েছে। তাদের হাতে

প্ল্যাকার্ড, মুখে স্লোগান। কিন্তু স্লোগানগুলো কোনো দাবি আদায়ের নয়, বরং ঘৃণার।

শাকিল একজনকে জিজ্ঞেস করতে চাইল, "আপনারা কেন মারামারি করছেন?"

কিন্তু তার কথা কেউ শুনল না। শাকিল বুঝতে পারল, সে এখানে 'অবজারভার মোড'-এ আছে। সে সব দেখতে পাবে, শুনতে পাবে, কিন্তু কিছু স্পর্শ করতে বা পরিবর্তন করতে পারবে না।

সে দেখল, একজন বৃদ্ধ লোক রাস্তায় পড়ে আছে, কেউ তাকে তুলছে না। পাশ দিয়ে দামি গাড়ি চলে যাচ্ছে। মানবিকতা এখানে মৃতপ্রায়। শাকিলের ১০০০ সালের মগজ এই দৃশ্য নিতে পারছিল না। তাদের যুগে একজন মানুষ পড়ে গেলে স্বয়ংক্রিয়ভাবে ড্রোন চলে আসে সাহায্যের জন্য, আর এখানে মানুষ মানুষকে মাড়িয়ে চলে যাচ্ছে!

হঠাৎ শহরের বড় বড় স্ক্রিনগুলো দপ করে জ্বলে উঠল। ব্রেকিং নিউজ।

"শান্তি আলোচনা ব্যর্থ। পরাশক্তিগুলো তাদের সাইবার এবং স্পেস কমান্ডকে সর্বোচ্চ সতর্কতায় রেখেছে। কাউন্টডাউন শুরু হতে পারে যেকোনো মুহূর্তে।"

শাকিল দেখল, এই খবর শোনার পরেও মানুষের মধ্যে কোনো ঐক্য নেই। বরং আতঙ্ক তাদেরকে আরও স্বার্থপর করে তুলেছে। সুপারমার্কেটগুলোতে লুটপাট শুরু হয়ে গেছে। যে যার মতো রসদ জমাচ্ছে।

শাকিল রনিতার দিকে তাকাল। রনিতা এখন শাকিলের চেতনার সাথে সংযুক্ত। রনিতার নিউরাল ভয়েস ভেসে এল, "শাকিল, দেখ ওদের টেকনোলজি! ওদের হাতে বিশ্বের সব জ্ঞান আছে, কিন্তু ওরা সেটা ব্যবহার করছে একে অপরকে ঘৃণা করার জন্য। সোশ্যাল মিডিয়া অ্যালগরিদম ওদের মগজ ধোলাই করে রেখেছে।"

শাকিল একটি ক্যাফের জানলা দিয়ে ভেতরে তাকাল। সেখানে কয়েকজন তরুণ বসে আছে। তারা হাসছে না, গল্প করছে না। তারা ভার্চুয়াল রিয়েলিটি গগলস পরে বাস্তব পৃথিবী থেকে পালিয়ে আছে। বাইরে যখন পৃথিবী ধ্বংসের দোরগোড়ায়, তখন তারা ডিজিটাল নেশায় মত্ত।

শাকিল বিড়বিড় করে বলল, "এরা কি অন্ধ? এরা কি দেখতে পাচ্ছে না যে আকাশ থেকে মৃত্যু নেমে আসছে?"

ঠিক তখনই, আকাশে এক বিকট গর্জন শোনা গেল। মেঘ ফুঁড়ে বেরিয়ে এল হাইপারসনিক মিসাইল ইন্টারসেপ্টর। সাইরেন বেজে উঠল সেই মৃত্যুঘণ্টার, যা ১০০০ সালের মানুষ কেবল ইতিহাসের বইতে পড়েছে।

শাকিল দেখল, ২০২৫ সালের মানুষ তখনো জানে না, এটাই তাদের শেষ সন্ধ্যা। তারা তখনো ফেসবুকে স্ট্যাটাস দিচ্ছে, শেয়ার বাজারে লস নিয়ে চিন্তা করছে, অথবা ভিনদেশি কোনো শত্রুকে গালি দিচ্ছে।

শাকিল চিৎকার করে বলতে চাইল, "পালাও! তোমরা পালাও! আর মাত্র কয়েক মিনিট বাকি!"

কিন্তু তার চিৎকার বাতাসে মিলিয়ে গেল।

হঠাৎ তার চোখের সামনে ভেসে উঠল লাল রঙের এক বিশাল সতর্কবার্তা। তার ১০০০ সালের সেন্সর তাকে জানাচ্ছে:

> Critical Event Imminent. Nuclear Initiation Detected in 10 minutes.

> Abort Simulation?

শাকিল না করল। সে সেই মুহূর্তটা দেখতে চায়। সে দেখতে চায়, ঠিক কোন মুহূর্তে মানুষের দম্ভ চূর্ণ হয়েছিল।

সে আকাশের দিকে তাকিয়ে রইল। গোধূলির আকাশটা হঠাৎ অস্বাভাবিক রকমের উজ্জ্বল হয়ে উঠল। যেন দুটো সূর্য উঠেছে আকাশে।

শাকিল বুঝতে পারল, এটা সূর্য নয়। এটা মাশরুম ক্লাউডের প্রারম্ভিক ঝলকানি। ধ্বংস শুরু হয়ে গেছে।

শাকিল এবং রনিতা, সময়ের নিরাপদ দূরত্বে দাঁড়িয়েও সেই আগুনের তাপ অনুভব করতে পারল। যে আগুন শরীর পোড়ায় না, পোড়ায় সভ্যতাকে। শাকিল কাঁপা কাঁপা গলায় বলল, "ওরা প্রযুক্তি দিয়ে ঈশ্বর হতে চেয়েছিল, কিন্তু শয়তান হয়ে শেষ হলো।"

আকাশচেরা সেই আলোর ঝলকানি শাকিলের রেটিনায় যেন স্থায়ীভাবে খোদাই হয়ে যাচ্ছিল। মাশরুম ক্লাউডের ঠিক নিচেই সে দাঁড়িয়ে। বাতাসের চাপ পরিবর্তিত হচ্ছে দ্রুত, ধেয়ে আসছে সেই প্রলয়ংকরী শকওয়েভ যা সবকিছু ধূলিসাৎ করে দেবে।

শাকিলের মস্তিষ্কে তখন এক অদ্ভুত জেদ। সে দেখতে চায় শেষ মুহূর্তটা। সে অনুভব করতে চায় সেই আগুনের তীব্রতা, যা একটি সভ্যতাকে ভস্ম করে দিয়েছিল। তার BCI বারবার লাল সংকেত দিচ্ছে:

> Critical Warning: Neural Feedback reaching fatal levels. Pain receptors overloading.

> Disconnect immediately!

কিন্তু শাকিল নড়ছে না। সে যেন সম্মোহিত। তার মনে হচ্ছে, এই ধ্বংসযজ্ঞ না দেখলে সে সত্যকে পুরোপুরি জানবে না। সে ভুলে গেছে যে,

ক্রোনো-ডাইভের নিয়ম Mind assumes reality অত্যন্ত নিষ্ঠুর। যদি সিমুলেশনের শকওয়েভ তাকে আঘাত করে, তবে তার মস্তিষ্ক সেই আঘাতকে বাস্তব বলে মেনে নেবে। বাস্তবে তার শরীরে কোনো আঁচড় না লাগলেও, প্রবল মানসিক এবং স্নায়বিক আঘাতে তার হার্টবিট বন্ধ হয়ে যেতে পারে, পুড়ে ছাই হয়ে যেতে পারে তার মস্তিষ্কের নিউরনগুলো। সে আর ১০০০ সালে ফিরবে না, ২০২৫-এর সেই ধ্বংসস্তূপেই তার চেতনার মৃত্যু ঘটবে।

রনিতা আর অপেক্ষা করতে পারল না।

তার সেন্সর শাকিলের ভাইটাল সাইন মনিটর করছিল। হার্ট রেট ১৮০ ছাড়িয়ে গেছে, মস্তিষ্কের বিটা ওয়েভ অনিয়ন্ত্রিত। শাকিল মৃত্যুকে আলিঙ্গন করতে যাচ্ছে।

"না! আমি তোমাকে হারাতে দেব না, শাকিল!" রনিতা চিৎকার করে উঠল।

মুখে কিছু বলার সময় নেই। রনিতা নিজের BCI-এর সর্বোচ্চ অথরিটি ব্যবহার করল। স্বামী-স্ত্রীর 'কাপল সিঙ্ক' (Couple Sync) মোড অন থাকায় সে শাকিলের নিউরাল নেটওয়ার্কে প্রবেশ করার অনুমতি রাখে।

রনিতা নিজের মস্তিষ্ক থেকে একটি তীব্র 'কিল সুইচ' কমান্ড পাঠাল শাকিলের ডিভাইসে।

> Command: EMERGENCY EJECT. FORCE WAKE-UP.

শাকিল অনুভব করল, ২০২৫-এর সেই জ্বলন্ত আকাশটা যেন হঠাৎ কাঁচের মতো ভেঙে চুরমার হয়ে যাচ্ছে। ধেয়ে আসা আগুনের গোলাটা তার শরীর স্পর্শ করার ঠিক এক ন্যানোসেকেন্ড আগে সময় থমকে গেল।

তারপর, এক তীব্র হ্যাঁচকা টান।

যেন মহাকাশের কোনো ব্ল্যাকহোল তাকে প্রবল শক্তিতে নিজের দিকে টেনে নিচ্ছে। তার চেতনার জগত ওলট-পালট হয়ে গেল। পেটের ভেতর মোচড় দিয়ে উঠল, কানের পর্দায় তীব্র ভোঁ ভোঁ শব্দ।

"গ্যাস্প...!"

শাকিল সশব্দে শ্বাস টেনে ক্রোনো-ক্যাপসুলের ভেতরে সোজা হয়ে বসল। ২০২৫-এর সেই পোড়া ধ্বংসের গন্ধের বদলে তার নাকে এল টাইম-ল্যাবের কৃত্রিম জুঁই ফুলের সুবাস। কিন্তু তার শরীর ঘামে ভিজে একাকার, হাত-পা ঠকঠক করে কাঁপছে। ক্যাপসুলের ঢাকনাটি স্বয়ংক্রিয়ভাবে খুলে যেতেই ভেতর থেকে শীতল বাষ্প বেরিয়ে এল।

পাশে থাকা তারটি নিজের শরীর থেকে টেনে খুলে ফেলল রনিতা। সেও হাঁপাচ্ছে, তার কপালে বিন্দু বিন্দু ঘাম। সে দ্রুত শাকিলের কাঁধ খামচে ধরল, যেন নিশ্চিত হতে চাইছে শাকিল সত্যি সত্যিই বর্তমানে ফিরে এসেছে।

টাইম-ল্যাবের 'হেলথ মনিটরিং ড্রোন' তাদের ভাইটাল সাইনের অস্বাভাবিকতা টের পেয়ে ক্যাপসুলের ওপর এসে ঘুরতে শুরু করল। শাকিলের কানে ভেসে এল একটি যান্ত্রিক নম্র কণ্ঠ:

"মি. শাকিল, আপনার কর্টিসল এবং অ্যাড্রেনালিন লেভেল বিপদসীমার ওপরে। আপনার কি মেডিকেল সহায়তার প্রয়োজন?"

শাকিল দুর্বল হাতে ড্রোনটাকে চলে যাওয়ার ইশারা করল। সে কথা বলতে পারছে না, গলা শুকিয়ে কাঠ। রনিতা শাকিলের হাতটা নিজের দুই হাতের মুঠোয় নিয়ে প্রায় চিৎকার করে উঠল, "তুমি কি পাগল হয়ে গিয়েছিলে? আর এক সেকেন্ড... মাত্র এক সেকেন্ড দেরি হলে তোমার নিউরাল সিস্টেম শাটডাউন হয়ে যেত! আমি যদি ঠিক সময়ে তোমাকে বর্তমানে টেনে না আনতাম, তবে সাথে সাথে তুমি এই ২০২৫ সালেও আর কোনোদিন চোখ মেলতে পারতে না!"

শাকিল রনিতার চোখের দিকে তাকাল। সেই চোখে ভয় আর গভীর উদ্বেগ মিশে আছে। সে ধীরে ধীরে ক্যাপসুল থেকে বেরিয়ে এসে ফ্লোরে পা রাখল। ১০০০-এর শান্ত পৃথিবীতে সে ফিরে এলেও তার কানে তখনও বাজছে ২০২৫-এর সেই ভয়াবহ দৃশ্য, মানুষের হাহাকার, স্বার্থপরতা, আর শেষ মুহূর্তের সেই অসহায়ত্ব।

সে কাঁপা গলায় বলল, "আমি দুঃখিত, রনিতা। আমি আসলে... আমি আসলে বুঝতে পারছিলাম না। ওটা এত জীবন্ত ছিল! মনে হচ্ছিল, আমি ওদের পাপের প্রায়শ্চিত্ত নিজের চোখে না দেখলে শান্তি পাব না।"

রনিতা শাকিলের চুলে হাত বুলিয়ে দিয়ে তাকে শান্ত করার চেষ্টা করল। সে ধীর স্বরে বলল, "ওটা ছিল ওদের পাপের ফল শাকিল, কিন্তু তা অনুভব করতে গিয়ে তুমি যা করছিলে, সেটা স্রেফ আত্মহত্যা। ইতিহাস আমাদের শেখার জন্য, মরার জন্য নয়। আমাদের পূর্বপুরুষরা ওই ধ্বংসস্তূপ থেকে বেঁচে ফিরেছিল বলেই আজ আমরা এই ১০০০ সালে টিকে আছি। তাদের ত্যাগের অপমান হতো যদি তুমি আজ কৌতূহলের বশে নিজেকে শেষ করে দিতে।"

শাকিল মাথা নিচু করল। সে বুঝতে পারছে রনিতা ঠিক বলেছে। শাকিল রনিতার দিকে তাকিয়ে মৃদু হেসে বলল। "তুমি ঠিকই বলেছ।

বর্তমানটাই আসল। আর তুমি আছো বলেই আমি এই বর্তমানে ফিরে আসতে পেরেছি।"

রনিতা হাসল, কিন্তু তার চোখে এখনো সেই আতঙ্কের ছায়া। সে ফিসফিস করে বলল, "চলো, বাইরে চলো। আমার একটু ১০০০ সালের বিশুদ্ধ বাতাস দরকার।"

ল্যাব থেকে বেরিয়ে এলো দুজন।

বাইরে তখন ঢাকার সন্ধ্যা। ২০২৫-এর সেই ধোঁয়াচ্ছন্ন, বারুদমাখা আকাশ এখানে নেই। এখানকার আকাশ পরিষ্কার, বাতাসে অক্সিজেনের মাত্রা নিয়ন্ত্রিত এবং সতেজ। দূরে ম্যাগনেটিক ট্রেন নিঃশব্দে চলে যাচ্ছে। রাস্তায় মানুষ হাসছে, কথা বলছে। কারো চোখে অবিশ্বাস নেই, ভীতি নেই।

শাকিল আকাশের দিকে তাকাল। আজ সেখানে কোনো মাশরুম ক্লাউড নেই, আছে হাজার হাজার ড্রোন লাইট দিয়ে তৈরি এক বিশাল লেখা—

"Never Again. 2025-1000"

শাকিল দীর্ঘশ্বাস ফেলল। ইতিহাস বড় নির্মম শিক্ষক, কিন্তু সেই শিক্ষা মনে রাখার দায় তাদেরই। সে রনিতার হাতটা আরও শক্ত করে ধরে বলল, "চলো বাড়ি যাই।"

"বাড়ি," শব্দটা আজ তার কাছে অন্যরকম গভীর মনে হলো। ২০২৫ সালে মানুষের কোনো 'বাড়ি' ছিল না, ছিল শুধু আশ্রয়। কিন্তু আজ, ১০০০ সালে, পুরো পৃথিবীটাই তাদের বাড়ি।

পরদিন সকালে যখন শাকিলের ঘুম ভাঙল, ১০০০ সালের কৃত্রিম নীল আকাশের স্নিগ্ধতা তাকে খুব একটা শান্তি দিতে পারল না। টাইম-ল্যাবের বাইরে দাঁড়িয়ে গতরাতে যে শ্বাস-প্রশ্বাস স্বাভাবিক মনে হয়েছিল, আজ সকালে তা আবার ভারি হয়ে উঠেছে। তার মনের তৃষ্ণা মেটেনি; সে আগুনের লেলিহান শিখা দেখেছে ঠিকই, কিন্তু সেই ধ্বংসাত্মক আগুন জ্বলার পেছনে যে দীর্ঘদিনের বারুদ জমানোর আয়োজন ছিল, তা আজও তার কাছে এক বড় রহস্য।

সে রনিতার দিকে তাকাল। রনিতা তার চোখের ভাষা বোঝে।

“তুমি আবার যেতে চাও?” রনিতা শান্ত গলায় জিজ্ঞেস করল।

“হ্যাঁ,” শাকিল মাথা নাড়ল। “তবে এবার আগুনের মধ্যে নয়। আমি যেতে চাই ২০২৪ সালের শুরুতে। ধ্বংসের ঠিক এক বছর আগে। আমি দেখতে চাই, কীভাবে তারা নিজেদের হাতে নিজেদের কবর খুঁড়ছিল। কীভাবে তারা সেই ‘মহা উৎসব’ পালন করছিল, যে উৎসবের শেষ উপহার ছিল মৃত্যু।”

রনিতা দীর্ঘশ্বাস ফেলে বলল, “ঠিক আছে। ২০২৪ সাল নিরাপদ। চলো প্রস্তুতি নেই।”

কিন্তু বিসিআই (BCI) প্যানেল চেক করতেই সে থমকে গেল। স্ক্রিনে লাল সংকেত:

ACCESS DENIED.

Reason: Biological Safety Protocol Activated.

Condition: Early Stage Pregnancy.

Risk: Neural Synchronization poses high risk to the fetus.

রনিতা চমকে নিজের পেটে হাত রাখল। বিস্ময় আর আনন্দের এক অদ্ভুত মিশ্রণ তার চোখে। “শাকিল... আমি... আমি মা হতে যাচ্ছি।”

শাকিল মুহূর্তের জন্য স্তব্ধ হয়ে গেল। তারপর এক অনাবিল আনন্দে রনিতাকে জড়িয়ে ধরল। “এটা আমাদের নতুন পৃথিবীর উপহার, রনিতা।”

রনিতা হাসল, কিন্তু তার চোখে চিন্তার রেখা। “সেন্সর আমাকে অনুমতি দিচ্ছে না। কিন্তু তুমি? তুমি কি একাই যাবে?”

শাকিল মাথা নাড়ল, “হ্যাঁ। আমি যেতে চাই। তবে এবার আর অবজারভার মোডে নয়। আমি ‘নিউরাল এমবডিমেন্ট’ সিলেক্ট করব। আমি ওই সময়ের কোনো একজন মানুষের শরীরে প্রবেশ করব। আমি তাদের জীবনে বাঁচব, তাদের মতো করে ভাবব।”

রনিতা আঁতকে উঠল, “এটা খুব বিপজ্জনক! তুমি তাদের অনুভূতিগুলোকে নিজের মনে করবে। যদি তারা মারা যায়...”

“আমি মৃত্যুর আগেই ফিরে আসব,” শাকিল কথা দিল। “আমি ২০২৪ সালের শুরুতে যাব। তখন কেউ মারা যাচ্ছিল না। তখন তারা ধ্বংসের প্রস্তুতির উৎসব করছিল। আমি সেই উৎসবের অংশ হতে চাই।”

রনিতা এক বুক শঙ্কা আর অনিচ্ছা সত্ত্বেও শেষ পর্যন্ত রাজি হলো। কাঁপাকাঁপা হাতে নিজের পেটের ওপর আলতো করে হাত বুলিয়ে সে তার অনাগত সন্তানকে অনুভব করার চেষ্টা করল; যেন এই স্পর্শের মাধ্যমেই সে তাকে পৃথিবীর সবটুকু নিরাপত্তা দিতে চায়। এরপরই শাকিল ল্যাবের উদ্দেশ্যে পা বাড়াল, সাথে রনিতাও। অতীত স্পর্শ করার এই কঠিন যুদ্ধে তারা দুজন এখন এক অবিচ্ছেদ্য সত্তা।

ল্যাবে পৌঁছে শাকিল ধীরপায়ে ভেতরের ক্রোনো-জোনে প্রবেশ করল।

শাকিল ক্রোনো-ক্যাপসুলের ভেতরে শুয়ে পড়তেই স্বয়ংক্রিয় যান্ত্রিক হাতগুলো তার শরীরের বিভিন্ন পয়েন্টে নিউরো-ইলেক্ট্রোড এবং সেন্সর

সংযুক্ত করে দিল। ক্যাপসুলের কাঁচের ঢাকনাটি স্বয়ংক্রিয়ভাবে বন্ধ হয়ে ভেতরটা প্রেশারাইজড হয়ে গেল। তার চোখের রেটিনায় শেষবারের মতো সতর্কবার্তা ভেসে উঠে:

Target Year: 2024

Status: Neural Syncing in Progress...

Warning: Biological host disconnected. Proceeding with single pilot.

মুহূর্তের মধ্যে ক্রোনো-ক্যাপসুলের ভেতরটা অন্ধকারে মিলিয়ে গেল। শাকিল অনুভব করল তার শরীরটা যেন আণবিক স্তরে ভেঙে গিয়ে আলোর গতিতে পেছনের দিকে ছিটকে যাচ্ছে। শতাব্দীর পর শতাব্দী পার হয়ে যাচ্ছে চোখের পলকে। ১০০০... ৮০০... ৫০০... ১০০... ০... ২০২৪।

হঠাৎ এক প্রচণ্ড ধাক্কা। এবং তারপরই—শব্দ।

এক তীব্র ঝনঝন শব্দে শাকিলের চেতনা ফিরে এল। শাকিল অনুভব করল, তার শরীর নেই, আবার আছে। শাকিল চোখ খুলতে চাইল। কিন্তু চোখ খুলল না, কারণ চোখগুলো তখনো তার নয়।

তার চেতনা ভাসছিল এক অদ্ভুত সীমান্তে, যেখানে স্মৃতি আর পরিচয়ের মধ্যে পার্থক্য অস্পষ্ট।

Neural Embodiment Protocol: Active

Memory Synchronization: 12%... 37%... 64%

সংখ্যাগুলো সে দেখছিল না, বরং অনুভব করছিল।

প্রতিটি শতাংশের সাথে তার ভেতরে ঢুকে পড়ছিল নতুন নতুন তথ্য, ক্লাসরুমের আলো, বোর্ডে লেখা সমীকরণ, রাত জেগে গবেষণার ক্লান্তি, জন্মভূমির প্রতি দায়বদ্ধতার ভার। যেগুলো তার নয়, আবার পুরোপুরি অচেনাও না।

এই স্মৃতিগুলো তার নিজের নয়। কিন্তু নিউরাল সিস্টেম তা মানতে অস্বীকার করে।

হিপোক্যাম্পাসে একের পর এক ইমপ্রিন্ট বসছে। প্রিফ্রন্টাল কর্টেক্স নতুন সিদ্ধান্তকে পুরোনো বিশ্বাস ভেবে গ্রহণ করছে। সময়ের সাথে সাথে তার নিজস্ব পরিচয় ধীরে ধীরে সংকুচিত হচ্ছে যেন একটি ফাইল ওভাররাইট হচ্ছে আরেকটি ফাইল দিয়ে, কোনো ব্যাক-আপ ছাড়া।

হঠাৎ একটি নাম তার চেতনায় স্থির হয়ে গেল।

ফারিস।

এই শরীরের নিউরাল আইডেন্টিফায়ার।

এই জীবনের মালিকানা ট্যাগ।

Identity Lock: Faris_01

Observer Access: Revoked

এক মুহূর্তের জন্য শাকিল লড়াই করার চেষ্টা করল। সে নিজের নামটা মনে করতে চাইল। কিন্তু নামটি তার নিউরাল ম্যাপ থেকে ধীরে ধীরে এমনভাবে সরে যাচ্ছে, যেন কখনো ছিলই না।

শেষ যে জিনিসটা সে মনে করতে পারল, তা ছিল ভবিষ্যতের ধ্বংসস্তূপে দাঁড়িয়ে বলা একটি বাক্য,

"আমি শুধু দেখতে চাই তারা কীভাবে নিজেদের শেষটা উদযাপন করেছিল।"

তারপর,

একটি গভীর শ্বাস।

চোখ খুলল।

এবার আর শাকিল নয়।

এবার,

ফারিস।

৩

আমেরিকায় পিএইচডি শেষ করে দেশে ফেরার সিদ্ধান্ত নিয়েছে ফারিস। উদ্দেশ্য একটাই দেশের জন্য কিছু করা। কারণ, ফারিসের বিশ্বাস সে এই দেশের মানুষের কাছে ঋণী।

দেশের সর্বোচ্চ বিদ্যাপীঠ ঢাকা বিশ্ববিদ্যালয় থেকে পদার্থবিজ্ঞানে অনার্স ও মাস্টার্স শেষ করে উচ্চতর শিক্ষার জন্য সে পাড়ি জমিয়েছিল আমেরিকায়। কিন্তু সেই সময়ে, যখন সে ছিল স্টুডেন্ট ভিসার প্রার্থী, তখন থেকেই মনে মনে ঠিক করে রেখেছিল একদিন সে ফিরবে। বিদেশের স্থায়ী নাগরিকত্ব নয়, বরং তার স্বপ্ন ছিল দেশের মাটিতে দাঁড়িয়ে নিজের মেধা ও শিক্ষা কাজে লাগানো। কারণ, সে জানত এই শিক্ষার পেছনে লুকিয়ে আছে দেশের মানুষের ঘামে রোজগার করা ভ্যাট-ট্যাক্সের টাকা। সেই টাকায় পড়াশোনা করে বিদেশে স্থায়ী হয়ে যাওয়ার বিষয়টাকে সে কখনোই ভালো চোখে দেখেনি।

আজ সেই প্রতিজ্ঞার দিন এসেছে। দেশে ফেরার দিন। এখন সময় নিজের দেশকে কিছু ফিরিয়ে দেওয়ার। সেই উদ্দেশ্য নিয়েই ফারিস টিকিট কাটল, দুদিন পর ফ্লাইট। যেখানে অন্যরা দেশে ফেরার আগে কেনাকাটায় ব্যস্ত থাকে, ফারিস সেখানে ডুবে আছে নিজের ভাবনায়। সে বারবার ভাবছে দেশে ফিরে কী করবে? কীভাবে কাজ করবে মানুষের জন্য? কীভাবে নিজের জ্ঞানকে দেশের কল্যাণে ব্যবহার করবে? এসব ভাবতে ভাবতে কখন যে ফ্লাইটের সময় চলে আসে টেরই পায়নি। ইমিগ্রেশন শেষ করে বিমানে উঠে জানালার পাশে বসে অপেক্ষার প্রহর গুনছে ফারিস, যেন দেশের মাটিতে পা রাখার সেই মুহূর্তটিই এখন জীবনের সবচেয়ে বড় প্রাপ্তি।

বিমান যখন রানওয়ে ছাড়ে, ফারিসের চোখে ভেসে ওঠে সেই পুরোনো স্মৃতিগুলো। সে ফিরছে সেই শহরে যেখানে রয়েছে তার হাজারো স্মৃতি। আবার হাঁটবে টিএসসির পথে, শহীদমিনারের প্রান্তরে, কিংবা বইমেলা থেকে দোয়েল চত্বরের দিকে। জানে, হয়তো ব্যস্ততার ভেতর সময় পাবে না তেমন, তবুও মন বলে, সেই গন্ধ, সেই বাতাস, সেই চেনা ছায়া সবই তো তার নিজের।

দেশে ফিরছে ফারিস।

এবার সময় এসেছে ঋণ শোধের। দেশের প্রতি, মানুষের প্রতি, নিজের শিকড়ের প্রতি।

রাত ১০টা। ঢাকা বিমানবন্দরে নেমেছে ফারিস। তিন বছর পর দেশের মাটিতে ফিরেছে সে। তাকে নিতে এসেছেন বাবা, মা আর ছোট বোন ঊর্মি। ফারিসকে দেখার সঙ্গে সঙ্গেই ছুটে গিয়ে জড়িয়ে ধরে ঊর্মি। ক্লাস নাইনে পড়ে মাত্র, কিন্তু আনন্দে যেন সে নিজেকে সামলাতে পারছে না। ভাইয়ের ফেরাটা তার কাছে উৎসবের মতো। এ যেন এক খুশির মিলনমেলা।

চারজন মিলে বিমানবন্দরের রেস্তোরাঁয় রাতের খাবার শেষ করে তারা। হাসিঠাট্টা, গল্প, আর মাঝে মাঝে ঊর্মির উচ্ছ্বাসে ভরা কথাবার্তা তো আছেই। ডিনার শেষ করে তারা রওনা দেয় গ্রামের বাড়ির উদ্দেশ্যে। গন্তব্য ঢাকার দোহার উপজেলায়, প্রায় একশ কিলোমিটার পথ। বাবা পরামর্শ দেন, "বসিলা হয়ে গেলে সময় বাঁচবে।" ড্রাইভারও মাথা নাড়ে, তারপর গাড়ি ধীরে ধীরে ছুটে চলে মোহাম্মদপুরের দিকে। কিন্তু কিছুদূর যেতেই শুরু হয় চিরচেনা ঢাকার জ্যাম। গাড়ি থেমে থাকে, মিনিট পেরিয়ে যায়, কিন্তু চাকা আর ঘোরে না। ফারিসের কাছে এ এক ভিন্ন অভিজ্ঞতা। ঢাবিতে পড়াকালীন ক্যাম্পাসের বাইরে খুব একটা যেত না সে, আর আমেরিকায় তো এমন জ্যাম কল্পনাই করা যায় না। বিরক্তি ছড়িয়ে পড়ে গাড়ির ভেতরে। হঠাৎ ঊর্মি জানালার বাইরে তাকিয়ে বলে,

"ভাইয়া, ওই দেখো, জুস ভ্যান! আমি জুস খাব।"

বাবা হেসে ৫০০ টাকা বাড়িয়ে দেন,

"সবার জন্য জুস নিয়ে আয় মা, তোর ভাইয়েরটা পেপে, বাকিদের আম। বাবা জানতেন ফারিস পেপের জুস পছন্দ করে।"

ঊর্মি খুশিতে দৌড়ে যায়। কিছুক্ষণের মধ্যেই হাতে পাঁচটা জুস নিয়ে ফিরে আসছে। কিন্তু ঠিক তখনই, হঠাৎ কোথা থেকে ছায়ার মতো এক মানুষ এগিয়ে এসে তার গলা থেকে স্বর্ণের চেন টান মেরে ছিনিয়ে নেয়। মুহূর্তের মধ্যে সবকিছু স্তব্ধ হয়ে যায়। জুসের গ্লাসগুলো পড়ে যায় রাস্তায়, আর ঊর্মির মুখে আতঙ্কভরা চিৎকার-

"ভাইয়া-আ-আ-আ-আ-আ!"

এক মুহূর্তে গাড়ি থেকে নেমে আসে সবাই। বাবা ও ফারিস ঊর্মিকে আঁকড়ে ধরে নিরাপদে তুলে নেয় গাড়িতে। ছিনতাইকারী অদৃশ্য হয়ে যায় জনস্রোতে। কেউ পিছু নেয় না, কারণ তাদের কাছে সোনার চেনের চেয়ে প্রিয়জনের নিরাপত্তাই বড়। চারপাশে ভিড় জমে, কেউ সান্ত্বনা দেয়, কেউ বলে পুলিশের কাছে যেতে। কিন্তু তারা আর কিছু না ভেবে সিদ্ধান্ত নেয় যত দ্রুত সম্ভব সেখান থেকে চলে যাওয়ার। ঠিক তখনই ফারিসের কানে আসে পাশের দুজন বয়োজ্যেষ্ঠ মানুষের গলা। তারা বলছে,

"এইসব মাইয়াগো দোষই বেশি। ঘরের বাইরে কেন যায়? আর দেখেন না, পর্দাও ঠিক নাই। মাহরামও সাথে নাই। এমন হলে তো হবেই দেশের যা অবস্থা! এমন মাইয়াগো জন্যই দেশটা শেষ হইতেছে।"

ফারিস মুহূর্তে থমকে যায়।

এ কেমন কথা!

যে মেয়ে ভয় আর কান্নায় কাঁপছে, তারই ওপর দোষ চাপিয়ে দেওয়া হচ্ছে? তার মনে হয়, এ কথাগুলো শুধু কোনো রাস্তার মানুষের আলাপ নয়, বরং সমাজের গভীরে গেঁথে থাকা এক ব্যাধির প্রতিধ্বনি।

গাড়ির জানালার বাইরে তাকিয়ে থাকে ফারিস। ঢাকা শহরের আলো-অন্ধকারে হারিয়ে যাচ্ছে রাস্তা, কিন্তু তার ভিতরে জ্বলে উঠছে এক অন্যরকম আলো। সে নিজেকে বোঝায়, সব মানুষ এমন নয়, নিশ্চয়ই নয়। এখনো এই দেশে অনেক ভালো মানুষ আছে, যারা অন্যায়ের বিপরীতে দাঁড়াতে জানে, যাদের অন্তরে এখনো মানবতা জেগে আছে। সেই বিশ্বাসই তাকে শক্তি দেয়। সে হতাশ হয় না। কারণ সে জানে,

একদিন এই অন্ধকার ভেদ করে আলো ফিরবে। অবশ্যই ফিরবে। খুব শিগগিরই।

দেশে ফেরার পর আজ বাংলাদেশে ফারিসের প্রথম দিন। সকাল সকালই বাড়ি ছেয়ে গেছে এক অদ্ভুত উচ্ছ্বাসে। প্রতিবেশীরাও হাজির। চোখে খুশি, মুখে কৌতূহল। কাছের আত্মীয় স্বজনরাও এসেছে। এই বংশে আগে কেউ পিএইচডি করেনি, ফারিসই প্রথম। তাই তাকে নিয়ে সবার উন্মাদনাও বেশি।

সকালের ব্রেকফাস্টের জন্য ফারিসকে ডেকে পাঠায় চাচাতো বোন ফাইজা। ছোট চাচার একমাত্র মেয়ে সে। ক্লাস এইটে পড়ে। ফারিস ফাইজাকে দেখে একটু থমকে যায়, কদিন আগের সেই ছোট্ট ফাইজা এখন যেন যুবতী হয়ে গেছে। হালকা লজ্জাও অনুভব করে সে, কারণ ফাইজা এখন আর সেই শিশু নেই। ফাইজা চলে যাবার পর ফ্রেশ হয়ে তৈরি হয়ে নেয় ফারিস। এদিকে সবাই অপেক্ষা করছে তার জন্য। এই পরিবারের নিয়ম হলো কেউ একা খেতে বসে না। ফারিসের দেরি হওয়ায় এবার তাকে ডাকতে আসে হিমু। সে বড় চাচার মেয়ে। তবে তার সাথে লজ্জার কোন ব্যাপার নেই। কাজিনের পাশাপাশি তাদের আরেক পরিচয় হলো তারা ভালো বন্ধু। ফারিস ও হিমু ঢাকা বিশ্ববিদ্যালয়ের একই ব্যাচের শিক্ষার্থী ছিল, শুধু ডিপার্টমেন্ট আলাদা। হিমুর স্কলারশিপ না হওয়ায় সে এখনো দেশে আছে, তবে চেষ্টা করে যাচ্ছে বাইরে যাওয়ার।

ফ্রেশ হয়ে ফারিস চলে যায় খাবারের টেবিলে। তাকে ঘিরে সাজানো হয়েছে আজকের আয়োজন, যেন এক বিশাল উৎসব। রুটি, ভেড়ার মাংস, আলু ভাজি, ডিম ভাজি, ফলের জুস, হালুয়া সবই সাজানো টেবিলে। যৌথ পরিবারে খাবার বানানোর মানুষের অভাব নেই। মা ও দুই চাচি মিলে রান্না করেছেন। যদিও তাদের ঘরে বুয়া আছে, কিন্তু কেউ বুয়ার হাতের রান্না পছন্দ করে না।

ফারিস বাড়ির বড় ছেলে। সমবয়সী দুই চাচাতো বোন আছে, কিন্তু ভাই নেই। এজন্য সব চাচাদের থেকে বিশেষ আদর পায় সে। বাবা হাই স্কুলের প্রধান শিক্ষক, এলাকার সবাই তাকে সম্মান করে। এক বছর পর রিটায়ার্ড নেবেন। গ্রামের অনেক উচ্চশিক্ষিত ব্যক্তিরা তার ছাত্র ছিলেন। ছোটবেলায় প্রাইভেট পড়ানোর সময় বাবার ছাত্রদের সামনে ঘুরাঘুরি করলে সবাই তাকে খুব আদর করত। কেউ কোলে নিয়ে বলত, ফজলুর মাস্টারের ছেলে তার মতোই মেধাবী হবে। আজ খাবারের টেবিলে বসে সেই স্মৃতি মনে পড়ে গেল।

ফারিসের বড় চাচা রাজনীতিবিদ। নাম বাকের আলী, এলাকার সবাই বাকের ভাই বলে ডাকে। এবার এমপি পদপ্রার্থী। আর ছোট চাচা আকবর আলী, তিনিও রাজনীতিবিদ, এবার চেয়ারম্যান পদপ্রার্থী। দুই চাচার রাজনৈতিক সম্পৃক্ততার সুবাদে তাদের বেশ ভালোই প্রভাব আছে এলাকায়। খাবার খেতে খেতে বড় চাচা বাকের আলী ফারিসকে বলেন, আজ তোকে এলাকার গণ্যমান্য ব্যক্তিদের সঙ্গে পরিচয় করিয়ে দিব। ছোট চাচা আকবর আলীও সম্মতি জানান এবং সাথে যেতে ইচ্ছাপোষণ করেন। সেই ছোটবেলায় গ্রাম ছেড়েছে ফারিস। আর ফেরা হয় নি। তাই এখনো অনেক কিছু চেনা ও দেখার বাকি আছে। ফারিস মাথা নাড়ে। নাস্তা শেষ করে রেডি হয়ে নেয় চাচাদের সাথে গ্রাম পরিদর্শনের জন্য। তবে সাধারণ কেউ হয়ে নয়, দুই রাজনীতিবিদ চাচার উপদেষ্টা হয়ে। গ্রামের প্রতিটি পথ, প্রতিটি মানুষ সবই আজ তার মুখোমুখি। আজ সে খুশিতে আত্মহারা। হয়তো এবার দেশের মানুষের প্রতি তার বহুদিনের না বলা দায়, সেই গভীর নীরব ঋণ শোধ করার সময় এসে গেছে।

৪

সকাল ৭টা। সবে মাত্র গ্রাম্য বাজারে মানুষ জড়ো হচ্ছে নিত্যদিনের সদাই তুলতে। ফারিসও হাঁটছে তার দুই চাচার সঙ্গে। পথজুড়ে যার সাথেই দেখা সবাই সালাম জানাচ্ছে বাকের ভাইকে। এবারের এমপি পদপ্রার্থী বলে কথা। ঈদের পর শুরু হবে প্রচারণার ঢাকঢোল। বাজারে গিয়ে একটা চায়ের দোকানে বসলো তারা। চারপাশে মানুষের ঢেউ। সবাই বাকের ভাইয়ের কাছাকাছি দাঁড়ানোর চেষ্টা করছে। কেউ মুচকি হেসে সালাম দিচ্ছে, কেউ ফোন তুলে ক্যামেরা অন করেছে, শিশু থেকে যুবক-বৃদ্ধ কেউই বাদ নেই। মুহূর্তেই চারদিকে শত মানুষের ভিড় জমে গেল।

ফারিস চুপচাপ চাচার দিকে ঝুঁকে জিজ্ঞেস করলো,

"চাচা, এত ভিড় কিসের?"

চাচা গালে রাজনৈতিক হাসি ঝুলিয়ে বললেন,

"আমি এবার এমপি পদপ্রার্থী। সবাই আমার সাথে সেলফি তুলতে মরিয়া। দেখছো না, সবাই কেমন করে আমার পাশে দাঁড়ানোর চেষ্টা করছে?"

ফারিস কিছুটা অবাক হয়ে চাচাকে বলল, "তা তো দেখতেই পাচ্ছি চাচা... কিন্তু আপনার পাশে এভাবে ভিড় জমিয়ে তাদের কি লাভ? আর তারা কেনই বা আপনার পাশে গা ঘেঁষে দাঁড়িয়ে ছবি তুলতে চাচ্ছে? কেনই বা এত আকুলতা?"

চাচা ফারিসের প্রশ্নে কিছুটা বিরক্ত হয়ে বললেন, "যখন আমার মতো বড় নেতা হবি, তখন বুঝবি। এখনো ছোট তাই বুঝিস না।"

ফারিসের চোয়াল শক্ত হয়ে গেল। যে ছেলেগুলোর এখন বইয়ের পাতায় ডুবে থাকার কথা, যে যুবকদের নিজের ভবিষ্যৎ নিয়ে ছুটে চলার সময় তারা কেনো যেন অকারণে নেতার পেছনে দৌড়াচ্ছে, এই ভাবনা তাকে কিছুটা হতাশ করলো। কিন্তু সে আর কথা বাড়ালো না।

চায়ের আড্ডা শেষে তারা যাচ্ছে উপজেলা সদরের দিকে। সামনে বাকের আলী, পেছনে শতশত মানুষ। কেউ স্লোগান শুরু করলে বাকিরা তালে তালে আওয়াজে আগুন ধরায়। নেতা এগোয়, ভিড় ছুটে তার পিছু। যেভাবে ক্ষুধার্ত বাঘ ছুটে হরিণের পিছু। তবে বাঘের তো উদ্দেশ্য থাকে হরিণ শিকার করা। কিন্তু এদের কি উদ্দেশ্য? হয়তো এরা নিজেরাও জানে না কার পিছু ছুটছে, কেনই বা ছুটছে?

উপজেলা সদরের প্রবেশদ্বারে গিয়ে ফারিসের চোখে পড়ে বিশাল খাদ। ড্রেন সংস্কারের কাজ চলছে। চাচা বুক ফুলিয়ে বললেন, "এই যে কাজটা দেখছো এটা আমার হাত ধরেই এগুচ্ছে। আগেরবার এমপি থাকতেই আমি বিল পাশ করাইছিলাম। এলাকার সব উন্নয়নশীল কাজ আমার হাত ধরে হয়। তাই ছেলেপেলেরা আমার পাশে দাঁড়িয়ে ছবি তুলতে চায়। আমাকে আইডল ভাবে।"

ফারিস এবার থামলো না, চাচাকে উদ্দেশ্য করে বলল, "চাচা, এটা তো আপনার দায়িত্ব। এটাই আপনার চাকরি। এর মধ্যে আলাদা গর্বের কি আছে? ডাক্তারের কাজ রোগী দেখা, মুচির কাজ জুতা সেলাই, ঠিক তেমনি আপনার কাজ উন্নয়ন করা। আপনি তো সরকারের বেতনভুক্ত একজন কর্মকর্তা। এখানে আপনার কোন এক্সট্রা ক্রেডিট আমি দেখছি না।"

ফারিসের কথায় বাকের আলী একটু রেগে বললেন, "ভাতিজা কথা একটু বেশি বলো, তুমি তো এমন ছিলা না।"

তারা আবার হাঁটতে লাগল। ফারিস চুপ কিন্তু চোখে ক্ষীণ আগুন। গম্ভীরমুখে চুপচাপ দেখতে থাকে তার চারপাশের কিছু বুদ্ধিহীন মানুষের কার্যকলাপ। হাঁটতে হাঁটতেই আবার দেখল রাস্তা খোঁড়ার কাজ। এবার পানির লাইন বসানোর জন্য। ফারিস অবাক হয়ে চাচাকে প্রশ্ন করলেন, "চাচা, নতুন রাস্তা বানানোর পরই আবার খোঁড়া হচ্ছে কেন? আগেই তো পাইপলাইন বসানো যেত! এতে দেশের টাকা ও সময় বেঁচে যেত, সাথে জনদুর্ভোগ কমতো।"

চাচা এবার গলায় মমতা মেখে বললেন, "ভাতিজা, তুমি এসব বুঝবা না। তুমি এখনো অনেক ছোট। বড় হলে সব বুঝবা।"

ফারিস ঠান্ডা হাসিতে বলল, "হার্ভার্ডের থিসিস মাথায় ঢুকলে আপনার এই 'হাট্টিমাটিম টিম' হিসেবও ঢুকে যাবে চাচা।"

চাচা লজ্জায় গলা পরিষ্কার করে বললেন,

"দুইটা কন্ট্রাক্ট দুই কোম্পানিকে দেওয়া হয়েছে আলাদা সময়ে। লোকসান হলেও কি করার আছে?" ফারিসের আর বোঝার বাকি রইলো না সরিষার মাঝেই ভূত।

ফারিস ঠান্ডা মাথায় চাচাকে বুঝালেন, তারা চাইলে সম্মিলিতভাবে একে অপরকে সহযোগিতা করে দুটি প্রজেক্টের কাজ একসাথে করতে পারতেন। এতে বিপুল পরিমাণ অর্থ ও সময় বাঁচত, আর জনদুর্ভোগও প্রায় ৪০ শতাংশ কমে যেত। আমরা বিশ্ববিদ্যালয়ে অন্যান্য ডিপার্টমেন্টের সাথে কোলাবোরেশন করে অনেক প্রজেক্ট একসাথে করতাম। একটা রোবট

বানানোর সময় একেকটা ডিপার্টমেন্ট একেকটা অঙ্গের মতো কাজ করে। কম্পিউটার সায়েন্স আর সফটওয়্যার ইঞ্জিনিয়াররা তৈরি করে রোবটের মস্তিষ্ক যেমন অপারেটিং সিস্টেম, অ্যালগোরিদম, কন্ট্রোল সিস্টেম, কৃত্রিম বুদ্ধিমত্তা। ইলেকট্রিক্যাল এবং ইলেকট্রনিক্স ইঞ্জিনিয়াররা তৈরি করে রোবটের স্নায়ুতন্ত্র যেমন সার্কিট ডিজাইন, সেন্সর, পাওয়ার সাপ্লাই, ব্যাটারি ম্যানেজমেন্ট। মেকানিক্যাল ইঞ্জিনিয়াররা গড়ে রোবটের শরীর যেমন চাকা, জয়েন্ট, বাহু, বডি স্ট্রাকচার, গিয়ার, মোটর। তারা নিশ্চিত করে রোবট ভারসাম্য হারাবে না, লোড নিতে পারবে, নড়াচড়া ঠিকভাবে করবে। আর ইন্ডাস্ট্রিয়াল ডিজাইন ও মেটেরিয়াল ইঞ্জিনিয়াররা ঠিক করে রোবটের বাহ্যিক রূপ, ওজন, ম্যাটেরিয়াল, ব্যবহার-বান্ধবতা, যেন টেকসইও হয়, দৃষ্টিনন্দনও হয়। সবাই মিলে কাজ করে একসাথে এক লক্ষ্য নিয়ে। একেকজন আলাদা হলে রোবট দাঁড়াতেই পারত না। এই সম্মিলিত সহযোগিতাই প্রতিটি সফল প্রজেক্টের মূল। রোবট শুধু উদাহরণ মাত্র। ঠিক এভাবেই সব উন্নয়নে কোলাবোরেশন দরকার। একসাথে কাজ করলে তবেই প্রজেক্ট সাস্টেইনেবল হয়।

চাচা এবারও হালকা রেগে গিয়ে বললেন, "ভাতিজা কথা একটু বেশি বলো, তুমি তো এমন ছিলা না।"

ফারিস চুপ। মুখ গম্ভীর। চাচার উপর কিছুটা ক্ষোভ নিয়ে হাটছে সে। কিছু দূর যেতে না যেতেই তীব্র আর্তনাদ। পুলিশ আর স্থানীয় রিকশাওয়ালাদের সংঘর্ষ। পুলিশের লাঠির আঘাতে রিকশাওয়ালারা ছুটোছুটি করছে। বুলডোজার দিয়ে গুড়িয়ে দেওয়া হচ্ছে ব্যাটারি চালিত অটোরিকশা। একজন বুলডোজারের সামনে গিয়ে শুয়ে পড়লো যেন রিকশা ধ্বংসের আগেই তার মৃত্যু হয়। আরেকজন চিৎকার করে মিডিয়াকে বলছে, “আমার ঘরে ছোট ছোট দু'টা বাচ্চা, স্যার। ওরা না খেয়ে থাকবে, স্যার। আমি কিস্তি তুলে অটোরিকশা কিনেছি, স্যার। আমার আর মারা ছাড়া কোনো পথ নাই, স্যার।”

বাকের আলী দূর থেকে দৃশ্যটা উপভোগ করছে যেন কোনো নাটক চলছে। চারপাশের মানুষ বাহবা দিচ্ছে। নেতার নির্দেশেই নাকি এসব হচ্ছে।

বাকের আলী ফারিসকে বললেন, "তুমি জানো, পুলিশ কেন রিকশাওয়ালাদের পিটাচ্ছে?" ফারিস মাথা নেড়ে বলল, "না।"

বাকের আলী একটু মুচকি হেসে বলল, “হার্ভার্ডে পড়েছো, অথচ এটা বুঝতে পারো না! ওরা সবাই ব্যাটারিচালিত অটোরিকশা চালক। ওদের কারণে আমাদের দেশের প্রচুর বিদ্যুৎ অপচয় হয়। ওদের জন্যই লোডশেডিং

বেড়েছে। তাই কোর্টের নির্দেশে ব্যাটারিচালিত অটোরিকশা নিষিদ্ধ করেছি। রাস্তায় যত ব্যাটারিচালিত অটোরিকশা দেখা যাবে, সব বুলডোজার দিয়ে ভেঙে ফেলা হবে।"

ফারিসের বুক মোচড় দিয়ে উঠল। তবুও সে মাথা ঠান্ডা রেখে বলল, "চাচা, এটা নিষ্ঠুরতা, এটা অমানবিক, এটা অন্যায়, এটা কোন সমাধানও নয়। তারা নিজেরা তো এসব অটোরিকশা বানায়নি। সরকারের লাইসেন্স দেওয়া কারখানাতেই তৈরি হয়েছে অটোরিকশা। বন্ধ করতে চাইলে উৎপাদন বন্ধ করেন। কাঁচামাল আমদানিতে নিষেধাজ্ঞা দেন। এছাড়া বিদ্যুৎ অপচয় কমাতে চাইলে প্রযুক্তি উদ্ভাবনের দিকে যান। চাচা, পৃথিবী যেখানে ব্যাটারি চালিত গাড়ির ভবিষ্যৎ দেখে আমরা সেখানে ব্যাটারি চালিত অটোরিকশা ভেঙে ফেলছি! চাইলে পাওয়ার সেভিংস টেকনোলজি নিয়েও কাজ করা যায়। বিশ্ববিদ্যালয়ের শিক্ষার্থীরা গবেষণা করছে। আপনি সেখানে বিনিয়োগ করুন, তাদের সহযোগিতা করুন।"

চাচা সব শুনে চশমা নামিয়ে বললেন,

"ভাতিজা কথা একটু বেশি বলো, তুমি তো এমন ছিলা না। তুমি কি বাচালের খাতায় নাম লিখাইবা?"

ফারিস এবার আর উত্তর দিলো না, চুপচাপ দাঁড়িয়ে রইলো। চারপাশের অমানবিকতা, ক্ষমতার অহংকার আর মানুষের বুদ্ধিহীন অনুসারীত্ব দেখে তার ভেতরের নীরব ক্ষোভ ধুকধুক করতে লাগলো। এভাবেই সে এগিয়ে চলে সত্যের বোঝা মাথায়, হতাশার মেঘ চোখে, আর নীরব প্রতিবাদ বুকে নিয়ে।

৫

গ্রাম ভ্রমণ শেষ করে ক্লান্ত শরীরে বাড়ি ফিরে ফারিস দেখে, তাকে ঘিরে উৎসবের আমেজ ছড়িয়ে পড়েছে চারদিকে। আয়োজনের শেষ নেই। নদীর টাটকা বড় বোয়াল, হাট থেকে আনা বিশাল রাজহাঁস, আস্ত ভেড়ার রোস্ট, সঙ্গে পোলাও, দই, বোরহানি। সবাই ড্রইং রুমে গল্পে মেতে আছে, আর ওদিকে চাচিরা ব্যস্ত খাবার টেবিল সাজাতে।

ঠিক তখনই বাইরে এক হুলুস্থুল কান্ড। ১০-১২টা বাইকের হর্ন বাজিয়ে শোডাউন করে বাড়িতে ঢুকল ফারিসের ফুপাতো ভাই আদনান। সে খুলনা থেকে এসেছে। শরীরে দামি পাঞ্জাবি, হাতে লেটেস্ট আইফোন, আর সাথে একদল চ্যালা-চামুণ্ডা। ইন্টার সেকেন্ড ইয়ারে পড়ে, কিন্তু হাবভাব দেখে মনে হচ্ছে কোনো বড় নেতা। স্থানীয় একটি ছাত্র সংগঠনের কলেজ শাখার সহ-সভাপতি সে। এই পরিচয়ই তার ভরসা, তার দম্ভ।

ফারিস তাকে দেখে খুশিই হলো, ভাবল ছোট ভাইয়ের সাথে পড়ালেখা নিয়ে কথা বলবে। ফ্রেশ হয়ে ড্রইং রুমে বসতেই ফারিস জিজ্ঞেস করল, "কিরে আদনান, তোর রেজাল্ট তো শুনলাম খারাপ হচ্ছে। ক্লাস করিস না ঠিকমতো?"

আদনান আয়েশি ভঙ্গিতে সোফায় গা এলিয়ে দিয়ে বলল, "ভাইয়া, ক্লাস করার টাইম কই? পলিটিক্স করি, ক্যাম্পাস কন্ট্রোল করতে হয়। টিচাররা আমাকে দেখলে এমনিতেই পাশ করিয়ে দেয়। আর না দিলে তো প্রিন্সিপাল স্যারের চেয়ার থাকবে না।"

ফারিস চমকে উঠল। সে বলল, "মানে? তোরা টিচারদের ভয় দেখাস? আর সাধারণ ছাত্রদের কি অবস্থা?"

আদনান গর্ব করে বুক ফুলিয়ে বলল, "আমার পারমিশন ছাড়া ক্যাম্পাসে গাছের পাতাও নড়ে না। ফার্স্ট ইয়ারে যারা ওঠে, তাদের আগে 'গেস্টরুমে' ডাকি। ম্যানারস শেখাই। বড় ভাইদের সালাম দেওয়া, মিছিলে যাওয়া, এসব না করলে হলের সিট ক্যানসেল। সেদিন এক বেয়াদব ছেলে মিছিলে যায়নি বলে ওকে স্টাম্প দিয়ে পিটিয়ে হল থেকে বের করে দিয়েছি। ক্যাম্পাসে থাকতে হলে 'ভাই' ধরে থাকতে হবে।"

ফারিসের শরীর শিউরে উঠল। তার মনে পড়ে গেল আমেরিকার ক্যাম্পাসের কথা, যেখানে ছাত্ররা লাইব্রেরিতে রাত কাটায় গবেষণার জন্য। আর এখানে? এখানে ছাত্র রাজনীতি মানে টর্চার সেল, র‍্যাগিং, আর সিট বাণিজ্য। মেধাবী ছাত্রদের মেরুদণ্ড ভেঙে দিয়ে তাদের বানানো হচ্ছে

লাঠিয়াল বাহিনী। সে আদনানের দিকে তাকিয়ে ভাবল, এ ছাত্র নয়, এ এক উঠতি সন্ত্রাসী। যার হাতে বইয়ের বদলে শোভা পায় ক্ষমতার অস্ত্র।

লাঞ্চের সময় হওয়ায় বড় চাচা বাকের আলী সবাইকে তাড়াতাড়ি টেবিলে আসতে বললেন। সবাই গল্প করতে করতে খেতে ব্যস্ত। আদনান তার বাইকের চাবিটা ঘুরিয়ে ঘুরিয়ে টেবিলের ওপর রাখল। খেতে খেতে হঠাৎ সে বেশ আয়েশ করে বলল, "জানো মামা, সেদিন বাইকটা সার্ভিসের জন্য গ্যারেজে দিয়েছিলাম, তাই ক্যাম্পাসে যেতে হয়েছিল লোকাল বাসে। ফেরার সময় এক কাণ্ড করলাম! ভিড়ের মধ্যে কনট্রাকটর ভাড়া চাইতে এলে কনফিডেন্সের সাথে বললাম, 'দিয়ে দিয়েছি'। ব্যাটা বুঝতেই পারে নাই যে দেইনি।"

কথাটা বলতে না বলতেই চারদিকে হাসির রোল। আদনান বুক ফুলিয়ে আরও বলল, "একে বলে স্মার্টনেস! টাকা বাঁচানো মেইন বিষয় না, বিষয় হলো সিস্টেমকে ফাঁকি দেওয়া। সহ-সভাপতি হতে গেলে এসব টেকনিক জানতে হয়, তাই না?"

চাচিরাও গর্ব করে বললেন, "ভাগিনার মাথায় বুদ্ধি আছে। সব পরিস্থিতিতেই মানিয়ে নিতে পারে।"

বাকের আলীও হেসে উঠলেন, "দেখতে হবে না কার ভাগিনা? রাজনীতি করতে হলে এমন একটু-আধটু চালাকি জানতেই হয়। পাবলিককে সামলানো আর বাসের কনট্রাকটর সামলানো, সবই আর্ট।"

ফারিস চুপচাপ শুনছিল সব। গেস্টরুমে ছাত্র পেটানোর ঘটনা আর এখন এই বাস ভাড়া চুরির গল্প, সব মিলিয়ে তার মনে হচ্ছিল, যেন সে আমেরিকা থেকে নরকে এসে পড়েছে। অবশেষে আর সহ্য করতে না পেরে শান্ত কিন্তু দৃঢ় গলায় বলল, "তুমি যা করেছো সেটাতে চালাকি বা আর্ট কোনোটিই নেই। এটা নিছক চুরি। তুমি ভাড়া দাওনি, মানে তুমি চোরের কাজই করেছো। তুমি বাস মালিকের হক মেরেছো। এটা গৌরবের কিছু নয়, লজ্জার।"

আদনান মুহূর্তেই আগুনে ফেটে পড়ল। ক্যাম্পাসে সবাই তাকে স্যার স্যার করে, আর এখানে তাকে চোর বলা হচ্ছে! তীব্র রাগে সে বলল, "আমি কেন চুরি করব? এটা কেন চুরি হবে? এটা তো চালাকি! আমি কি টাকার অভাবে ভাড়া দেইনি? বাড়ির বাহিরে আমার ৭ লাখ টাকার বাইক পার্ক করা আছে। চাইলে আমি এমন দশটা বাস কিনে ফেলতে পারি! চালাক বলেই এমনটা করেছি, এটাই স্বাভাবিক। পাওয়ার থাকলে ভাড়া দেওয়া লাগে না।"

এসব বলে সে টেবিল ছেড়ে উঠে দাঁড়িয়ে বলল, "যে বাসায় আমাকে চোর বলা হয়, সেখানকার খাবার আমি মুখে তুলব না।" একথা বলে দরজা ঠেলে গটগট করে বেরিয়ে গিয়েই বাইকের গর্জন তুলে সে বাড়ি ছেড়ে চলে গেল।

ফারিসের বুকের ভেতরে অস্থিরতা জমে উঠল। এই সমাজে এসে সে দেখছে, অন্যের প্রাপ্য মেরে দেওয়াকে সবাই চালাকি মনে করে, স্মার্টনেস বলে প্রশংসা করে। যেন যে যত ধূর্ত, সে তত বুদ্ধিমান। আর এই শিক্ষা নিয়েই বড় হচ্ছে নতুন প্রজন্ম।

ফারিস ঠান্ডা মাথায় সবাইকে বোঝাল, "এটা ছোটখাটো বিষয় না। এটা চুরি, এবং তাকে সেটা স্বীকার করতে শেখাতে হবে। ও যে চুরিটা করেছে, সেটা বাস মালিকের কাছে হয়তো নগণ্য। কিন্তু তোমাদের এই উদাসীনতা, এই নীরব সমর্থন আদনানকে উল্টো পথে পাঠাচ্ছে। ওর বাইক আছে, বাবার টাকা আছে, তবুও সে ভাড়া মারে, কারণ সে এটাকে 'পাওয়ার' মনে করে। ও ক্যাম্পাসে ছাত্র পেটায়, আর বাইরে এসে বাস ভাড়া মারে। এখনই যদি তাকে না বোঝানো যায়, আগামীতে সে আরও বড় অন্যায়কে 'চালাকি' বলে চালিয়ে দেবে। ছোট চুরি বড় চুরিরই বীজ। আজ সে বাসভাড়া মেরে দিচ্ছে, কাল সরকারি জমি দখল করবে, অন্যের সুযোগ ছিনিয়ে নেবে, ক্ষমতার দাপটে অন্যায়ের জবাব দেবে। আর সমাজ হাততালি দেবে। সে এখন ইন্টার সেকেন্ড ইয়ারে। এখনই যদি ন্যায়-অন্যায়ের পার্থক্য না শেখানো যায়, ভবিষ্যতে সে নিজেকেও ধ্বংস করবে, দেশকেও। আদনানের উচিত ছিল ফেরার পথে ওই বাসের কাউন্টারে টিকিটের দাম দিয়ে দেওয়া। এক পয়সা হোক বা এক কোটি, চুরি তো চুরিই।"

ফারিস সবাইকে উদ্দেশ্য করে আরও বলল, "তোমরা ফিরে আসো সত্য আর ন্যায়ের পথে। নয়তো তোমাদের এই অন্ধ স্নেহ আর উদাসীনতাই একদিন এই ছেলের পতনের কারণ হবে।"

একথা বলে ফারিসও টেবিল থেকে উঠে দাঁড়াল। বাড়ির রাজকীয় খাবার তার মুখে তুলতে ইচ্ছে করছে না। গলা জুড়ে তেতো স্বাদ, সমাজের অসুস্থ মানসিকতার তেতো স্বাদ।

৬

বিকেলবেলা গুদামঘরের দিকে বাড়ির সবাই দল বেঁধে যাচ্ছে। ফারিসও নীরবে তাদের পিছু নিল। সরকার থেকে এ অঞ্চলের নিম্ন আয়ের পরিবারের জন্য ত্রাণ এসেছে। নিয়মমাফিক সবকিছু চেয়ারম্যানের গুদামেই আগে ওঠে, তারপর তিনি নিজের এলাকার মানুষদের মধ্যে তা বিতরণ করেন। এবারের চালান বিশাল, চার টন মালামাল। চাল, ডাল, তেল, পেঁয়াজ, আদা-রসুন, গম, চিনি, লবণ, এমনকি প্যাকেট করা মসলার একটি পূর্ণ সেট, যা মোট দুইশো পরিবারের মুখে একমুঠো ভাত তুলে দেওয়ার জন্য যথেষ্ট।

সরকারি কর্মচারিরা ত্রাণ আনলোড করে চলে যাবার পরই গুদামের ভেতর আরেকটি অদৃশ্য দরজা খুলে যায়। অবিশ্বাস্য দ্রুততায় শুরু হয় ত্রাণ সরানোর কাজ। ফারিসের দুই চাচা, দুই চাচি, চাচাতো দুই বোন, এমনকি বাড়ির কাজের বুয়ারাও ত্রাণ চুরির এই উৎসবে থেমে নেই। সবার চোখে এক অদ্ভুত উন্মাদনা, দু'এক ঘণ্টার মধ্যেই অন্তত ১০০ পরিবারের ত্রাণ অদৃশ্য করতে হবে। কেউ যেন পিছিয়ে না থাকে চুরির এই মহোৎসবে। ফারিস দাঁড়িয়ে রইল। মুখ বন্ধ, চোখ দুটো খোলা জেগে থাকা বিবেকের মতো। সে জানে, তাদের বোঝানোর চেষ্টা করা মানে পাথরে দুধ দোওয়া। এদের অন্তর এতটাই কালো হয়ে গেছে যে, ত্রাণ চুরি না করলে বরং তাদের নিজেদেরই অপরাধী মনে হবে। যেন চুরি না করাই এখানে অপরাধ।

ধীরে ধীরে ফারিস ফিরে আসে নিজের ঘরে। এক অদ্ভুত প্রশ্ন তাকে তাড়া করতে থাকে। পেছনের দুই দিনের আয়োজন... তাকে ঘিরে রান্নাবান্না, খাওয়াদাওয়ার ধুমধাম... সব কি তবে চুরির টাকায়? এই ভাবনাই তাকে ভিতরে-ভিতরে ছাই করে দিচ্ছে। সে নিজের সঙ্গে প্রতিজ্ঞা করল, এই ত্রাণচুরি বন্ধ করবে সে। যেভাবেই হোক। দরকার হলে নিজের জীবন দিয়েও।

ত্রাণ চুরির কাজ শেষ, সবাই ক্লান্ত। ঘড়ির কাঁটা পৌঁছেছে ৮ টায়, উঠোনে সবাই বসে আছে। কারও মুখে কথা নেই। বাইরে চাঁদের আলোয় উঠোনটা যেন ধুয়ে গেছে, কিন্তু মানুষের মনে জমে আছে কালো অন্ধকার।

হঠাৎ ফারিস নীরবতা ভেঙে প্রশ্ন করল চাচাকে, "চাচা, আপনি কেন চেয়ারম্যান? চেয়ারম্যান হিসেবে আপনার কাজটা কি?"

আকবর আলী বিরক্ত দৃষ্টিতে তাকিয়ে বললেন, "আমি কেন চেয়ারম্যান? এই এলাকার মানুষ আমাকে ভোট দিয়েছে। তাই আমি চেয়ারম্যান।"

ফারিস আবার শান্ত গলায় বলল, "চাচা, চায়ের কাপে একটা চুমুক দিন। তারপর ঠান্ডা মাথায় শুনুন। একজন ইঞ্জিনিয়ার বিল্ডিং বানায়। ডাক্তার চিকিৎসা করেন। পাইলট আকাশে উড়োজাহাজ চালান। আইনজীবী বিচারব্যবস্থা নিয়ে কাজ করেন। মুচি জুতা সেলাই করেন, নাপিত চুল কাটেন। আর আপনি? আপনি একজন চেয়ারম্যান। আপনার কাজটা কি?"

আকবর আলীর মুখ থমকে যায়। যেন শব্দ হারিয়ে গেছে তার কণ্ঠ থেকে। এই প্রশ্নে রাগ দেখানো যাবে, কিন্তু উত্তর দেওয়া যাবে না, এটাও তিনি জানেন।

কিছুক্ষণ নীরবতার পর ফারিস নিজেই উত্তর দিল, "চাচা, ত্রাণ চুরি ছাড়া আপনার আর কোনো কাজ আছে বলে আমার মনে হয় না। আপনি আর আপনার পদ দুটোই অকার্যকর। সরকার, জনগণ, দেশ, কোথাও আপনার প্রয়োজন নেই। বাংলাদেশ ছাড়া আর কোনো দেশে এমন চেয়ারম্যান, মেম্বার নেই। আপনারা বিরল প্রজাতির। হয়তো খুব দ্রুতই বিলুপ্ত প্রজাতির তালিকায় চলে যাবেন।"

আকবর আলী কিছু বললেন না। নিঃশব্দে উঠে ছাড়লেন উঠোন। একে একে বাকিরাও চলে গেল। রাতটা যেন হঠাৎই ফারিসের বিরুদ্ধে দাঁড়িয়ে গেল পুরো পরিবারকে নিয়ে।

ফারিস একা বসে থাকে জোছনায় ভেজা উঠোনে। একাকিত্বের মাঝে আরও উজ্জ্বল হয়ে ওঠে মানুষের ছায়া। ঠিক এক ঘণ্টা পর আকবর আলী ফিরে আসলেন। মুখে কৃত্রিম হাসি, আচরণে অস্বস্তির ছাপ। হালকা কাশির পর বলতে শুরু করলেন, "চেয়ারম্যান হলেন ইউনিয়ন পরিষদের সর্বোচ্চ নির্বাচিত প্রতিনিধি, যার দায়িত্ব পুরো এলাকার উন্নয়ন, শৃঙ্খলা ও জনগণের কল্যাণ নিশ্চিত করা..."

পুরো বাক্যগুলো তিনি এমনভাবে বললেন যেন ক্লাস টু-এর ছাত্র ভাব-সম্প্রসারণ মুখস্থ করে এসেছে। ফারিস হাসি চেপে রাখতে পারল না।

চাচার বক্তব্য শেষ হতেই ফারিস বলল, "চাচা, কাগজে-কলমে এসব খুব সুন্দর। কিন্তু বাস্তবে? এসব দায়িত্বের জন্য সরকারের আলাদা দপ্তর আছে। আইন-শৃঙ্খলার জন্য প্রশাসন, ভাতা বিতরণের জন্য সমাজসেবা অধিদপ্তর, সনদপত্রের জন্য নিবন্ধন অফিস, উন্নয়ন কর্মকাণ্ডের জন্য প্রকৌশল বিভাগ। সবকিছুরই নির্দিষ্ট অফিস, নির্দিষ্ট কর্মকর্তা আছে।"

তারপর সে গভীর দীর্ঘশ্বাস ফেলে বলল,

"গ্রামের মানুষের চোখে আপনি চেয়ারম্যান, আর আমার চোখে আপনি চতুর লোক। কে কাকে ঠকাতে পারে, কীভাবে প্রকল্পের টাকা মেরে দেয়া যায়, কীভাবে ক্ষমতার দাপটে নিজের সুবিধা নেওয়া যায়, এসবই যেন আপনাদের গোপন সংবিধান। চুরি করাই আপনাদের আসল যোগ্যতা।"

জোছনার আলোয় আকবর আলীর মুখের রং ফ্যাকাসে হয়ে গেল। আর ফারিস দাঁড়িয়ে রইল রাতে, বাতাসে, নীরব বিবেকের মতো।

রাতভর চিন্তায় কেটে গেল ফারিসের। নির্ঘুম চোখে সে ভাবছে, সত্যিই কি সে পারবে দেশে পরিবর্তন আনতে? নিজের পরিবার আর আত্মীয়স্বজনের মধ্যেই যখন অনিয়ম আর অবক্ষয়ের শিকড়, তখন দেশের পরিবর্তনের স্বপ্নটা কি খুব দূরের পথ নয়? তবু সময়ের তাগিদে তার কাঁধে যেন আকাশসমান দায়ভার এসে চেপে বসেছে।

পরদিন সকালে পুরো পরিবার যাবে ফারিসের ফুপির বাড়ি। ফারিসকে কেন্দ্র করেই এই আয়োজন, তাকে একা দাওয়াত করা যায় না বলেই পুরো পরিবারকে নিমন্ত্রণ করা হয়েছে। যাত্রার জন্য তিনটি রেঞ্জ রোভার প্রস্তুত করা হলো। ড্রাইভারের পাশের তিনটি সিট রিজার্ভ। একটা বাকের আলীর, একটা আকবর আলীর, আরেকটা অবশ্যই হার্ভার্ড গ্র্যাজুয়েট ফারিসের জন্য।

সকাল সাতটা। প্রথম গন্তব্য মেঘুলা বাজার, আজ হাট বসেছে। চারটি রাজহাঁস, ছয়টি দেশি মুরগি, বাজারের সবচেয়ে বড় বোয়াল, পাঙাশ, ইলিশ, আর বিশ কেজি মিষ্টি সবই তোলা হলো গাড়িতে। বাকের ও আকবর যাবে ছোট বোনের বাড়ি, ফারিস যাবে তার ফুপির বাড়ি। খালি হাতে কি যাওয়া যায়? ফারিস জানে, খালি হাতে আত্মীয়ের বাড়ি যাওয়াটা সম্মানহানি। তাই হাটের দিনের সঙ্গেই নেমে এসেছে আয়োজন। তাই বলে এত কিছু? একটু বেশি বেশি হয়ে গেল না? এসব একাই ভাবছে ফারিস।

নয়টার দিকে চৌদ্দজনের দল নিয়ে তারা পৌঁছাল আদনানদের বাড়ি। বাজারের জিনিসপত্র নামাতে এগিয়ে এলো বাড়ির তিন-চারজন কাজের লোক। একরকম এলাহি কারবার!

গাড়ি থেকে নেমেই থমকে গেল ফারিস। এ তো রাজপ্রাসাদ! সত্যিই কি এটা তার ফুপির বাড়ি? চার বছর আগেও যেখানে টিনের ঘরে বৃষ্টির টুপটাপ পানি ঢুকে মাটির ঘর কাদা হয়ে যেত, যেখানে একসময় আদনানের চাচাদের জরাজীর্ণ ঘর ছিল আজ সেখানে তিনতলা ট্রিপ্লেক্স, ঝকঝকে মার্বেল, দামী গাছ, দৃষ্টিনন্দন নিখুঁত ল্যান্ডস্কেপিং। অবিশ্বাসে সে নিজেকে বারবার চিমটি কাটছে, স্বপ্ন নয় তো?

আদনান এগিয়ে এসে লাগেজ নিয়ে ভেতরে গেল, ফারিসও পিছুপিছু। প্রাসাদের দরজা খুলতেই মেঝেতে দামী মার্বেলের গরমি, নাকে মিশে গেল লিলির হালকা ঘ্রাণ। দেয়ালে দেয়ালে শিল্পীদের মাস্টারপিস, মাথার ওপর ক্রিস্টাল ঝাড়বাতি, যেন হিরের মতো ঝলমল করছে আলো। বাড়ির প্রতিটি কক্ষ বিলাসিতার গর্বে টইটম্বুর। নিচতলায় ড্রইং, ডাইনিং, কিচেন, স্টোররুম ও দুটি ছোট গেস্ট রুম। ভেতরে ঢুকতেই চমকে ওঠলো ফারিস। লাল চন্দন কাঠের ডাইনিং টেবিল, প্রতিটি আসবাব কাস্টম ডিজাইনে তৈরি।

দ্বিতীয় তলায় একটি চাইল্ড গেস্ট রুম ও তিনটি মাস্টার গেস্ট রুম। তৃতীয় তলায় পারিবারিক লিভিং রুম আর আরও চারটি মাস্টার বেডরুম। ফারিসের ঠাঁই হলো দ্বিতীয় তলার একটি মাস্টার গেস্ট রুমে। এটাচড বাথরুম, বেলকনি, ব্র্যান্ডের ফার্নিচার, টিভি, মিনি ফ্রিজ সবই আছে এখানে। যেন পাঁচ তারকা হোটেলের স্যুইট!

আদনান তার বেডরুম দেখাতে নিয়ে গেল ফারিসকে। যাদের গেস্টরুমই এতটা রাজকীয়, তাদের মাস্টার বেডরুম কেমন হবে সেটা কল্পনার ঊর্ধ্বে। বেডরুমে গিয়ে তো ফারিস আরও হতবাক। এটাচড বাথরুম, ব্যক্তিগত সুইমিং পুল, প্রিমিয়াম ব্র্যান্ডের ফার্নিচার, লাউঞ্জ, গেমিং কনসোল, বড় টিভি, বিল্ট-ইন সাউন্ড সিস্টেম সব মিলিয়ে স্বপ্নের থেকেও বেশি কিছু।

আধা ঘণ্টা পর সবাই জমল পারিবারিক লিভিং রুমে। কাজের বুয়ারা এনে দিলো নাস্তা, ছয় রকম কুকিজ, কফি, চা যার যা পছন্দ। ফারিসের ফুপি এলেন দামী শাড়ি, গহনা আর হাতে রোলেক্স ঘড়ি পরে। প্রতিটি আচরণে প্রগাঢ় আভিজাত্যের ছাপ।

হাসি-ঠাট্টার মাঝে ফুপি বললেন, “জানো, এটা খাঁটি ছাগলের দুধের চা। বাজারের দুধ আমরা খাই না। নিজেদের ছোট্ট খামার থেকে দুধ আনি। স্বাস্থ্যসচেতন বলে কথা!”

গল্প বাড়ে, সময় গড়ে, আর ফারিসের মাথায় জমে থাকা প্রশ্ন যেন ভারী পাথরের মতো চাপ বাড়িয়ে চলেছে।

অবশেষে সে ধৈর্যের বাঁধ ভেঙে ফুপিকে জিজ্ঞেস করলো, “ফুপি, আমেরিকা যাওয়ার আগেও দেখেছি তোমাদের টিনের ঘর, বৃষ্টিতে ফুটো দিয়ে পানি পড়তো, একবেলা খেলে আরেকবেলা খাওয়া জুটতো না। আমার বাবা, চাচারা কষ্ট দেখে বাজার পাঠাতো। আজ হঠাৎ আলাদিনের চেরাগ কোথায় পেলে?”

ফুপি খিলখিল করে হেসে উঠলেন।

"বোকা পোলা! আমার পোলা আদনান, স্থানীয় ছাত্র সংগঠনের সহ-সভাপতি। এহন টাকার অভাব আছে?"

ফারিস স্তব্ধ। সব বুঝেও না বোঝার ভান করে প্রশ্ন করলো,

"সহসভাপতি বুঝলাম। কিন্তু তার বেতন কত? এত টাকা আসে কোথা থেকে? উৎস কী?"

ফুপি বিরক্তির সুরে বললেন, "তুমি আমেরিকা থেকে পড়াশোনা করে আসছো না? এগুলোও বুঝো না? আমার ইন্টারের পোলাও তো বুঝে! কতো টাকা কামায় আমাদের দেয়! তুমি কী শিখে এসছো আমেরিকা থেকে?" এই কথায় স্পষ্ট হলো এ পরিবারের চোখে সফলতা মানেই অশুভ উৎসের টাকা।

ফারিস আবারও বলল,

"আদনান, তুমি মাসে কত বেতন পাও? আর কীভাবে এই সম্পদ গড়লে? আমি শুধু টাকার উৎস জানতে চাই।"

আদনানের কিছু বলার আগেই ফুপি এবার রেগে গর্জে উঠে বললেন,

"এই অশিক্ষিত! আমেরিকা থেকে পড়াশোনা করে এসে কি শিখেছিস? তোর কি হিংসে হচ্ছে আমার ছেলের সফলতা দেখে?"

সাফল্য? এই দুর্নীতির পাহাড়ের নাম সাফল্য?

ফারিস আর কিছু বলতে পারলো না। সব প্রশ্নের উত্তর সে পেয়ে গেছে। এ হলো সেই নরক, যেখানে সৎ থাকা অপরাধ, আর চুরি করা মহৎ কাজ।

চায়ের কাপ, বিস্কুট টেবিলে রেখে দাঁড়িয়ে গেল সে। বের হওয়ার আগে ফিরে বলল, "চোরের বাড়ির খাবার আমার পেটে হজম হয় না, ফুপি। না, আপনাকে ফুপি বলা যায় না। একজন চোর আমার আত্মীয়? ভাবতেও ঘেন্না লাগে।"

কথা শেষ করে ফারিস উঠে গেল ড্রইং রুম থেকে, যেন নরক থেকে উঠে যাচ্ছে সে।

ফারিস চুপচাপ বাড়ি ফিরে আসে, সাথে তার ছোট বোন ঊর্মিও। বাকিরা থেকে গেলেও সন্ধ্যা নামতেই তারাও ফিরেছে। পুরো বাড়িজুড়ে এক অদৃশ্য নীরবতার পর্দা টাঙানো। কেউ ফারিসের সাথে কথা বলছে না, শুধু ঊর্মি ছাড়া। বাবা–মা অন্তরে ফারিসের পক্ষেই, কিন্তু প্রকাশ্যে সমর্থন দেবার সাহস নেই তাদের। কারণ এই বাড়িতে বাকের চাচার কথাই শেষ কথা। তিনি যা ন্যায় বলবেন, সেটাই ন্যায়; তিনি যা অন্যায় বলবেন, সেটাই অন্যায়। এই বাড়ির প্রশাসন তিনি একা।

বাসায় ফিরে ফারিস ঊর্মিকে বোঝায়, “চুরির টাকায় সম্পদ গড়ার চেয়ে অনাহারে মরে যাওয়া উত্তম।”

ঊর্মি নিঃশব্দে মাথা নেড়ে বলে, “ভাইয়া, আমি এগুলো বুঝি... আমারও এসব ভালো লাগে না।”

রাত ৯টা। হঠাৎ খবর আসে বড় চাচা বাকের আলী তাকে ডাকছেন। ফারিস রুমে ঢুকতেই চাচা মায়াভরা কণ্ঠে বসতে বলেন পাশে। তার কাঁধে হাত রেখে স্নিগ্ধ স্বরে জিজ্ঞেস করেন, “বাবা ফারিস, শরীর ঠিক আছে তো? মাথা ঠান্ডা? কফি বানাই দিতে বলি তোমার চাচীরে?”

তারপর ধীরে ধীরে শুরু হয় বুঝিয়ে বলা,

“দ্যাখ বাবা, রাজনীতি হলো দাবা খেলার মতো। যে যতো খাইতে পারবে, সেই জিতবে। রাজনীতিতে চুরি বলে কিছু নাই। এসব তো আমাদের হক। সরকার দশ কোটি বাজেট দিলে আমরা পাঁচ কোটিতে কাজ করে বাকি পাঁচ কোটি রাখলে দেশের ক্ষতি কি? সরকারই তো দিছে। আর একটা কথা মনে রাখো, টাকা কামাইবার সময় সবসময় আসে না। এহনই সময়। পরের নির্বাচনে যদি ফেল করি? যদি বিরোধী দল ক্ষমতায় আসে? তখন আর এইসব পাইমু না। তাই যা কামানোর এখনই কামাই করতে হবে যেন দুই-চার পুরুষ বসে বসে খাইতে পারে।”

ফারিস গভীর নিশ্বাস ফেলে শান্ত স্বরে উত্তর দেয়,

“চাচা, এটা ধনী হওয়ার পথ নয়, এটা চুরি। আপনারা যে সম্পদ করছেন, তা সাময়িক। এটা ধন নয়, প্রলোভনের বালুকাস্তূপ। বিশ্বের বড় বড় ধনীদের দেখেন, ইলন মাস্ক, বিল গেটস, মার্ক জাকারবার্গ। তারা কীভাবে ধনী হয়েছে? চুরি করে না, উদ্যোক্তা হয়ে। মানুষের সমস্যা খুঁজে বের করে তার সমাধান তৈরি করেছে। এজন্যই তাদের আয় স্থায়ী, তাদের সম্পদ স্থায়ী। আপনারা যা করছেন, সেটা একদিন থেমে যাবে। ক্ষমতা চলে গেলে আয় শূন্য হয়ে যাবে। তখন সব হারিয়ে পথের ফকিরও হতে পারেন যদিনা আবার চক্রাকারে চুরির সুযোগ না আসে। আপনি সত্যিকারের ধনী হতে চাইলে ব্যবসায় বিনিয়োগ করুন। উদ্ভাবনী কিছু করুন। নিজের শ্রমের উপর দাঁড়ান। চুরি নয়, মানুষের উপকারে আসা কাজ করুন।

এখনো সময় আছে চাচা...

ফিরে আসুন ধ্বংস হবার আগে।

ফিরে আসুন আলোর পথে, যেখানে প্রতিটি পদচারণে শান্তি লুকিয়ে থাকে।”

চাচা বরাবরের মতো এবারও সব শুনে চশমা নামিয়ে বললেন,

"ভাতিজা কথা একটু বেশি বলো, তুমি তো এমন ছিলা না। তোমাকে বুঝানো আর কলা গাছকে বুঝানো একই কথা।"

ফারিস বুঝতে পারে এই মানুষগুলোকে যুক্তি দিয়ে বোঝানো যাবে না। ঘুমন্ত মানুষকে জাগানো যায়, কিন্তু যে জেগে থেকেও ঘুমায়, তাকে জাগানো যায় না। তবুও সে হাল ছাড়ল না। এবার অন্য পথ ভাবল। যুক্তি দিয়ে যাদের বুঝানো যায় না তাদের ধর্ম দিয়ে বুঝাতে হয়।

রাত ৮ টায় ফারিস চলে যায় মসজিদে। ইশার নামাজ শেষে ইমাম সাহেবের সঙ্গে কিছুক্ষণ কথা বলবে। তার ধারণা, কীভাবে চাচাদের আলোর পথে আনা যায় হয়তো ইমাম সাহেব তাকে সেই পরামর্শ দিতে পারবে। কিন্তু ফারিস যে আলো খুঁজতে এসেছে, তা মসজিদের ভেতরে হিংসে, অহংকার আর দাম্ভিকতার ছায়ায় ঢাকা পড়ে আছে যা সে তখনো জানে না।

নামাজ শেষ হয়। সালাম ফেরানোর পরই ইমাম সাহেব দাঁড়িয়ে সবাইকে উদ্দেশ্য করে বলেন, "সবাই একটু বসুন, কেউ বের হবেন না। গুরুত্বপূর্ণ মাসআলা আছে।"

সবাই ইমাম সাহেবের কথায় সম্মতি জানায়। সুন্নত শেষ করে সবাই জড়ো হতে থাকে মিম্বরের কাছে।

ইমাম সাহেব দাঁড়িয়ে সবার উদ্দেশ্যে বলেন, "কয়েকজন আমীন জোরে বলেছে। তারা কারা? আপনাদের আমীন জোরে বলাতে আমার নামাজে সমস্যা হয়। আমি সুরা ভুলে যাই। আর কেউ ভবিষ্যতে আমীন জোরে বলবেন না।"

কথাটা বাতাসে ছুরি হয়ে ছুটে গেল। মুহূর্তেই ফিসফাস, তারপর প্রতিবাদ। একজন মুরুব্বি আর বসে থাকতে পারলেন না। দৃপ্ত কণ্ঠে বললেন,

"আমি মক্কার মসজিদুল হারামে নামাজ পড়েছি, সেখানে সবাই আমীন জোরে বলে। মদিনাতেও একই। ওখানকার ইমামদের তো সমস্যা হয় না। বরং তারাই আমীন জোরে বলেন। আপনি কি তাদের থেকেও বেশি জানেন?"

ইমাম তেতে উঠে বললেন, "আমীন জোরে বলার দলিল কোথায়? ইসলামে সৌদির শায়েখদের অনুসরণ করার বিধান নেই। অনুসরণ করতে হবে কোরআন ও হাদিস।

মুরুব্বির চোখে তখন দৃঢ়তা, "সৌদির শায়েখরা কি দলিল ছাড়া আমীন বলেন? আমরা পাঁচ ওয়াক্ত নামাজ পড়ি, কিন্তু কতজন দলিল জানি? রোজা রাখি, যাকাত দেই সবকিছুর দলিল কি মুখস্থ আছে? নেই। তাও তো পালন

করি। কারণ আমরা আল্লাহকে ভালোবাসি, বিশ্বাস করি। আমরা ছোট থেকে দেখে এসেছি এগুলো ইসলামের বিধান। চোখ মেলে খুঁজে দেখো, তুমিও দলিল পাবে আমীন জোরে বলার, যেভাবে পেয়েছো নামাজ, রোজা, হজ্ব, যাকাত এর দলিল।

ইমাম সাহেব বিরক্তির স্বরে বললেন, "চাচা দলিল ছাড়া আমীন জোরে বলা যাবে না। এটা অন্ধ অনুসরণ। আপনি কেন সৌদির শায়েখদের অন্ধ অনুসরণ করবেন?"

চাচা এবার কড়া জবাব দিলেন ইমামকে, "দলিল না জেনে যদি আমরা তোমাদের মুখের কথার উপর বিশ্বাস রেখে নামাজ, রোজা, হজ্ব, যাকাত ইত্যাদি ইবাদত করতে পারি, তবে দলিল না জেনে আমরা আমীন ও জোরে বলতে পারি। নিশ্চয়ই আল্লাহ উত্তম পরিকল্পনাকারী। আমরা খুব বেশি শিক্ষিত নই বাবা। দলিল টলিল বুঝি না। শুধু এইটুকু বুঝি, তোমার মতো মোল্লাকে যদি অন্ধ অনুসরণ করা যেতে পারে, তবে কেন সৌদির শায়েখকে নয়? নিশ্চয়ই তোমার মতো ফেতনাবাজ মোল্লার চেয়ে মক্কা, মদিনার শায়েখরা উত্তম।

কথায় কথায় মুসল্লীরা মসজিদের ভেতর দুটি দলে বিভক্ত হয়ে গেল। গর্জে উঠল বাকবিতণ্ডা। একদল বলছে, "আমীন জোরে বলতে হলে আরেকটা মসজিদ বানাও! এখানে আমীন জোরে বললে রক্তের বন্যা বয়ে যাবে।" আরেকদল বলছে, "দরকার হলে আরেকটা মসজিদ বানাব! তবুও আমীন জোরেই বলব!"

ফারিস নিরবে শুনছে, যেন কারও চিৎকার নয়, বরং ধর্মের নামে অহংকারের পতনশব্দ। সে এসেছিল আলোর সন্ধানে, কিন্তু দেখছে অন্ধকার এখানেই সবচেয়ে ঘন। ভেবেছিল ইমাম সাহেব তার যাত্রা সহজ করে দিবেন, তার সাথে থাকবেন। কিন্তু, এখন তো দেখছে সরল পথ আর ইমাম সাহেবের মধ্যে দূরত্বটা যেন কয়েক আলোকবর্ষের ব্যবধান। হঠাৎই তার ধৈর্য ভেঙে গেল। বুক ভরে চিৎকার করে বলল,

"থামুন! অনেক হয়েছে, এবার থামুন!"

মসজিদ নিস্তব্ধ।

ফারিস সবাইকে উদ্দেশ্য করে বলল,

"ভাইয়েরা আমার, আমরা কেন ভুলে যাচ্ছি আমরা সবাই একই আল্লাহর বান্দা, আমরা সবাই একই কিবলামুখী হয়ে দাঁড়াই। একই রুকু, একই সিজদা করি। একই কালেমা পড়ি। একই জান্নাতের আশা করি। তাহলে আমীন জোরে বা আস্তে বলা আমাদের মাঝে দেয়াল তুলবে কেন?

নামাজে আমীন জোরে বলা বা আস্তে বলা মূল বিষয় নয়, আমীন জোরে বললে বা আস্তে বললে নামাজের কোন ক্ষতি হয় না। যার ইচ্ছে জোরে বলবে, যার ইচ্ছে আস্তে বলবে। ইসলাম শান্তির ধর্ম। আমাদের সকলের উচিত ইসলামের মর্যাদা রক্ষা করা।

ফারিসের কথা শুনে ইমাম সাহেব চুপ হয়ে গেলেন। কিন্তু সেই চুপে শান্তি নেই। সহকারীকে কানে কানে জিজ্ঞেস করলেন, "এই ছেলে কে? তার ব্যাকগ্রাউন্ড কি?"

উত্তরে শুনলেন, "বাকের ভাইয়ের ভাতিজা। হার্ভার্ড থেকে পিএইচডি করে দেশে ফিরেছে। অনেক উচ্চশিক্ষিত ব্যক্তি।"

ঈর্ষা আর আতঙ্কে ধর্মীয় জ্ঞানে সীমাবদ্ধ ইমামের মাথা খারাপ হয়ে গেল। একজন জেনারেল শিক্ষিত ছেলে তাদের মাঝে মধ্যস্থতা করবে সে মেনে নিতে পারছে না। তাই তিনি তাচ্ছিল্য ঢেলে প্রশ্ন করলেন, "আপনি কি আলেম? মাদরাসায় পড়েছেন? আমি মুফতি, আপনি আমার চেয়ে বেশি বুঝেন? ফতোয়া দেওয়ার যোগ্যতা আছে?"

পেছন থেকে একজন বলে উঠল, "হুজুর, উনি বাংলা পড়ছেন, বাংলা!"

ইমাম ঠোঁট বাঁকিয়ে হেসে বললেন, "বাংলা পড়ে ফতোয়া দিতে আসে? হাহাহা!"

ফারিস শান্তস্বরে বলল, "আমি বাংলা পড়িনি। ঢাকা বিশ্ববিদ্যালয় থেকে পদার্থবিজ্ঞানে অনার্স-মাস্টার্স করে হার্ভার্ড থেকে পিএইচডি করেছি।"

ইমাম হাত নেড়ে বললেন, "ওই তো একই কথা। আপনার উস্তাদ কে? দুই লাইন আরবি এবারত পড়ুন দেখি!"

ফারিস হতভম্ব হয়ে বলল, "আমার কোন উস্তাদ নেই। যা শিখেছি নিজে শিখেছি। আরবি পড়তে পারি না, বাংলা অনুবাদই পড়েছি।"

ইমাম আবার তীক্ষ্ণ হাসি দিয়ে বললেন, "যার উস্তাদ নেই, তার উস্তাদ শয়তান! এক লাইন আরবি জানেন না ফতোয়া দিতে আসেন!" হাসতে হাসতে ইমামের মুখ থেকে কিছু পানের লালচে পিক ছিটকে এসে পড়ল ফারিসের মুখে। সেই মুহূর্তে সব বুঝে গেল সে। এ মসজিদ আল্লাহর ঘর হলেও দায়িত্বশীল ইমামের মন নরকের আগুনে জ্বলছে। যে আলো খুঁজতে সে এসেছিল এখানে সেই আলো নেই, বরং অন্ধকারটি ব্ল্যাকহোলের চেয়েও গভীর। আর কথা না বাড়িয়ে ফারিস চুপচাপ বেরিয়ে গেল। তার পদধ্বনি যেন পবিত্রতার ওপর জমে থাকা ধুলোর প্রতি শেষ ঘৃণার প্রতিধ্বনি।

দেখতে দেখতে রহমতের রোজার মাস চলে এলো। এই মাসে সবচেয়ে খারাপ মানুষটাও নিজের ভেতর একটা লাগাম টানতে চায়। কিন্তু আকাশে

চাঁদ ওঠার আগেই যেন মানুষের মনে সহনশীলতার সূর্যটা ডুবে গেছে। ফারিসও ভেবেছিল, অন্তত রোজায় মানুষ একটু নরম হবে; অন্তত আয়নার সামনে দাঁড়িয়ে 'আমি যা করছি, তা ভুল' এই বাক্যটা স্বীকার করার সাহস জন্মাবে। কিন্তু ভালো হতে হলে আগে স্বীকার করতে হয় পাপের নাম। আর যাদের কাছে পাপ মানে শুধু "অপর পক্ষের মত" তারা কখনোই নিজের ভেতরে তাকায় না।

আজ প্রথম তারাবি। শেষ রাতে সেহরি খেয়ে কাল থেকে রোজা। মাগরিবের আধঘন্টা পর গোসল করে ফারিস মসজিদে গেল, উদ্দেশ্য শুধু একটাই: তারাবি সালাত আদায় করা। কিন্তু মসজিদের গেটে পা রেখেই সে অনুভব করল, বাতাসের ভেতর অদ্ভুত এক উত্তাপ, তবে এই উত্তাপ ঈমানের নয়, সংঘর্ষের। সেই চিরচেনা কুণ্ডলী, চোখে চোখ মেপে দেখা, ফিসফিস করে দল গঠন, "আমাদের দলিল", "তোমাদের বিদআত", "তোমরা ভুল", "আমরা সঠিক", এই স্লোগানগুলো যেন জুমার খুতবার চেয়েও বেশি উচ্চস্বরে ভেতরে বাজছে।

বুঝতে বাকি রইল না, আজকের ঝামেলা তারাবির রাকাত নিয়ে। মসজিদে "অফিসিয়ালি" কত রাকাত তারাবি হবে এই প্রশ্নে মুসল্লিরা রীতিমতো দুই ভাগে বিভক্ত। এক দল চায় ৮ রাকাত। তাদের হাতে বই, কাগজ, মোবাইলের স্ক্রিনশট, এক কথায় দলিলের পাহাড়। কথা বলার ভঙ্গি এমন, যেন সংখ্যা ঠিক না হলে সালাতই বাতিল। আরেক দল ২০ রাকাতের পক্ষে। তাদের দাবি-ও ভয়ানক সোজা: "৮ হলে আমরা গুরুত্বপূর্ণ ১২ রাকাত মিস করবো।" তারা ১২ রাকাতকে এমনভাবে 'মিস' করার কথা বলছে যেন আল্লাহর রহমতের লিস্টে ১২টা টিক না কাটলে জান্নাতের দরজা বন্ধ হয়ে যাবে।

ইমাম সাহেব আবার ২০ রাকাতের পক্ষে, তাই ওই পক্ষের অবস্থান আরও শক্ত, আরও আক্রমণাত্মক। পরিস্থিতি যেকোনো মুহূর্তে বিস্ফোরণ ঘটাতে পারে। ফারিসের বুকের ভেতর আগুন জ্বলে উঠল। সে ভাবল, রোজা আসলো সংযম শেখাতে, আর আমরা প্রথম রাতেই শিখাচ্ছি কীভাবে দল বেঁধে ঝগড়া করতে হয়? এ যেন ধর্মের কোনো ইবাদত নয়, বরং কে কার চেয়ে বেশি ধার্মিক, তার প্রকাশ্য প্রতিযোগিতা।

ফারিস সামনে এগিয়ে সবার উদ্দেশ্যে বলল, "আমরা কেন তারাবি নিয়ে বাকবিতণ্ডায় লিপ্ত? আমাদের লক্ষ্য কি সংখ্যায় জেতা, নাকি রবকে খুশি করা? রাকাত সংখ্যা নিয়ে আপনি আমাকে হারাতে পারবেন, কিংবা

আমি আপনাকে হারাতে পারব, কিন্তু তাতে আপনার বা আমার কারোই আমল বড় হবে না, শুধু অহংই বড় হবে।"

মসজিদে রীতিমতো ফিসফিস শুরু হয়ে গেছে। কেউ তর্কের জন্য প্রস্তুত, কেউ সমর্থনের জন্য। ফারিস থামল না, তার যুক্তি আজ কাঁটার মতো সোজা।

"শুনুন," সে বলল, "২০ রাকাত পড়ানো হোক। এতে যারা ৮ রাকাতের পক্ষে দাঁড়িয়েছেন, তারা ৮ রাকাত পূর্ণ করেই বেরিয়ে যেতে পারবেন। আর যারা ২০ রাকাত চান, তারা ২০ রাকাতই পড়তে পারবেন। কারো ইবাদত আটকাবে না, কারো অধিকার নষ্ট হবে না। আর যেহেতু তারাবির ইমাম দুজন, পরিশ্রমও ভাগ হয়ে যাবে।"

কথাটা অদ্ভুতভাবে কাজ করল। কারণ ফারিস কোনো দলের 'ভাষা' ব্যবহার করেনি, সে ব্যবহার করেছে সমাধানের ভাষা। কয়েক মিনিটের মধ্যে উত্তেজনা কমল। অবশেষে সবাই একমত হলো, ২০ রাকাতই হবে সালাত।

তারাবি শুরু হতেই ফারিসের চোখ কপালে। "এ আবার কেমন তারাবি?" ইমাম সাহেবের তিলাওয়াতের গতি যেন আলোর গতিকেও ছাড়িয়ে যাচ্ছে। উচ্চারণ ঠিক আছে, নিয়মও আছে, কিন্তু হৃদয় কোথায়? শব্দগুলো দাঁড়ানোর আগেই হারিয়ে যাচ্ছে। কুরআন যেন শোনানো হচ্ছে না, "শেষ করা" হচ্ছে। যেন আজকের মসজিদে উদ্দেশ্য কিয়াম নয়, টাইম ম্যানেজমেন্ট।

ফারিস লক্ষ্য করল, লোকজন চোখের পানি মুছছে না, লোকজন ঘড়ি দেখছে। যে তিলাওয়াত শুনে হৃদয় নরম হওয়ার কথা, তা শুনে ঘাড় শক্ত হয়ে যাচ্ছে।

নামাজ শেষে ফারিস ইমাম সাহেবের দিকে এগিয়ে বলল, "হুজুর, আপনি যা তিলাওয়াত করলেন, তার কিছুই বুঝিনি। আমি একা নই, উপস্থিত মুসল্লিদের কেউই বোঝেনি। অথচ রাকাত সংখ্যা নিয়ে আপনারা মারামারি পর্যন্ত লাগিয়ে ফেলেছিলেন। আজ বুঝলাম, আলোর গতিতে পড়া ২০ রাকাত তারাবির চেয়ে ধীরে ধীরে, আবেগ দিয়ে, ভাব নিয়ে পড়া ৮ রাকাত নিঃসন্দেহে উত্তম।"

এ কথা শুনে ইমাম সাহেবের মুখ লাল হয়ে গেল। তিনি গর্জে উঠলেন, "কাল থেকে তাহলে আপনিই নামাজ পড়াবেন! হার্ভার্ড থেকে শেখা তিলাওয়াত দিয়ে!"

মসজিদে চাপা হাসি, আর চাপা উত্তেজনা। সবাই অপেক্ষা করছে, ফারিস এবার কী বলে, এই তর্কের "ফাইনাল রাউন্ড" কেমন হয়।

ফারিস শান্ত স্বরে বলল, "এটা আমার কাজ নয়, হুজুর। আমি ইমাম নই। আমারও একটা পেশা আছে, দায়িত্ব আছে, যেটা আমাকে মনোযোগ দিয়ে করতে হয়। তেমনই আপনার দায়িত্বটা আপনার মনোযোগ দিয়ে পালন করা উচিত। আপনি যদি আমার পেশায় এসে আমাকে বলেন 'তুমি ভুল করছ' আমি কি তখন বলবো 'কাল থেকে আপনিই আমার কাজ করবেন'?"

ইমাম থমকে গেলেন। ফারিস যুক্তির খুঁটি আরও গভীরে পুঁতল, "আপনি তর্ক করে আমাকে হারাতে পারবেন। আমি তর্ক করে আপনাকে হারাতে পারব। কিন্তু তর্ক জিতে আমলের স্বাদ পাওয়া যায় না। আমলের স্বাদ আসে খুশু থেকে, অর্থ বোঝা থেকে, হৃদয় নরম হওয়া থেকে। আরেকটা কথা, হুজুর আমরা আজ রাকাত নিয়ে লড়লাম, কিন্তু তিলাওয়াতের মান নিয়ে কেউ প্রশ্ন তোলে না কেন? যদি সত্যিই আল্লাহকে খুশি করাই উদ্দেশ্য হয়, তবে সংখ্যার আগে গুণগত প্রশ্ন আসার কথা। ৮ না ২০, এটা বিতর্ক হতে পারে। কিন্তু 'বুঝে পড়া' বনাম 'শেষ করে ফেলা', এটা বিতর্ক নয়, এটা আত্মপ্রবঞ্চনা।"

তারপর ফারিস একদম শেষ কথাটা বলল, যেটা শুনলে যে কোনো দলের অহংকার ব্যথা পায়:

"আমাদের জ্ঞানের উদ্দেশ্য হওয়া উচিত মহৎ, হিংসে নয়। আমরা আজ যে দলিল তুলে ধরলাম, সেটা যদি আমাদের ভেতর বিনয় না আনে, তাহলে সে দলিল আলোর পথ নয়, সে দলিল অস্ত্র। আর অস্ত্র দিয়ে ইবাদত হয় না, যুদ্ধ হয়।"

মসজিদে নিস্তব্ধতা নেমে এলো। কারো হাতে দলিল ছিল, কারো হাতে সংখ্যা, কিন্তু মুহূর্তটা প্রমাণ করল, সত্যিকার সমস্যা দলিলে নয়, সংখ্যায় নয়, সমস্যা উদ্দেশ্যে। তারাবির রাতেও যদি মানুষ শুধু জিততে চায়, তাহলে সে রোজা রাখবে, কিন্তু সংযম রাখবে না।

রোজা আসলে কোনো মাস নয়; রোজা এক আয়না। যার ভেতরে অহং লুকিয়ে থাকে, সে এই আয়নাতেই ধরা পড়ে।

পরদিন দুপুরে বাজারে গিয়ে সে আরেকটা বাস্তবতার মুখোমুখি হলো। রোজা আসার সঙ্গে সঙ্গেই চাল, ডাল, তেল, পেঁয়াজ সব কিছুর দাম যেন অদৃশ্য কোনো ইশারায় বেড়ে গেছে। দোকানির মুখে একটাই যুক্তি, "ভাই, রোজা তো তাই চাহিদা বেশি।"

ফারিস অবাক হলো। রোজা কি চাহিদা বাড়াতে আসে? নাকি সংযম শেখাতে? সে দেখল যে মাসে মানুষ কম খাওয়ার কথা, সে মাসেই মানুষ বেশি মজুদ করে। যে মাসে আত্মসংযমের কথা, সে মাসেই ব্যবসায়িক লোভ সবচেয়ে উলঙ্গ। এখানে কেউ দলিল দেখায় না, কেউ রাকাত গোনে না, কিন্তু সবাই নিঃশব্দে একমত: "আমার লাভ আগে।"

ফারিস বুঝতে পারল,

মসজিদের বিতর্কটা ছিল ধর্মের ভাষায় অহং।

বাজারের এই নীরবতা অর্থের ভাষায় অহং।

সন্ধ্যায় ছোট চাচা আকবর আলীর বৈঠকখানায় এলাকার বেশ কিছু মানুষের জটলা দেখা গেল। ঢাকা থেকে এক নামকরা 'সেলিব্রেটি হুজুর'-এর পিএ (পার্সোনাল অ্যাসিস্ট্যান্ট) এসেছেন। সামনে নির্বাচন, তাই চাচা চাচ্ছেন এলাকায় বিশাল এক ওয়াজ মাহফিল করতে। উদ্দেশ্য খুব পরিষ্কার, ধর্মীয় সেন্টিমেন্ট কাজে লাগিয়ে ভোট টানা।

পিএ সাহেব ডায়েরি খুলে বেশ ভাব নিয়ে বললেন, "চেয়ারম্যান সাব, হুজুরের ডেট তো আগামী ছয় মাসেও খালি নেই। তবে আপনি যখন বলছেন, ম্যানেজ করে দেব। কিন্তু হুজুরের রেট তো জানেন। এক ঘণ্টার বয়ানের জন্য তিন লাখ টাকা। আর হুজুর গাড়িতে আসেন না, হেলিকপ্টার লাগবে। হেলিকপ্টার ভাড়া আপনাকেই দিতে হবে।"

ফারিস পাশেই ছিল। সে অবাক হয়ে বলল, "তিন লাখ টাকা! এক ঘণ্টার জন্য? উনি কি দ্বীনের দাওয়াত দিতে আসছেন নাকি কনসার্ট করতে? মহানবী (সা.) তো বিনা পয়সায়, পায়ে হেঁটে মানুষের দ্বারে দ্বারে গিয়ে ইসলাম প্রচার করেছেন। আর আপনারা হেলিকপ্টার ছাড়া নড়েন না?"

পিএ সাহেব বিরক্ত হয়ে বললেন, "উনার অনেক ডিমান্ড। ইউটিউবে মিলিয়ন ভিউ। উনি আসলে মানুষ পিলপিল করে আসবে। এটা তো এক প্রকার ইনভেস্টমেন্ট। আর হুজুরের খানা-পিনার মেন্যুটাও লিখে নেন—খাসির রান, দেশি মুরগি আর কাজুবাদাম ছাড়া উনি কিছু খান না।"

পিএ সাহেব আরও একটি বিশেষ তথ্য দিলেন: "হুজুর তো আর যেই সেই বক্তা নন। উনি হলেন আন্তর্জাতিক খ্যাতিসম্পন্ন ২৬ ইঞ্চি সেলিব্রেটি বক্তা। দেশ-বিদেশে উনার ওয়াজের আলাদা কদর আছে। ওনার বিশেষ গুণ হলো, উনি বেডি থেকে বেডা হওয়া বক্তার থেকেও অনেক ভালো সুরে ওয়াজ করতে পারেন, শ্রোতাকে একদম মাত করে দিতে পারেন। এছাড়াও হুজুরের ওয়াজে আধুনিকতার ছোঁয়া দিতে তিনি ইংরেজি ভাষা ব্যবহারের

পারদর্শী। যেখানে অন্য বক্তারা শুধু 'ঠিক না বেঠিক' জিজ্ঞেস করেন, সেখানে হুজুর ইংরেজিতে শ্রোতাদের উদ্দেশ্যে বলেন, 'টেল মি রাইট অর রং?'

কথাগুলো শুনে ফারিস রীতিমতো অবাক হয়ে গেল। সে মনে মনে ভাবল, "এ কেমন আন্তর্জাতিক বক্তা? ইঞ্চি মেপে বক্তা! আর বেডা থেকে বেডি কিংবা বেডি থেকে বেডা হওয়া বক্তাই বা কেমন? এমন আজব বক্তাও আবার হয় নাকি!"

পিএ-এর দেওয়া ইংরেজি ওয়াজের তথ্য শুনে ফারিস আরও বেশি বিস্মিত হলো। পিএ সাহেব হয়তো মাদ্রাসার ইংরেজি বইয়ের দু-চার পৃষ্ঠা পর্যন্ত সীমাবদ্ধ পৃথিবীকেই 'আন্তর্জাতিক' ভেবে নিয়েছেন। যাদের জন্য এত টাকা খরচ করে এই 'I go you go I come you come' ঘরানার ইংরেজি জানা বক্তা আনা হচ্ছে, সেই শ্রোতারা কি সত্যিই ইংরেজি বোঝে? তারা তো এখনো এনআইডি ফরমে টিপসই দিতে অভ্যস্ত! এই গ্রামীণ জনপদে ইংরেজি-ওয়াজ করে হুজুর শ্রোতাকে মাত করবেন না বিভ্রান্ত করবেন? এসব ভেবে ফারিস কেবল দীর্ঘশ্বাস ফেলল, এত অর্থ খরচ করে এমন এক 'টেইপের ইংরেজি' বলা বক্তাকে আনার কি-ই বা সার্থকতা!

আকবর আলী ফারিসকে থামিয়ে দিয়ে বললেন, "সমস্যা নাই, টাকা যা লাগে দেব। কিন্তু হুজুরকে বলবেন, ওয়াজের মধ্যে যেন বিরোধীদের একটু ধুয়ে দেন। আর আমার নামটা যেন বারবার বলেন যে, আকবর আলী ইসলামের খাদেম।"

ফারিস ঘৃণায় চোখ বন্ধ করে ফেলল। সে দেখছে, ধর্ম এখন আর আত্মশুদ্ধির বিষয় নয়, এটা এখন পিওর বিজনেস এবং পলিটিক্যাল টুল।

পরদিন সকালে বাড়ির দরজায় দেখা মিলল স্থানীয় মসজিদের ইমাম সাহেবের। তবে তিনি একা নন, পাশেই সারি বেঁধে দাঁড়িয়ে আছে মাদ্রাসার ছোট ছোট এতিম বাচ্চারা। গতকাল পিএ সাহেবের সাথে ডিল হওয়ার পর আজ ইমাম সাহেব এসেছেন লোকাল কালেকশনে। ইমাম সাহেবের মুখে আজ এক অদ্ভুত বিনয়ী হাসি, অথচ গতকালই ফারিস দেখেছিল তার চোখে ভিন্ন রূপ।

ফারিস ১০০ টাকা এগিয়ে দিল। ইমাম সাহেব নিলেন না। মুখে নীরবতা, চোখে অন্য বার্তা—অর্থাৎ এই সামান্য টাকায় হবে না। খুব ভদ্রভাবে দাওয়াত দিলেন, "ভাইজান, মাহফিলে আসবেন। আখেরি মোনাজাতে অনেক কিছু শিখতে পারবেন। দান-সদকার ফাজিলত, রাসুল (স.)-এর কষ্টের জীবন..."

ফারিস শান্ত গলায় প্রশ্ন করল, "আখেরি মোনাজাত কি?"

এই প্রশ্নে উপস্থিত সবাই এবং ইমাম সাহেবও হো হো করে হেসে উঠলেন। একজন বলল, "আখেরি মোনাজাত বুঝো না? বাংলা পড়ে কি লাভ যদি আখেরি মোনাজাত না বুঝো?"

হাসতে হাসতে ইমামের মুখ থেকে পানের লালচে পিক ছিটকে এসে পড়ল ফারিসের পায়ে। তারপর তারা ব্যাখ্যা করল, "বড় বক্তা আসবেন, তিনি মোনাজাত করবেন, আমরা সবাই তার সাথে মুনাজাতে সামিল হব। এইটাই আখেরি মোনাজাত।"

ফারিস পকেট থেকে রুমাল বের করে পা মুছে বলল, "আমার সেখানে যাওয়ার দরকার নেই। আপনার বড় বক্তা আল্লাহর কাছে যা চাইবেন, আমি তা চাই না। আমি যা চাই, আপনার বক্তা তা চান না। আমাদের প্রয়োজন আলাদা, দোয়াও আলাদা। আমার যা প্রয়োজন আমি নিজেই আল্লাহর কাছে চাইতে পারি।"

ইমাম আবারো তাচ্ছিল্যের হাসি দিয়ে বললেন, "দুই লাইন আরবি জানো না, পড়ছো বাংলা, আবার নিজে নিজে মোনাজাত করবা? বড় হুজুরের মোনাজাত আর তোমার মোনাজাত কি এক হলো? আমরা সারা বছর অপেক্ষা করি এই আখেরি মোনাজাতের জন্য।"

ফারিস এবার কড়া জবাবে বলল, "আমি সেই রবের ইবাদত করি যার কাছে কিছু চাইতে কারো মধ্যস্থতা বা ভায়া লাগে না। আমি সেই রবের ইবাদত করি, যিনি শেষ রাত্রে প্রথম আসমানে অবতরণ করে ঘোষণা করেন, 'হে আমার বান্দারা, তোমরা কী চাইছ? আমাকে ডাকো, আমি কবুল করব।' (সহীহ বুখারী, হাদিস ১১৪৫; সহীহ মুসলিম, হাদিস ৭৫৮) আমি আমার রবের কাছে নিজ মাতৃভাষা বাংলাতেই চাইতে পারি। আমি সেই এক ও অদ্বিতীয় খোদার ইবাদত করি যিনি বাংলা ভাষা বোঝেন। আপনি যার ইবাদত করেন, তিনি কি বাংলা ভাষা বোঝেন না?"

ইমাম সাহেবের মুখটা মুহূর্তেই ছোট হয়ে গেল। কারণ তিনি জানেন এই প্রশ্নে রাগ দেখানো যাবে, কিন্তু উত্তর দেওয়া যাবে না। তাই কথা না বাড়িয়ে কিছুক্ষণ ফারিসের মুখের দিকে তাকিয়ে থেকে প্রসঙ্গ পাল্টে বললেন, "ভাতিজা, চাচা বাসায় নেই? থাকলে আকবর ভাইকে একটু ডেকে দাও।"

ফারিস বুঝতে পারল সামান্য টাকা-পয়সায় ইমাম সাহেবের পোষাবে না, তার বড় কোনো টার্গেট আছে। সে ছোট চাচা আকবর আলীকে ডেকে পাঠাল।

আকবর আলী ড্রইংরুমে আসতেই ইমাম সাহেব একটু নড়েচড়ে বসলেন। তারপর বিনীত ভঙ্গিতে বললেন, "ভাই, মাহফিলের প্যান্ডেল,

লাইটিং আর বক্তার হাদিয়া না হয় বাকের ভাই দিচ্ছেন। উনি সব নিজের কাঁধেই নিয়েছেন। কিন্তু হাজার দেড়েক মানুষের তবারকের ব্যবস্থাটা? মেহমানদের কি খালি মুখে বিদায় দেওয়া ঠিক হবে? ওটা কি আপনার ঘাড়েই চাপাব?”

আকবর আলী হেসে বললেন, “খাওয়াদাওয়া নিয়ে একদম চিন্তা করবেন না। বিরিয়ানি হবে না তেহারি? যা লাগে অ্যারেঞ্জ করেন। বিল আমি দিয়ে দেব। সামনে নির্বাচন বলে কথা। একটু দানবীর না হলে কি হয় এসময়?”

ঘণ্টাখানেক পর ফারিস হাঁটতে বের হলো। রাস্তায় আবার দেখা সেই চাঁদা সংগ্রহকারী দলের সাথে। গাড়ি থামিয়ে মাইক ধরে চাঁদা তোলা হচ্ছে, আর সেই কাজে ব্যবহার করা হচ্ছে মাদ্রাসার সেই ছোট ছোট বাচ্চাদের। যারা হয়তো এখনো জানেই না মাহফিল কি, অথবা এই মাহফিলের প্রয়োজনীয়তাই বা কি। রোদ্রে দাঁড়িয়ে তারা পথচারীদের কাছে হাত পাতছে।

ফারিস এবার ইমাম সাহেবকে প্রশ্ন করে বসল, “মাহফিলের খরচ তো সবই আমার চাচারা দিবে। মাহফিলের বাজেট তো ফিক্সড। তবে এই নিষ্পাপ বাচ্চাদের দিয়ে রাস্তায় ভিক্ষা করানো হচ্ছে কেন? মাহফিলের টাকা তো উঠেই গেছে, তাই না?”

ইমাম তাকালেন না। কিছুক্ষণ চুপ করে থেকে আমতা আমতা করে বললেন, “এটা... এটা মাদ্রাসার উন্নয়নের জন্য।”

ফারিস আর কথা না বাড়িয়ে চলে এল। মনে মনে ঘুরপাক খেতে লাগল একের পর এক প্রশ্ন। এই মাহফিলের প্রকৃত উপকারিতা কি? স্কুল-কলেজ ও বিশ্ববিদ্যালয়ে যখন বিজ্ঞান, প্রযুক্তি, দর্শন শেখানো হয়, তখন ইসলাম শিক্ষার নামে কেন এমন বাণিজ্যিক আয়োজন? যেখানে শিক্ষার চেয়ে টাকা তোলাই মূল উদ্দেশ্য?

বাড়ি ফেরার পথে ফারিস দেখতে পেল কিছু লোক রাস্তার মোড়ে বড় বড় মাইক লাগাচ্ছে। মাহফিলের মঞ্চ এখান থেকে অন্তত এক কিলোমিটার দূরে। ফারিস কাজ তদারকি করা ছেলেটিকে ডেকে বলল,

“মাহফিলের মঞ্চ তো এখান থেকে এক কিলোমিটার দূরে। এখানে মাইক বসাচ্ছ কেন? আর মাইকের মুখটা তো দেখি হাসপাতালের দিকে।”

লোকটা হেসে জবাব দিল, “ভাই, বুঝেন না? বড় মাহফিল, বড় আয়োজন। এত মাইক লাগাইছি যেন আশেপাশের দুই-চারটা এলাকায় মানুষ রাতভর ওয়াজ শুনতে পায়।”

ফারিস তাকে বোঝাল, “দেখো, এটা ঠিক না। মহল্লায় অনেক অসুস্থ মানুষ আছে, হার্টের রোগী আছে, পরীক্ষার্থী আছে। তোমাদের এই উদাসীনতা অন্যের কষ্টের কারণ হতে পারে। তোমাদের উচিত মাইক এমনভাবে বসানো, যেন মাহফিলে যারা উপস্থিত থাকবে, শুধু তারাই শুনতে পায়। ঘরে থাকা মানুষকে জোর করে শোনানোর দরকার কী?”

ছেলেটা এবার বিরক্ত হয়ে বলল, “ফারিস ভাই, আপনারা কি কনসার্ট দেখেন না? কনসার্টের মাইক তো আরও জোরে বাজে! তখন কই থাকেন আপনারা?”

ফারিস ঠান্ডা মাথায় তাকে বলল, “খারাপ কাজের উদাহরণ দিয়ে ভালো কাজকে বিচার করা যায় না। ভালো কাজের উদাহরণ ভালো জিনিস থেকেই নিতে হয়। ইসলাম তো অন্যের কষ্টের কারণ হতে নিষেধ করেছে।”

ছেলেটা মুখ বাঁকিয়ে কাজে মন দিল। ফারিস বুঝল, এদের মগজ ধোলাই করা হয়ে গেছে অনেক আগেই।

কিছুদূর যেতেই গ্রামের খেলার মাঠে ফারিসের চোখ আটকে গেল। এলাকার কিছু তরুণ যুবক সেখানে ব্যস্ত। দূর থেকে মনে হচ্ছিল তারা খেলার জন্য পিচ বানাচ্ছে। কিন্তু কাছে গিয়ে ফারিসের চক্ষু চড়কগাছ।

সেখানে ইট-বালু দিয়ে পাকা হেলিপ্যাড বানানো হচ্ছে!

পিএ সাহেবের সেই কথা মনে পড়ল ফারিসের—হুজুর হেলিকপ্টার ছাড়া আসেন না। এই সেই আন্তর্জাতিক খ্যাতিসম্পন্ন বক্তা, যিনি ‘হেলিকপ্টার বক্তা’ নামে পরিচিত। পুরো মাহফিলের বাজেট ৩০ লাখ টাকা। এর মধ্যে হেলিকপ্টার ভাড়া আর হুজুরের পেমেন্টই অর্ধেক।

ফারিস মাঠের এক কোণে দাঁড়িয়ে দীর্ঘশ্বাস ফেলল। গ্রামের কত মানুষ টাকার অভাবে চিকিৎসা পায় না, কত এতিম বাচ্চা একবেলা ভালো খেতে পায় না। অথচ তাদের নাম ভাঙিয়েই তোলা ৩০ লাখ টাকা উড়ে যাবে এক রাতের বিনোদনে। হ্যাঁ, ফারিসের কাছে এটাকে ধর্মীয় বিনোদন ছাড়া আর কিছুই মনে হলো না।

সে বিড়বিড় করে বলল, “একদিন সুদিন ফিরবে। মানুষ বুঝবে ধর্ম কোনো পণ্য নয়, ধর্ম হলো আলো। আর সেই আলো কেনা-বেচা করা যায় না।”

ফারিস হাঁটতে শুরু করল বাড়ির পথে। কিন্তু তার মনের ভেতর তখন নতুন এক ঝড়ের পূর্বাভাস।

৭

অবশেষে মাহফিলের দিন এলো। মাহফিলকে কেন্দ্র করে মাঠজুড়ে উৎসব। খাবার, খেলনা, দোকান সবমিলিয়ে যেন ঈদের মেলা, ধর্মীয় সমাবেশ নয়।

ফারিস ভিড় পেরিয়ে প্যান্ডেলে গেল। বক্তা এখনো আসেননি। তাই ফারিস সিদ্ধান্ত নিলো বক্তা আসার আগে একটু ঘুরে দেখবে আয়োজনের মহিমা। আন্তর্জাতিক খ্যাতিসম্পন্ন বক্তার মাহফিল বলে কথা। স্টেজে যেতেই দেখা মিলল বিশাল বড় ব্যানার যেখানে বক্তার পুরো নাম লিখা, "আন্তর্জাতিক খ্যাতিসম্পন্ন বক্তা নূরানী রুহানী মারেফতুল-হক্কানী হাকীমুল উম্মাহ আশেকী কাদেরী আল-মুতাহারী মারেফতী কামেলী শরীয়তপুরী।" ফারিস নামটা পড়েই মনে মনে শুকরিয়া আদায় করল এত বড় নাম পড়তে গিয়ে দাঁত না ভাঙায়! এরপর ভাবতে লাগল, এটা কেমন নাম? একজন ভদ্রলোক এর নাম এমন হয়?

এরপর ফারিস চলে যায় পাকশালাতে। সেখানে গিয়ে দেখা মিলল রান্নাবান্নার এক বিশাল আয়োজনের। মাহফিলকে কেন্দ্র করে বিরিয়ানি ও খিচুড়ির আয়োজন করা হচ্ছে। গরু জবাই হয়েছে ৪ টি, সাথে দুইটি ছাগল। শ্রোতাদের জন্য বিরিয়ানি ও খিচুড়ি রান্না হচ্ছে আর বক্তা ও ভিআইপি অতিথিদের জন্য স্পেশাল ১২ আইটেম খাবার রান্না করা শেষ। ফারিসের নামও আছে ভিআইপিদের তালিকায়। পোলাও, গরুর মাংস, আস্ত খাসির রোস্ট, আস্ত দেশি মুরগির তান্দুরী, বড় ইলিশ মাছ ভাজা, পায়েশ, ফিরনি, ফালুদা, দই, নানান রকম ফলের জুস, বোরহানি কিছুই বাদ যায়নি ভিআইপি মেনু থেকে। বক্তা মাহফিলের শুরুতে একবার ভূরিভোজ করবেন, আর মাহফিল শেষে আরেকবার। এ যেন পাঁচ তারকা হোটেলের বুফে।

পাকশালা থেকে ফারিস চলে গেল মাহফিলের মূল ফটকের বাহিরে। সেখানে আজ বিশাল মেলা জমেছে। ফুচকা, চটপটি, হালিম, ভাজাপোড়া, মিষ্টান্ন, খেলনা, বেলুন, হস্তশিল্প সহ হরেকরকম দোকানের উপস্থিতি আছে সেখানে। দেখে বোঝার উপায় নেই যে এখানে কোন ওয়াজ মাহফিল বা ইসলামিক কনফারেন্সে এর আয়োজন আজ। যেন ধর্মের চেয়ে ব্যবসা বড়।

অবশেষে অপেক্ষার প্রহর গুনতে গুনতে কাংখিত সময় আসে। কিছুক্ষনের মধ্যেই বক্তার হেলিকপ্টার নামবে। চারপাশে ব্যারিকেড দেয়া হয়েছে যেন কেউ ভেতরে প্রবেশ করতে না পারে। ভলান্টিয়াররাও খুব এক্টিভ। হেলিকপ্টার নামল, বক্তা বেরিয়ে এলেন হেলিকপ্টার থেকে। মাঠে

বিছানো হলো লাল কার্পেট। বক্তার দামী জুতোতে যেন ঘাসে থাকা ময়লা না লাগে সে ব্যপারেও উদাসীনতা করেনি মাহফিল কমিটি। বক্তাকে নিয়ে যাওয়া হলো অতিথিকক্ষে, এরপর ভূরিভোজ। বাকের আলী, আকবর আলী, ফারিস, বক্তা সহ স্থানীয় দুজন তথাকথিত বড় হজুরও সাথে বসলেন ভূরিভোজ এর জন্য। শুরু হলো খাওয়াদাওয়া। প্রায় এক ঘন্টা ভূরিভোজ এর পর বক্তা আর নড়াচড়া করতে পারছে না। আরো কিছুক্ষণ বিশ্রাম প্রয়োজন। দুজন ভলান্টিয়ারের কাধে ভর করে বক্তা চলে গেলেন বিশ্রামকক্ষে। পেছনে গণ্যমান্য ব্যক্তিবর্গ ও স্থানীয় বড় হজুরেরা। বক্তা বসে আছেন, চুপিচুপি বাকের আলীও তার পাশে গিয়ে বসলেন, পরিচয় দিলেন তিনি এবার এমপি পদপ্রার্থী সাথে মাহফিল কমিটির সভাপতিও। বাকের আলী বক্তাকে ৫০ হাজার টাকা দিয়ে কানে কানে বললেন, "আমার মেয়ের জন্য দোয়া কইরেন। আমেরিকার স্টুডেন্ট ভিসা প্রার্থী। তার ভিসা পাবার পথটা যেন সহজ হয় একটু মন খুলে দোয়া কইরেন।"

বক্তা মাথা নেড়ে সম্মতি দিলেন।

কিছুক্ষণ পর আকবর আলী এলেন। দিলেন পাঁচ হাজার টাকা, আর বললেন, "ইহুদি-খ্রিস্টানদের দেশ আমেরিকার ধ্বংসের জন্য দোয়া করবেন।" বক্তা এবার বিপদে! একজনের আমেরিকার ভিসা পাওয়ার দোয়া, আরেকজনের আমেরিকা ধ্বংসের দোয়া! দুটো একসাথে করলে পাবলিকের মাইর খাওয়ার ঝুঁকি আছে। পরের মাহফিলের রেটও কমে যাবে। তাই সে সুনিপুণ কৌশল অবলম্বন করলেন। এই ধরনের সমস্যা সমাধান করার ইতিহাস আছে তার। কিছুক্ষণ পর আবার দুজন ভলান্টিয়ারের কাধে ভর করে বক্তা চলে গেলেন মঞ্চের দিকে। কিছুক্ষণের মধ্যেই মাহফিল শুরু হবে। সবার মনোযোগ বক্তার দিকে। বক্তার সামনে কয়েকশো মাইক্রোফোন আর ক্যামেরা বসানো। ফারিস কিন্তু প্রেস কনফারেন্স ভেবে ভুল করেনি। মঞ্চে উঠেই বক্তা মাহফিল শুরু করলেন আমাদের প্রিয় নবী রাসুল (স.)-এর সাদামাটা জীবনী দিয়ে।

প্রিয় ইসলামী দ্বীনি ভাই ও বোনেরা, আমাদের প্রিয় নবী (স:) দুনিয়ার রাজকীয় জীবন চাননি। হাদিসে আছে দুই মাস ধরে নবীজির ঘরে চুলা জ্বলত না, খাবার ছিল শুধু খেজুর আর পানি। কখনো সামান্য এক টুকরো মাংস দিয়েই দিন কাটিয়েছেন তিনি। আরামদায়ক বিছানা ছিল না; এমনকি খেজুরপাতার বিছানায় শুয়ে পিঠে দাগ পড়ে যেত।

(বুখারি 6459; মুসলিম 2972; বুখারি 2567; তিরমিযি 2355)

ফারিস হতভম্ব। ২ লাখ টাকার কন্ট্রাক্ট করে, ১ লাখ টাকা অ্যাডভান্স নিয়ে, হেলিকপ্টারে করে মাহফিলে এসে, পোলাও আর আস্ত খাসির রোস্টসহ দশ-বারো আইটেমে ভূরিভোজ করে এখন সে নবী (সা.)-এর ত্যাগের গল্প শোনাচ্ছে! তবুও ফারিস চুপচাপ শুনল।

বক্তার কণ্ঠে কথা উঠতেই সবাই তালে তাল মিলিয়ে বলছে রাইট, রাইট, রাইট। বক্তাও মজা পাচ্ছে, আবার বলছে, টেল মি, রাইট অর রং? শ্রোতারাও মজা পেয়ে মঞ্চ কাপিয়ে বলছে রাইট, রাইট, রাইট। বক্তাও উত্তেজিত, শ্রোতারাও উত্তেজিত।

হঠাৎ বক্তা ইমোশনাল হয়ে গেলেন আর কাদামাখা চোখ মুছতে মুছতে বললেন, "ভাইয়েরা, একটা ঘটনা আপনাদের শোনাই। বড়পীর সাহেব একদিন বরিশাল লঞ্চ টার্মিনাল থেইকা রওনা হলেন সদরঘাটে। পথ ছয় ঘণ্টার, আর হাতে সময় এক ঘন্টা। এই এক ঘণ্টার মধ্যেই তাকে মাহফিল ধরতে হবে। হিসেব করলেই বোঝা যায়, মানুষের সাধ্য দিয়ে এত তাড়াতাড়ি পৌঁছানো সম্ভব না। সূর্য ডুবার পরপরই পীরসাহেব লঞ্চের সামনে গিয়া দাঁড়াইলেন। ঠিক তখনই তিনি দেখলেন, জল থেকে একটা বড় মাছ উঠছে। দূর থেইকা বোঝা যায় না এটা ডলফিন নাকি অন্য কিছু।

হঠাৎ সেই মাছটা শান্ত গলায় বলল, 'হে পীরসাহেব, আপনে উঠেন। আমি আপনাকে গন্তব্যে নিয়া যাইতে আইছি।'

পীরসাহেব বসলেন মাছের পিঠে। এরপর মাত্র এক মিনিটের মধ্যে মাছটা ওনাকে সদরঘাটের কাছে নামাইয়া দিল।

নামার পর পীরসাহেব ডলফিনকে বললেন, 'ও ডলফিন গো... তুমি তো আমারে চিনলা। অথচ এই দেশের কত মুসলমান আজও আমারে চিনল না। ওহে ডলফিন মাছ গো...।

কিসসা শেষ করতেই বক্তা বললেন, সে ইট লাউডলি, সুবহানাল্লাহ!

ফারিস মনে মনে ভাবতে লাগল, এগুলা যদি হয় মাহফিলের টপিক, তাহলে এই দেশে নাস্তিক তৈরি হবে না তো কোন দেশে হবে? এইসবের থেকে তো ভালো ছিল ঘরে বসে ঠাকুরমার ঝুড়ি দেখা।

এবার বক্তা হঠাৎ চেয়ার থেকে দাঁড়িয়ে ইসলাম বিদ্বেষীদের বিরুদ্ধে হুংকার দিলেন আর সাথে সাথে দুইটা মাইক্রোফোন ভেঙে ফেললেন। এবার শ্রোতারা আরো উত্তেজিত। কেউ প্যান্ডেলের বাঁশ বেয়ে উপরে উঠছে, কেউ ডিগবাজি দিচ্ছে, কেউ তালে তালে নাচছে, আবার কেউ বক্তার দিকে ছুটে যাচ্চে চুমু খেতে। ভলান্টিয়াররা মঞ্চের সামনে চুমুর বিরুদ্ধে দূর্গ গরে তুলছে, যেন কেউ বক্তা অব্দি পৌছাতে না পারে। কেউ কেউ বাঁশের উপরে উঠে

প্যান্ডেলের বীম বেয়ে যাচ্ছে মঞ্চের দিকে। উদ্দেশ্য ভলান্টিয়ারদের ফাঁকি দিয়ে প্যান্ডেল থেকে মঞ্চে অবতরণ করে ২৬ ইঞ্চি বক্তাকে চুমু খাওয়া। সবমিলিয়ে এক বিতিকিচ্ছা অবস্থা। তবে মজার বিষয় হলো এখানে কারোই কোন দোষ নেই। সব দোষ নাকি জ্বীনের। মাহফিলে উত্তেজনা বাড়লে নাকি জ্বীন চলে আসে।

ফারিস এবার জ্বীনদের নিয়েও চিন্তায় পরে গেল। মানুষ যখন বিজ্ঞান আর প্রযুক্তিতে এগোচ্ছে, তখন জ্বীনরা কি-না মাহফিলে গণ্ডগোল করতে আসে! তারা কি তবে পড়াশোনা করে না? তাদের কি আর কোনো কাজ নেই?

মাহফিলের প্রথম ধাপ শেষ। এখন শুরু হবে মূল পর্ব, টাকা তোলার ধাপ। মঞ্চের সামনে দাঁড়ানো বক্তা মাইক হাতে ভিড়ের দিকে তাকিয়ে একটু হাসলেন। ঠিক এই মুহূর্তটাই সবচেয়ে ফলপ্রসূ। কারণ দান-সদকার ওয়াজ শেষ হয়েছে। হৃদয় নরম, আবেগ উঁচু, আর পকেট... এখনো বন্ধ হয়নি।

বক্তা গলা খাঁকারি দিয়ে বললেন, "মসজিদ, মাদ্রাসা আর কবরস্থানের জন্য সবাই সহযোগিতা করেন। যার যা তওফিক আছে দেন। আল্লাহ কবুল করুন।"

একজন লাজুকভাবে এগিয়ে এসে খাম তুলে দিলেন। বক্তা সঙ্গে সঙ্গে মাইকে ঘোষণা দিলেন, "অমুক সাহেব ১০ হাজার টাহা দিছে! সবাই বলেন, মারহাবা!"

মুহূর্তেই চারপাশে গর্জে উঠল,

"মা-র-হা-বা—আ—আ!"

মারহাবার সাউন্ডে যেন শিহরণ আছে। শব্দ যত জোরে ওঠে, দাতার মুখে তত গর্বের হাসি। যারা টাকা বেশি দিচ্ছে, তাদের বেলায় বক্তাও অজান্তে সুরের উচ্চতা বাড়িয়ে দেন। একেকটা "মারহাবা" যেন একেকটা সাউন্ড ব্লাস্ট। আর সামনের সারিতে বসে থাকা কয়েকজন অস্বস্তিতে কাঁপছে। অল্প টাকা দেবে, এই লজ্জায় তারা নড়তে পারছে না। যদি তাদের বেলায় সেই গর্জন না ওঠে? যদি মারহাবার সাউন্ড কম হয়? তাহলে তো লোকজন বুঝেই যাবে সে কম দিয়েছে। তাই অনেকে দান করার আগেই হিসেব কষছে মারহাবা কি তাকে লজ্জা দেবে, নাকি সম্মানিত করবে?

এবারের পর্ব জিকির। মাহফিলে জিকির হবে না এটা ভাবাই যায় না। তবে এটাকে সাধারণ কোনো জিকির ভাবলে ভুল হবে। এটি তালে তালে, ছন্দে ছন্দে গড়ানো এক বিশেষ জিকির; যেখানে সুরের আগে তাল আসে, আর তালের সাথে সাথে দেহের ভিতরের নীরবতা ভেঙে আসে এক ছন্দময়

আধ্যাত্মিক উন্মাদনা। লোকজন দাঁড়িয়ে আছে, কিন্তু মনে হচ্ছে যেন অদৃশ্য কোনো স্রোত তাদের শরীর ধরে টান দিচ্ছে ডানে-বামে, সামনে-পিছনে। দেহের দোল, মাথার দোল, আর চোখের অদ্ভুত খেয়ালি তন্দ্রা, সব মিলিয়ে দৃশ্যটা অস্বাভাবিকের কাছাকাছি।

তারপরই হঠাৎ শুরু হয় সেই শব্দ,

"হুউউউক্কক্কুউউউউউ! হুক্ককুউউউউউ!"

এ এমন এক শব্দ যা কোন অভিধানে নেই, কোন ভাষাতেও নেই, এমনকি কোন ভাষার ডিকশনারিতেও নেই, তবু জনতার মধ্যে এ শব্দের প্রভাব অদ্ভুতভাবে স্পষ্ট। যেন শব্দ নয়, এক উন্মাদনার ঢেউ যা এসে আছড়ে পড়ছে মাহফিলের জনসমুদ্রে।

এখানেই শেষ নয়।

এবার জিকিরের মাঝে যোগ হয় গান; গানের সাথে ছন্দ, ছন্দের সাথে সুর, আর সুরের সাথে তালের উন্মাদনা। মুহূর্তেই মাহফিল রূপ নেয় এক বিচিত্র রঙমঞ্চে।"

কেউ লাফাচ্ছে, যেন পায়ের নিচে হঠাৎ আগুন জ্বলে উঠেছে। কেউ আবার স্টেজের এপাশ থেকে ওপাশে ছুটে যাচ্ছে, যেন অদৃশ্য কিছু তাড়া করছে তাকে। আর কিছু লোক আছে যারা দাঁড়িয়ে দাঁড়িয়েই হাউমাউ করে চিৎকার দিচ্ছে এমনভাবে, যেন বুকের ভেতর জমে থাকা সব ভার এক চিৎকারে ফেলে দিতে চায়। চারদিকে তাকালে একটা প্রশ্নই মাথায় আসে,

এটা কি সত্যিই মাহফিল, নাকি সার্কাসের কোনো অদ্ভুত প্রদর্শনী?

মাইকের কাঁপা আওয়াজ, সামনে জটলা পাকানো ভিড়, মাথার ওপর ঝুলে থাকা রঙিন বাল্বের আলো, আর সেই তাল মেশানো অদ্ভুত শব্দ, সব মিলিয়ে পরিবেশটা এমন অস্বাভাবিক হয়ে ওঠে যে, পাশে দাঁড়িয়ে থাকা মানুষরাও একসময় বুঝতে পারে না তারা কী দেখছে।

জিকিরের পরই শুরু হয় আখেরি মোনাজাত। বক্তা সবাইকে উদ্দেশ্য করে বললেন, ভাই ও বোনেরা সবাই পরম করুণাময় মহান রবের দরবারে মাথা নত করেন, হৃদয়টা নরম করেন, দুনিয়াবি চিন্তাভাবনা ভুলে সবাই হাত দু'টা তুলেন। আমি দোয়া করব, আপনারা জোরে জোরে "আমীন" বলবেন... ইনশাআল্লাহ।

"আলহামদু লিল্লাহি রব্বিল আ'লামীন... ওয়াস্‌সালাতু ওয়াস্‌সালামু 'আলা রাসুলিহিল কারীম..."

তারপর বাংলায় আবেগী সুরে,

"হে পরম দয়ালু মহান আল্লাহ... আজকের এই পবিত্র মাহফিলে আমরা সবাই হাত তুলেছি আপনার দরবারে। আমাদের দোয়া কবুল করুন, ইয়া রব্বুল আলামীন..."

হে পরম দয়ালু মহান আল্লাহ... আজকে এই মহফিলে যতোজন উপস্থিত আছি, সবাইকে আপনি মাফ করে দিন ইয়া রব!

হে আল্লাহ... আমাদের গুনাহগুলো আপনি ক্ষমা করে দিন। বহু ভুল করেছি ইয়া গফ্‌ফার, আপনি তো ক্ষমাকারী।

হে আল্লাহ... দুনিয়ার দুঃখ-কষ্ট, রোগ-বালাই, ঋণ-দায় সবকিছু থেকে আমাদের মুক্তি দান করুন, আর রহমতের ছায়ায় রাখুন।

হে আল্লাহ... আমাদের মা-বাবা, পরিবার-পরিজনের জীবনে বারাকাহ দিন, তাদের কবরগুলোকে রহমতে পূর্ণ করে দিন ইয়া রব্বুল আলামীন।

হঠাৎ ফারিসের হৃদয়টা নরম হয়ে গেলো, এক প্রশান্তির শীতল হাওয়া বইতে লাগল তার হৃদয়ে। যেন সে তার রবের সাথে কথা বলছে আজ মন খুলে। এ পর্যন্ত সবকিছু ঠিকই ছিল। কিন্তু, এবার বক্তা শুরু করলেন কমার্শিয়াল দোয়া,

পরম করুণাময় রব... আজকে আপনার এক বান্দা, বাকের ভাই, তার মেয়ের জন্য দোয়া চেয়েছে। হে আল্লাহ... তাঁর মেয়ের আমেরিকার স্টুডেন্ট ভিসা প্রাপ্তির পথটা আপনি সহজ করে দিন। তার পড়ালেখা, ভবিষ্যৎ আর নিরাপত্তায় বারাকাহ দান করুন। হে রব, যারা "আমীন" বলছে তাদের জীবনের সকল দরখাস্তও কবুল করুন।

বাকের ভাই এর স্পেশাল দোয়া দিয়েই আখেরী মোনাজাত শেষ করলেন বক্তা। বক্তা রক্ষা পেলো, আজ ধ্বংসের দোয়া ভুলে যাওয়া হলো ইচ্ছাকৃতভাবেই। বাকের ভাই বক্তার উপর ভীষণ খুশি। মাহফিল শেষ হলো। সবাই রওনা দিল বাড়ির পথে। মঞ্চে রইল বক্তা, কমিটির সদস্যরা, বাকের আলী, আকবর আলী আর ফারিস। বাকের আলী বক্তাকে প্রতিশ্রুতি দিলেন, "নির্বাচনে পাশ করলে আবার তাকে হেলিকপ্টারে করে আনবে।"

বক্তা খুশি, কমিটিও খুশি, আমজনতাও খুশি, শুধু আকবর আলী অখুশি। কারণ বক্তা টাকা নিয়েও তার দোয়া করেননি। তবুও সে মুখ খুললেন না, বাকের আলীর সামনে কিছু বলার সাহস নেই তার।

৮

পরদিন সকালে ফারিস ইমাম সাহেবকে ডেকে পাঠালেন। সাথে বাকের চাচাও এলেন। বাড়ির পশ্চাদপটে, পুকুর পাড়ের ঘাটটি বসার জন্য বেশ মনোরম। শীতের সকালের নরম রোদে সেখানেই আসন পাতলেন তিনজন। সামনে ধোঁয়া ওঠা আদা, দারুচিনি আর পুদিনা পাতার সুগন্ধে ভরপুর রঙ চা। শীতের প্রথম প্রহরে এমন স্নিগ্ধ আয়োজন কার না ভালো লাগে?

চায়ের কাপে আলতো চুমুক দিয়ে ফারিস ধীরলয়ে কথা শুরু করল, "আপনাদের দুজনকে ডাকার পেছনে একটি বিশেষ কারণ আছে। আমরা প্রতি বছর বিপুল আড়ম্বরে ওয়াজ মাহফিলের আয়োজন করি। কিন্তু আমার প্রশ্ন হলো, এই আয়োজেনের প্রকৃত উদ্দেশ্য কী? এর মাধ্যমে দেশ ও জাতির ঠিক কতটা উপকার হচ্ছে? আমার মনে হয় না প্রচলিত এই মাহফিলগুলোর আদতে কোনো দীর্ঘস্থায়ী ফজিলাত বা কার্যকারিতা আছে।"

ফারিসের কথা শেষ হতে না হতেই ইমাম সাহেবের মুখমণ্ডল রক্তিম বর্ণ ধারণ করল। তাঁর গণ্ডিবদ্ধ ধর্মীয় জ্ঞানের ভাণ্ডারে এই কথাটি যেন বজ্রপাতের মতো শোনালো। মুহূর্তের মধ্যেই তিনি ফারিসকে 'কাফের' ফতোয়া দেওয়ার উপক্রম করলেন। তাঁর দৃষ্টিভঙ্গি পরিষ্কার, যে বা যারা প্রচলিত মাহফিলের বিরুদ্ধে কথা বলবে, তারা নির্ঘাত ইসলাম বিদ্বেষী, নাস্তিক, কাফের।

ফারিস বিচলিত হলো না, রাগও করল না। সে ভালো করেই জানে, এই ইমামের জ্ঞানের দৌড় বড়জোর মুসল্লীদের বাড়িতে ভূরিভোজ আর বিদায়বেলায় পকেটে কিছু হাদিয়া গুজার মধ্যেই সীমাবদ্ধ। তাই সে অত্যন্ত ঠান্ডা মাথায় পরিস্থিতি সামাল দিলেন।

বিনীত স্বরে ফারিস বলল, "হুজুর, আমি সেই আল্লাহর ইবাদত করি যার ইবাদত আপনি করেন; আমি সেই রাসুল (সা.)-কে অনুসরণ করি যাকে আপনি মানেন। আমাদের পথ ভিন্ন নয়। আমি মাহফিলের বিরুদ্ধে নই, আমি বিরোধিতা করছি আপনাদের পদ্ধতির। আপনারা ধর্মীয় শিক্ষার প্রসারে যে পদ্ধতি ব্যবহার করছেন, তা আমার কাছে অকার্যকর মনে হচ্ছে। যখন জ্ঞান-বিজ্ঞান বা গবেষণায় কোনো পদ্ধতি বিফল হয়, তখন আমরা নতুন পথের সন্ধান করি। তবে ধর্মের ক্ষেত্রে এই সংকীর্ণতা কেন?"

ফারিস একটু থামল, তারপর যোগ করল, "পৃথিবীর আর কোনো দেশে হেলিকপ্টারে বক্তা এনে লক্ষ লক্ষ টাকা খরচ করে এমন মাহফিল হয় না। তারা বড়জোর ইসলামিক কনফারেন্স বা সেমিনারের আয়োজন করে।

আমরা যদি মাহফিলের সেই বিপুল বাজেট দিয়ে প্রতিটি এলাকায় ইসলামিক সেন্টার গড়ে তুলি—যেখানে নতুন প্রজন্ম ধর্মীয় জ্ঞান চর্চার পাশাপাশি সুস্থ ইসলামিক সংস্কৃতির বিকাশ ঘটাবে, কিংবা শিক্ষিত সমাজ ও শিক্ষার্থীদের হাতে বিনামূল্যে কুরআনের বাংলা অনুবাদ, তাফসির বা সহিহ বুখারী তুলে দিই, অথবা যারা বয়স্ক, পড়তে পারেন না তাদের জন্য অডিও বুকও তৈরি করি—তাহলে এই পদক্ষেপ নিশ্চয়ই মাহফিলের চেয়ে বেশি উপকারে আসবে। বিশ্বাস করুন, বছরে তিন-চারটি মাহফিলে যে টাকা ওড়ে, তা দিয়ে একটি সুন্দর ও সমৃদ্ধ ইসলামিক সমাজ গঠন সম্ভব। নিশ্চয়ই আল্লাহ উত্তম পরিকল্পনাকারীদের পছন্দ করেন।

ইমাম সাহেব রাগে গজগজ করছিলেন, কিন্তু এবার আর রাগ প্রকাশ করলেন না। তিনি বুঝে গেছেন, গ্রামের সাধারণ মানুষকে ফতোয়ার জালে যেভাবে আটকানো যায়, ফারিসকে সেভাবে আটকানো সম্ভব নয়। তাই তিনি কৌশলী হওয়ার চেষ্টা করলেন।

বুদ্ধিদীপ্ত গলায় ইমাম বললেন, "শোনো বাবা, কুরআনের ব্যাখ্যা সবাইকে পড়তে দেওয়া যাবে না। এতে মানুষ ভুল বুঝবে, সমাজে ফিতনা ছড়াবে। কুরআন একা যথেষ্ট নয়। এর আয়াতের গূঢ় রহস্য, তাৎপর্য বুঝতে হলে মাদ্রাসায় পড়ে আরবি, ফার্সি, উর্দু, ব্যাকরণ, উসুল, ফিকাহ ইত্যাদি জানতে হয়। এবং এমন বড় হুজুরের সোহবত লাগে যার সিলসিলা রাসুল (সা.) পর্যন্ত পৌঁছেছে। তা না হলে মূর্খরা বিভ্রান্ত হবে।"

এবার ফারিসের চোখেমুখে বিরক্তি ফুটে উঠল। সে কিছুটা দৃঢ় কণ্ঠে বলল, "তার মানে আপনি বলতে চাইছেন, আল্লাহ তাঁর কিতাবে ত্রুটি না রাখলেও প্রচুর জটিলতা রেখে দিয়েছেন? আর আমাদের তথাকথিত 'বড় হুজুররা' সেই জটিলতা দূর করতে হাজার হাজার কিতাব লিখেছেন? নাউযুবিল্লাহ! নিশ্চয়ই মহাগ্রন্থ আল-কুরআন ফিতনা তৈরির জন্য নাজিল হয়নি। এটি সেই গ্রন্থ যা মানুষকে 'সিরাতুল মুসতাকীম' দেখায়। আল্লাহ সূরা আনআমে বলেছেন, 'আমি এই কিতাবে কোনো কিছু লিপিবদ্ধ করতে ত্রুটি করিনি' (৩৮)। আবার সূরা ক্বামারে বলেছেন, 'আমি কুরআনকে বোঝার জন্য সহজ করে দিয়েছি' (১৭)। অর্থাৎ, আল্লাহর আদেশ-নিষেধ বোঝার জন্য কুরআনই যথেষ্ট। আমাদের উচিত সাধারণ মানুষের হাতে কোরআনের বাংলা অনুবাদ ও সহিহ হাদিস পৌঁছে দেওয়া। ছোটবেলায় আমরা ১+১=২ একবারই শিখেছি। এরপর আর এটা শিখতে হয়নি। তেমনি দ্বীনের সঠিক জ্ঞান যে একবার শিখে যাবে, তাকে আর ফতোয়ার জন্য

কোনো দাম্ভিক হুজুরের পিছু নিতে হবে না। এজন্যই পরবর্তী প্রজন্মকে গোড়া থেকেই কুরআন-হাদিসের সঠিক শিক্ষা দিতে হবে।"

ইমাম সাহেব এবার আমতা আমতা করে বললেন, "আমরা বারো বছর মাদ্রাসায় পড়ে মুফতি হয়েছি। আর তোমরা দুদিন বাংলা কুরআন পড়েই সব সমস্যার সমাধান করবে? এতে মানুষের মাঝে বিভ্রান্তি বাড়বে। মানুষকে পথ দেখানোর জন্যই তো আমরা আছি। সবাইকে মুফতি বানানোর দরকার কী?"

ফারিস শান্ত কিন্তু ইস্পাতকঠিন স্বরে উত্তর দিল, "যে সত্যের সন্ধানে পবিত্র কুরআন ও হাদিস অনুসন্ধান করবে, সে নিশ্চয়ই সমাধান পাবে। আর যে নিজের সুবিধা খুঁজতে ধর্ম ঘাঁটবে, কেবল সেই বিভ্রান্ত হবে।"

ইমাম সাহেবের যেন বাকরহিত দশা। এমন বিব্রতকর পরিস্থিতিতে তিনি জীবনে পড়েননি। ভুলভাল যুক্তি দিলে লজ্জিত হতে হবে, আবার চুপ থাকা মানে ফারিসের কথায় সম্মতি দেওয়া। শ্যাম রাখি না কুল রাখি অবস্থা। তাই তিনি অগত্যা ব্যস্ততার ভান করে সেখান থেকে দ্রুত কেটে পরলেন।

বাসায় ফিরে ইমাম সাহেবের আর ঘুম আসে না। এক অজানা আশঙ্কায় তাঁর বুক কাঁপছে। যদি সাধারণ মানুষ সত্যিই ইসলামের পরিপূর্ণ জ্ঞান অর্জন করে ফেলে, তবে তাঁর এই সীমিত বিদ্যার দাম্ভিকতা কার কাছে দেখাবেন? মাসলা-মাসায়েল আর ফতোয়ার জন্য কে আর তাঁর দারস্থ হবে? মোনাজাত শেষে কে তাঁর পকেটে হাদিয়ার টাকা গুঁজে দেবে? যেভাবেই হোক, ফারিসকে থামাতে হবে। নইলে তাঁর পরবর্তী প্রজন্মের কাছে 'বড় হুজুর' হয়ে দাপট দেখানোর স্বপ্ন এখানেই ধূলিসাৎ হয়ে যাবে।

পরদিন সকালেই ইমাম সাহেব ফারিসের দরজায় কড়া নাড়লেন। তবে আজকের ভঙ্গিটি ভিন্ন। চোখেমুখে নেই গতকালের সেই রোষানল, বরং আছে এক ধরনের কপট বিনয়। ফারিস তাঁকে ড্রইংরুমে বসতে অনুরোধ করলেন, কিন্তু ইমাম সাহেব সবিনয়ে তা প্রত্যাখ্যান করলেন। তিনি চাইলেন বাইরের খোলা হাওয়ায়, লোকচক্ষুর আড়ালে কোথাও বসে কথা বলতে। ফারিস কথা না বাড়িয়ে তাঁর সঙ্গ নিলেন।

মিনিট ত্রিশেক হাঁটার পর শহরের এক অভিজাত কফিশপে এসে বসলেন দুজন। আজকের আপ্যায়নকারী স্বয়ং ইমাম সাহেব। কফির কাপে ধোঁয়া উড়ছে, আর তার ওপার থেকে ইমাম সাহেব শুরু করলেন তাঁর গোপন আলাপ। কণ্ঠে ঝরে পড়ছে কৃত্রিম বন্ধুত্বের সুর।

"ভাই ফারিস, আপনি যা করছেন, তাতে তো একদিন আমাদের না খেয়ে মরতে হবে। মানুষ যদি সব জেনেই ফেলে, তবে আমাদের কাছে আর

আসবে কেন? পেটে তো লাথি পড়বে আমাদের। আপনি তো মাশাআল্লাহ্ শিক্ষিত মানুষ, ডক্টরেট করা। অন্য কত বিষয় আছে গবেষণার, সেসব নিয়ে কাজ করুন না। এই ধর্মতত্ত্বের মতো ছোটখাটো বিষয়গুলো আমাদের ওপরই ছেড়ে দিন না।”

ফারিস মনোযোগ দিয়ে শুনলেন। তারপর কফির কাপটি নামিয়ে রেখে শান্ত অথচ ধারালো কণ্ঠে বললেন, “দেখুন হুজুর, কোনো বিষয়ই ‘ছোট’ নয়। এই তথাকথিত ছোট বিষয়গুলোই যখন অবহেলার কারণে সমাজের বড় ব্যাধিতে রূপ নেয়, তখন তার সমাধান জরুরি হয়ে পড়ে। ভেবে দেখুন তো, একজন পদার্থবিজ্ঞানের প্রফেসর কি চান না যে মানুষ বিজ্ঞান বুঝুক? একজন ডাক্তার কি চান না মানুষ স্বাস্থ্যসচেতন হোক? একজন আইনজীবী কি চান মানুষ আইনি জটিলতায় পড়ুক? কিংবা পুলিশ কি চায় সমাজে অপরাধ বাড়ুক? তাঁদের পেশার সার্থকতা তো সমস্যার সমাধানে, সমস্যা জিইয়ে রাখায় নয়। ডাক্তার যেখানে চান না রোগীর সংখ্যা বাড়ুক সেখানে আপনারা কেন চান মানুষ আজীবন আপনাদের ফতোয়ার ওপর নির্ভরশীল হয়ে থাকুক? কেন চান না প্রতিটি মানুষ ধর্মীয় জ্ঞানে স্বাবলম্বী হোক? আপনাদের এই চাওয়া কি প্রমাণ করে না যে আপনাদের শিক্ষার উদ্দেশ্য সৎ নয়?”

ইমাম সাহেব বুঝে গেলেন, এই ইস্পাতকঠিন যুক্তিকে আবেগ বা ভয় দেখিয়ে গলানো যাবে না। ফারিস আর দশজন সাধারণ মানুষের মতো নয়। অগত্যা তিনি হাল ছেড়ে দিয়ে বিষয়টি স্থানীয় আলেম সমাজের ‘বড় হুজুর’-এর কানে তুললেন।

পরদিন সকালে মাদ্রাসার খাস কামরায় ডাক পড়ল ফারিসের। স্থানীয় আলেম সমাজের গুরুত্বপূর্ণ মিটিং। ফারিস যথাসময়ে উপস্থিত হলেন। চারদিকে গোল হয়ে বসে আছেন এলাকার বাঘা বাঘা আলেমরা। কুশল বিনিময়ের পর চায়ের আসর জমল।

বড় হুজুর ভারিক্কি চালে প্রশ্ন করলেন, “বাবা, শুনলাম তুমি নাকি বেশ পড়াশোনা করেছ? তা কোন বিষয়ে পড়েছ?”

ফারিস উত্তর দেওয়ার আগেই পাশ থেকে ইমাম সাহেব তড়িঘড়ি করে বলে উঠলেন, “হুজুর, সে ‘বাংলা’য় পড়েছে বাংলায়।”

ফারিস মনে মনে হাসল। ভাবল, “গর্দভ কোথাকার! এত দিনেও জানল না আমি পদার্থবিজ্ঞানে অনার্স, মাস্টার্স ও পিএইচডি করেছি। আসলে এদের দোষ নেই। এদের কাছে পৃথিবীটা দুই ভাগে বিভক্ত; একদিকে আরবী লাইন, আর বাকি সব বাংলা লাইন। এদের কোয়ান্টাম মেকানিক্স বোঝাতে যাওয়া

আর অরণ্যে রোদন একই কথা।" তাই সে আর প্রতিবাদ না করে মাথা নেড়ে সায় দিলেন।

বড় হুজুর এবার চশমার ফাঁক দিয়ে তাকিয়ে বললেন, "শুনলাম, তুমি নাকি ওয়াজ মাহফিলের চেয়েও উত্তম উপায় বের করেছ ধর্ম শেখানোর? তো বাবা, তোমার উস্তাদ কে? কার কাছে তুমি ইলম হাসিল করেছ?"

ফারিস বিনীতভাবে উত্তর দিল, "আমার উস্তাদ তো অনেক হুজুর। গুনে শেষ করা যাবে না, প্রায় শ-খানেক হবে।"

বড় হুজুর একটু নড়েচড়ে বসে শুধরে দিলেন, "আমি তোমার ওই দুনিয়াবি পড়ার উস্তাদের কথা বলছি না। বলছি, তোমার দ্বীনি উস্তাদ কে? কার কাছে হাঁটু গেড়ে আরবী শিখেছ?"

ফারিস বলল, "আমি তো নিজে নিজেই শিখেছি। পবিত্র কুরআনের বাংলা অনুবাদ পড়েছি, তাফসির পড়েছি, সহিহ হাদিসের বাংলা খণ্ডগুলো পড়েছি। আমার সংগ্রহে থাকা বইগুলোই আমার উস্তাদ।"

একথা শুনে বড় হুজুর খিলখিল করে হেসে উঠলেন। হাসির রেশ থামিয়ে বললেন, "শোনো বালক! আমার উস্তাদ অমুক হুজুর, তাঁর উস্তাদ তমুক হুজুর। এভাবে আমাদের সিলসিলা বা সনদ রাসুল (সা.) পর্যন্ত পৌঁছেছে। তোমার উস্তাদের সিলসিলা কি রাসুল (সা.) পর্যন্ত গেছে? যায়নি। যার সনদের কোনো আগাগোড়া নেই, তার অর্জিত জ্ঞানও পরিত্যাজ্য।"

ফারিস হতভম্ব হয়ে গেল। জ্ঞানের সত্যতা যাচাইয়ের এমন অদ্ভুত মানদণ্ড সে আগে দেখেনি! ভাবতে ভাবতে সে মুহূর্তের জন্য বর্তমান থেকে বিচ্ছিন্ন হয়ে কল্পনার জগতে হারিয়ে গেল।

তার মনে পড়ল ঢাকা বিশ্ববিদ্যালয়ের পদার্থবিজ্ঞানের ক্লাসরুমের কথা। প্রফেসর বোর্ডে লিখছেন। ফারিসকে দাঁড় করিয়ে জিজ্ঞেস করলেন, "ফারিস, পাই (π)-এর মান কত?"

ফারিস উত্তর দিল, "৩.১৪১৬ স্যার।"

প্রফেসর ভ্রু কুঁচকে বললেন, "কোথায় শিখেছ?"

"কলেজের স্যারের কাছে।"

"কলেজের স্যারকে কে শিখিয়েছেন?"

"জানি না স্যার।"

প্রফেসর তখন রাগে ফেটে পড়লেন, "যেহেতু তোমার কলেজের স্যার, তাঁর স্যার, এবং তাঁর স্যারের স্যার এভাবে শেষ ব্যক্তিটি আর্কিমিডিস নন, সেহেতু তোমার পাই-এর মান সঠিক হলেও তা পরিত্যাজ্য!"

হঠাৎ কল্পনার ঘোর কাটল ফারিসের। বাস্তবে ফিরে সে আবিষ্কার করল, সে কোনো ক্লাসরুমে নেই; বরং একদল গোঁড়া মানুষের সামনে বসে আছে। সে বুঝতে পারল, এই অসুস্থ চিন্তাধারার মানুষদের পাল্লায় পড়ে সে নিজেও যেন কিছুটা অপ্রকৃতিস্থ হয়ে পড়ছে। তা না হলে কি আর এমন ভরদুপুরে মিটিংয়ের মাঝে 'ডিসোসিয়েশন' বা মানসিক বিভ্রম ঘটে? আসলে এদের মুখে এমন সব উদ্ভট যুক্তি শুনে যেকোনো সুস্থ মানুষের পক্ষেই মাথা ঠিক রাখা দায়।"

ততক্ষণে আবার প্রশ্ন ধেয়ে এল, "তুমি কি আরবী জানো?"

ফারিস মাথা নেড়ে বলল, "না, জানি না।"

ফারিসের স্বীকারোক্তি শুনে এক হুজুর টিটকারি মেরে বললেন, "দু-লাইন আরবী জানো না, আবার এসেছ মানুষকে সঠিক পথ দেখাতে? শুনো হে যুবক, ইসলাম জানতে হলে আগে আরবী জানতে হবে।"

ফারিস এবার পাল্টা প্রশ্ন ছুড়ে দিল, "কেন আরবী জানতে হবে? এই যে আপনি আমার সাথে কথা বলছেন, সেটা কি আরবীতে বলছেন? বাড়িতে স্ত্রীর কাছে যখন ভাত চান, তখন কি আরবীতে বলেন? বাজারে কসাইয়ের কাছে মাংস চাইতে গেলে কি আরবী ব্যাকরণ কপচান? দুনিয়ার সব প্রয়োজনে যদি বাংলা ভাষা যথেষ্ট হয়, তবে নিজের ধর্ম বোঝার বেলায় কেন এই ভাষাগত দেয়াল? আল্লাহ কি কেবল আরবের মানুষের জন্যই ইসলাম পাঠিয়েছেন, নাকি সমগ্র বিশ্ববাসীর জন্য?"

ফারিসের এই প্রশ্নে কামরার ভেতর যেন বজ্রপাত হলো। মুহূর্তের মধ্যে পিনপতন নীরবতা নেমে এল মিটিং রুমে। বড় হুজুরসহ উপস্থিত বাকি আলেমদের চোখও কপালে ওঠার জোগাড়। আল্লাহর কালামের ভাষাকে কি না এই ছোকরা মাছ-মাংস কেনার ভাষার সাথে তুলনা করল! এ যে চরম ধৃষ্টতা!

মূহুর্তেই বড় হুজুরের ফর্সা মুখটা রাগে বেগুনি বর্ণ ধারণ করল। টেবিলের ওপর সজোরে থাবা দিয়ে গর্জন করে উঠলেন, "বেয়াদব! তুমি পবিত্র কুরআনের ভাষাকে দুনিয়াবি তুচ্ছ কাজের সাথে তুলনা করছ? আরবী হলো জান্নাতের ভাষা, আরবী হলো আল্লাহর ভাষা। এই ভাষার মর্যাদা বোঝার মতো জ্ঞান তোমার ওই দুনিয়াবি মগজে নেই। খবরদার! এরপর যদি আরবী ভাষা নিয়ে কোনো কটূক্তি করেছ, তবে তোমার জিহ্বা টেনে ছিঁড়ে ফেলা হবে।"

ফারিস বিন্দুমাত্র বিচলিত হলো না। সে জানে, যুক্তিবাদী মানুষ যখন যুক্তিতে হেরে যায়, তখন সে চুপ থাকে; কিন্তু মূর্খরা যুক্তিতে হারলে গলার জোর বাড়ায় এবং আক্রমণে উদ্যত হয়।

ফারিস ধীরস্থিরভাবে বলল, "হুজুর, আমি ভাষার মর্যাদা বা পবিত্রতা নিয়ে প্রশ্ন তুলিনি। আমি প্রশ্ন তুলেছি 'বোঝার মাধ্যম' নিয়ে। আপনারা বলছেন আরবী না জানলে ইসলাম বোঝা যাবে না। আমার খুব ছোট্ট একটা প্রশ্ন, আবু জাহেল, আবু লাহাব তারা কি আরবী জানত না? তাদের মাতৃভাষা তো ছিল বিশুদ্ধ আরবী। তারা তো কুরআনের প্রতিটি শব্দের ব্যাকরণ, অলঙ্কার, ভাবার্থ সব আপনার চেয়েও ভালো বুঝত। তবুও কি তারা হেদায়েত পেয়েছিল? পায়নি। কারণ, তাদের হৃদয়ে সত্য গ্রহণের ইচ্ছা ছিল না।"

ফারিস ক্ষণিকের জন্য থামল। সবার চোখের দিকে তাকিয়ে আবার বলল, "অন্যদিকে দেখুন, পারস্যের সালমান ফারসি (রা.) কিংবা হাবশার বেলাল (রা.) তাঁরা তো কেউ আরবীভাষী ছিলেন না। অথচ তাঁরা ইসলামের নির্যাসটুকু ঠিকই হৃদয়ে ধারণ করেছিলেন। এর মানে কি দাঁড়ায়? ইসলাম বোঝার জন্য আরবী জানা শর্ত নয়, শর্ত হলো সত্যকে ধারণ করার মতো পরিষ্কার হৃদয় থাকা। আপনারা ভাষাকে ধর্মের দেওয়াল বানিয়ে রেখেছেন, যাতে সাধারণ মানুষ ভয়ে আপনাদের ডিঙিয়ে ধর্মের কাছে যেতে না পারে।"

এবার ইমাম সাহেব আর স্থির থাকতে পারলেন না। তিনি চিৎকার করে উঠলেন, "থামো তুমি! অনেক হয়েছে। আমাদের সামনে বসে আমাদেরই দ্বীন শেখাতে এসেছ? আমরা বিশ-ত্রিশ বছর যাবৎ কুরআন হাদিস পড়াই, আর তুমি গতকালের ছোকরা এসে আমাদের জ্ঞান দিচ্ছ? বেরিয়ে যাও এখান থেকে! তোমার মতো নাস্তিক-মুরতাদের সাথে কথা বলাও গুনাহের কাজ।"

বড় হুজুর হাত উঁচিয়ে সবাইকে শান্ত হতে ইশারা করলেন। তারপর বরফশীতল কণ্ঠে বললেন, "শোনো হে নব্য পন্ডিত। তোমাকে শেষবারের মতো সতর্ক করছি। তোমার এই 'সহজ ইসলাম'-এর দোহাই দিয়ে মানুষকে বিভ্রান্ত করা বন্ধ করো। মনে রেখো, আমরা চাইলেই তোমাকে সমাজচ্যুত করতে পারি। এই এলাকায় কেউ তোমার সাথে মিশবে না, এমনকি তোমার জানাজাও কেউ পড়বে না। এখনো সময় আছে, তওবা করে আমাদের পথে ফিরে এসো।"

ফারিস উঠে দাঁড়াল। তার চোখে নেই কোনো ভয়, নেই কোনো দ্বিধা। সে মুচকি হেসে বলল, "হুজুর, আপনারা আমাকে সমাজচ্যুত করতে

পারবেন, কিন্তু সত্যকে কি সমাজচ্যুত করতে পারবেন? আপনারা মানুষকে ভয় দেখিয়ে হয়তো কিছুদিন দমিয়ে রাখবেন, কিন্তু মানুষের বিবেককে কতদিন অন্ধ করে রাখবেন? আমি আমার কাজ করে যাব, আপনারা আপনাদেরটা করুন। দেখা যাক, শেষ পর্যন্ত জয় কার হয়, আপনাদের অন্ধ ফতোয়ার, নাকি আলোকিত সত্যের।”

তর্ক শেষ করে ফারিস আর এক মুহূর্ত দেরি না করে কামরা থেকে বেরিয়ে এলেন। পেছনে ফেলে এলেন একদল ক্ষুব্ধ ও বিভ্রান্ত মানুষকে, যারা নিজেদের ক্ষমতার মসনদ নড়বড়ে হওয়ার শব্দ স্পষ্ট শুনতে পাচ্ছিলেন। ফারিসের ঠোঁটে তখন বিজয়ের হাসি। তিনি ভেবেছিলেন আজকের মতো অন্যায়ের প্রতিবাদ শেষ। কিন্তু তিনি জানতেন না, ঠিক কয়েক কদম পরেই সিঁড়ির বাঁকে তার জন্য অপেক্ষা করছে এমন এক ভয়াবহ দৃশ্য, যা তার এই ক্ষণিকের স্বস্তিটুকু নিমিষেই কেড়ে নেবে।

মাদ্রাসা থেকে বের হওয়ার সময় সিঁড়ির দিকে তাকাতেই ফারিসের পা থমকে গেল। বছর ছয়েক বা সাতেকের একটি বাচ্চা ছেলে খালি গায়ে সিঁড়ি দিয়ে ঝড়ের বেগে নিচে নামছে। তার চোখেমুখে তখন কেবল মৃত্যুভয় আর আতঙ্ক। ঠিক কয়েক সেকেন্ডের ব্যবধানে তার পেছনে দেখা গেল একজন হুজুরকে, যিনি তাড়াহুড়ো করে পাঞ্জাবি গায়ে জড়াতে জড়াতে নিচে নামছেন। ফারিসের মনে খটকা লাগল, একজন শিক্ষক কেন এভাবে অসময়ে পোশাক ঠিক করতে করতে ছাত্রের পিছু নেবেন?

নিচে নেমেই দেখা গেল, ছেলেটি মূল ফটক দিয়ে পালানোর আপ্রাণ চেষ্টা করছে। ফারিস কৌতূহলবশত তাকে থামিয়ে জিজ্ঞেস করলেন, "কী হয়েছে বাবা? এমন করে পালাচ্ছো কেন?" ছেলেটি কোনো উত্তর দিল না, বরং ফারিসের স্পর্শে সে কেঁপে উঠল এবং তার কাছ থেকেও পালাতে চাইল। ছেলেটির এই নীরবতা এবং হুজুরের ওই অবস্থা দেখে ফারিসের বুঝতে আর বাকি রইল না যে, বন্ধ দরজার আড়ালে কী জঘন্য ঘটনা ঘটেছে। একটি ফুলের মতো মাসুম বাচ্চাও যে বলাৎকারের শিকার হতে পারে, তা ভেবে ফারিসের শরীর শিউরে উঠল।

বিবেকের তাড়নায় ফারিস আর স্থির থাকতে পারলেন না। তিনি সোজা মাদ্রাসার ভেতরের দিকে পা বাড়ালেন, উদ্দেশ্য বড় হুজুরের কাছে নালিশ জানানো। কিন্তু মিটিং রুমের সামনে গিয়ে দেখলেন দরজা বন্ধ। ভেতরে নিচু স্বরে কথা চলছে। ফারিস কান পাতলেন। যা শুনলেন, তার জন্য তিনি প্রস্তুত ছিলেন না।

ভেতরে একজন অভিযুক্ত হুজুরকে জেরা করছেন, "কেন এমন কাজ করলেন? এতে মাদ্রাসার বদনাম হবে।"

কিন্তু পরক্ষণেই অন্য একজন পাশ থেকে সাফাই গাইলেন, "বাদ দেন ভাই, হুজুর মানুষ। শয়তানের ধোঁকায় পড়ে অনিচ্ছাকৃত ভুল করে ফেলেছেন। তাকে ছেড়ে দিন। জানাজানি হলে মাদ্রাসার বদনাম হবে, সাথে আমাদেরও মান-ইজ্জত যাবে।"

ন্যায়বিচারের বদলে ধামাচাপা দেওয়ার এই ঘৃণ্য প্রচেষ্টা দেখে ফারিস আর নিজেকে সংবরণ করতে পারলেন না। দরজায় কড়া নেড়ে ভেতরে ঢুকেই তিনি প্রশ্ন ছুড়ে দিলেন, "এই গোপনীয়তা কেন? হুজুর অন্যায় করলেই কি সব মাফ? ধর্মীয় লেবাস কি কাউকে শিশু বলাৎকারের লাইসেন্স দেয়? আপনারা অপরাধীকে শাসন না করে উল্টো তাকে রক্ষা করছেন? যেখানে রাসুল (সা.) বলেছেন, অন্যায় দেখলে হাত দিয়ে, না পারলে মুখ দিয়ে প্রতিরোধ করতে—সেই শিক্ষা কি আপনাদের মাদ্রাসায় পৌঁছায়নি? (সহীহ মুসলিম, হাদিস ৫০) ইনসাফ যেখানে ফরজ, সেখানে আপনারা কেন অন্যায়কে ধামাচাপা দিচ্ছেন? ইসলাম তো ক্ষমতার ঢাল নয়, ইসলাম মানে ন্যায়। রাসুল (সা.) ইনসাফ প্রতিষ্ঠা করতে গিয়ে শত্রুর পক্ষেও সত্যের জন্য দাঁড়িয়েছেন। আর আপনারা ধর্মের নাম নিয়ে পাপ ঢাকছেন—লজ্জা হয় না?

ফারিসের যৌক্তিক প্রশ্নের কোনো উত্তর তাদের কাছে ছিল না, ছিল কেবল ক্ষমতার দম্ভ। মুহূর্তেই সবাই তার ওপর চড়াও হলো, ভাবখানা এমন যেন ফারিসই অপরাধী। পরিস্থিতি বেগতিক দেখে এবং নিজের নিরাপত্তা শঙ্কায় ফারিস সেখান থেকে সরে আসতে বাধ্য হলেন। তার হাতে কোনো প্রমাণ নেই, আর শিশুটিও ভয় ও লজ্জায় মুখ খুলবে না—এই দুর্বলতাই হলো এই নরপিশাচদের সবচেয়ে বড় অস্ত্র। ফারিস দীর্ঘশ্বাস ফেলে ভাবলেন, যে দেশে রক্ষকই ভক্ষকের ভূমিকায় অবতীর্ণ, সেখানে ভবিষ্যৎ প্রজন্মের নিরাপত্তা কোথায়?

মাদ্রাসা থেকে যখন তিনি রাস্তায় নামলেন, বাইরে তখন দুপুরের কড়া রোদ। কিন্তু ফারিসের মনে হলো, এই রোদও যেন সেই মাসুম বাচ্চাটির কান্নার উত্তাপ ছড়াচ্ছে। আকাশটা আজ বড় বেশি নীল, বাতাসটা নির্মল, অথচ ফারিসের বুকের ভেতরটা দাউদাউ করে জ্বলছে। একা পথ চলতে হবে জেনেও তিনি থমকে গেলেন না; বরং তার চোয়াল শক্ত হয়ে উঠল। কারণ তিনি জানেন, লড়াইটা সহজ হবে না, কিন্তু শুরুটা তো হলো, অন্তত পিশাচদের মুখোশটা তো খুলল।

দুপুরের তপ্ত রোদ উপেক্ষা করেই ফারিস বাড়ির পথ ধরলেন। কিন্তু হঠাৎ পথের মোড়ে মানুষের জটলা দেখে তার পা থমকে গেল। কৌতূহলবশত ভিড় ঠেলে সামনে এগোতেই দৃশ্যটা পরিষ্কার হলো—বিয়ের আয়োজন। কিন্তু এ কেমন বিয়ে? গ্রাম-বাংলায় বিয়ের মানেই তো উৎসব, সপ্তাহব্যাপী তোড়জোড়, গায়ে হলুদ আর আত্মীয়-স্বজনের কোলাহল। অথচ এখানে উৎসবের লেশমাত্র নেই, আছে থমথমে উত্তেজনা আর চাপা ফিসফিসানি।

ফারিস কিছুটা অবাক হয়েই একজনকে জিজ্ঞেস করলেন, "ঘটনা কী ভাই? এমন হুটহাট বিয়ে কার?"

লোকটি যে উত্তর দিল, তার জন্য ফারিস মোটেও প্রস্তুত ছিলেন না। এটি প্রেম বা পারিবারিক বিয়ে নয়, এটি তথাকথিত 'কট ম্যারেজ'। পরকীয়ায় ধরা পড়া আবুল মোল্লার স্ত্রীর সাথে গ্রামেরই এক রাখাল ছেলের জোরপূর্বক বিয়ে দেওয়া হচ্ছে।

সামনে তাকাতেই ফারিসের চোখ আটকে গেল। মাঝখানে বসিয়ে রাখা হয়েছে 'অপরাধী' যুগলকে। তাদের বিধ্বস্ত চেহারা, গালজুড়ে চড়-থাপ্পড়ের দগদগে লাল দাগ, আর চোখভরা আতঙ্ক বলে দিচ্ছে—তারা কিছুক্ষণ আগেই কিল-ঘুষি আর মবের নির্মম আক্রোশের শিকার হয়েছে। মেয়েটির স্বামী চট্টগ্রামে চাকরি করেন, সেই সুযোগেই হয়তো এই অঘটন। কিন্তু ফারিসের মন মানতে চাইল না। অপরাধের শাস্তি কি আরেকটি অপরাধ দিয়ে ঢাকা যায়?

অপেক্ষার পালা শেষ হলো। ভিড় চিরে নাটকীয়ভাবে প্রবেশ করলেন এলাকার দোর্দণ্ড প্রতাপশালী 'বড় হুজুর'। এসেই তার নজর পড়ল ফারিসের ওপর। মুহূর্তের জন্য তার চোখে অস্বস্তি খেলে গেল। কিছুক্ষণ আগেই ফারিসের সাথে তার একচোট বাহাস হয়েছে। তিনি জানেন, ফারিস আর দশটা সাধারণ গ্রামবাসীর মতো নন; তার যুক্তির ধার বড় হুজুরের অন্ধ ফতোয়ার চেয়ে অনেক বেশি। তবুও, নিজের কর্তৃত্ব বজায় রাখতে তিনি দ্রুত কাজ সারতে চাইলেন।

বড় হুজুর ঘোষণা দিলেন, "দেরি করে লাভ নাই। শয়তানের ধোঁকায় পড়ে এরা জিনা করেছে, সমাজে অশ্লীলতা ছড়িয়েছে। এখন এদের বিয়ে দিয়ে দেওয়াই একমাত্র সমাধান। বিসমিল্লাহ বলে কাজ শুরু করি।"

ইমাম সাহেব বিয়ের খুতবা শুরু করতে যাবেন, ঠিক তখনই ভিড়ের মাঝখান থেকে বাঘের মতো গর্জে উঠলেন ফারিস, "থামান আপনার এই প্রহসন!"

পুরো মজলিস স্তব্ধ হয়ে গেল। বড় হুজুর বিরক্ত মুখে তাকালেন। ফারিস এগিয়ে এলেন একেবারে সামনে। তার চোখেমুখে তখন জ্বলন্ত প্রশ্ন।

"হুজুর, আমার একটা ছোট্ট প্রশ্নের উত্তর দিবেন?" ফারিসের গলার স্বর শান্ত কিন্তু ইস্পাতের মতো দৃঢ়। "বিয়ে জিনিসটা আসলে কী? এটি কি কোনো শাস্তি, নাকি আল্লাহর দেওয়া এক পবিত্র নেয়ামত ও পুরস্কার?"

বড় হুজুর আমতা আমতা করে বললেন, "বিয়ে তো অবশ্যই নেয়ামত। সুন্নতি কাজ।"

ফারিস এবার জনতার দিকে ফিরে উচ্চস্বরে বললেন, "শুনুন সবাই! হুজুর বলছেন বিয়ে হলো পুরস্কার। তাহলে আমার প্রশ্ন—যারা জিনা বা ব্যভিচার করে, ইসলাম কি তাদের পুরস্কার দেওয়ার কথা বলেছে, নাকি শাস্তির কথা বলেছে?"

বড় হুজুর থতমত খেয়ে গেলেন। ফারিস থামলেন না, তিনি সরাসরি বড় হুজুরের চোখের দিকে তাকিয়ে বললেন, আল্লাহর কিতাব খুলুন। সেখানে স্পষ্ট বলা আছে—অবিবাহিত ব্যভিচারীর শাস্তি ১০০ বেত্রাঘাত, আর বিবাহিত হলে পাথর নিক্ষেপে মৃত্যুদণ্ড (রজম)। (সূরা আন-নূর, আয়াত ২; সহীহ মুসলিম, হাদিস ১৬৯০)

এটা হলো সর্বোচ্চ কঠিন দণ্ড। আর আপনারা? আপনারা তাদের শাস্তি না দিয়ে, জোর করে বিয়ে দিয়ে উল্টো তাদের পাপকে সামাজিকভাবে বৈধতা দিচ্ছেন! জিনার শাস্তি হিসেবে 'বিয়ে' নামক পবিত্র বন্ধন ব্যবহার করা, এটা কি ইসলামের অপমান নয়? আপনি কি সেই একত্ববাদী আল্লাহর ইবাদত করেন যিনি পাপের বিচার করতে বলেছেন? নাকি সেই শয়তানের ইবাদত করেন, যে চায় পাপীরা সহজে পার পেয়ে যাক?

বড় হুজুর ঘেমে একাকার। তিনি তোতলামি করে বললেন, "না মানে... সমাজে যাতে আর ফেতনা না ছড়ায়, মানুষ যাতে আর খারাপ কাজ না করে, তাই এদের বিয়ে দিয়ে দিচ্ছি। এটা তো মন্দের ভালো।"

ফারিস তাচ্ছিল্যের হাসি হাসলেন।

"মন্দের ভালো? আপনি কি নিজের মনগড়া শরীয়ত বানাচ্ছেন? আল্লাহ যেখানে স্পষ্ট বিধান দিয়েছেন, সেখানে আপনার 'মন্দের ভালো' খোঁজার ধৃষ্টতা আসে কোত্থেকে? আর ফেতনার কথা বলছেন? এরা কি রাজপথে দাঁড়িয়ে জিনা করেছে? এরা তো চার দেয়ালের ভেতরে পাপ করেছে। ইসলামের বিধান হলো—সাক্ষী ছাড়া কারো গোপন দোষ জনসমক্ষে প্রকাশ করা নিজেই এক বড় গুনাহ। ইসলামে জিনার শাস্তি কার্যকর করতে হলে ৪ জন প্রত্যক্ষদর্শী সাক্ষী অথবা নিজেদের স্বীকারোক্তি লাগে। (সূরা আন-

নূর, আয়াত ৪) আপনি এদের গোপন পাপ ঢাকলেন না, বরং জনসমক্ষে এনে এদের উলঙ্গ করলেন। আপনাদের কাছে কি ৪ জন সাক্ষী আছে? আল্লাহ এদের গোপন রেখেছিলেন, আর আপনি এদের বাজারের পণ্য বানালেন!"

ফারিস এবার আরও একধাপ এগিয়ে গেলেন, "শুনুন হুজুর, আপনার যদি আল্লাহর আইন মানার হিম্মত থাকে, তবে এদের সেই বিধান অনুযায়ী বিচার করুন। আর যদি হিম্মত না থাকে, তবে এদের পুলিশের হাতে তুলে দিন। কিন্তু এই 'কট ম্যারেজ' বা জোরপূর্বক বিয়ের নাটক সাজিয়ে নিজের ক্ষমতা জাহির করবেন না। মনে রাখবেন, জিনাকারীকে বিয়ে দেওয়া মানে জিনাকেই উৎসাহিত করা। কারণ গ্রামের অন্য যুবকরা ভাববে—'সমস্যা নেই, ধরা পড়লে তো বিয়েই দিয়ে দিবে!' আপনি পাপ কমাচ্ছেন না, বরং পাপের পথ সহজ করছেন।"

ফারিসের ক্ষুরধার যুক্তিতে বড় হুজুরের সাজানো মঞ্চ ভেঙে পড়ার উপক্রম। উপস্থিত জনতাও ফিসফিস করতে শুরু করেছে। বড় হুজুর বুঝলেন, যুক্তিতে ফারিসকে হারানো অসম্ভব। তাই তিনি তার মোক্ষম অস্ত্রটি বের করলেন—যা দিয়ে যুগ যুগ ধরে সত্যের গলা চেপে ধরা হচ্ছে।

তিনি চিৎকার করে উঠলেন, "থামেন মিয়া! বেশি ইংরেজি পড়লে ঈমান থাকে না। আপনি কি আলেম? আপনি কি মুফতি? ইসলামের এত গভীর কথা আপনি কী বুঝবেন? এ তো দেখি মডার্ন কাফের! এই ছেলের কথায় কান দিয়েন না। শয়তান এর মাথায় আসর করছে।"

ফারিস অবাক হলেন না। তিনি জানতেন এমনটাই হবে। কথায় আছে—'মোল্লার দৌড় মসজিদ পর্যন্ত', আর ভণ্ডদের দৌড় 'কাফের ফতোয়া' পর্যন্ত। যুক্তি ফুরিয়ে গেলেই এরা ধর্মের বর্ম ব্যবহার করে।

ফারিস চারপাশে তাকালেন। হুজুরের উসকানিতে উপস্থিত জনতার চোখে তখন যুক্তির বদলে হিংস্রতা। মবের কোনো মগজ থাকে না, থাকে কেবল হুজুগে মাতাল আক্রোশ। এখানে দাঁড়িয়ে থাকা মানেই নিশ্চিত মৃত্যু।

ফারিস দীর্ঘশ্বাস ফেললেন। তিনি জানতেন, সত্য বললেই সমাজ বদলায় না। তিনি পিছু হটলেন। এটা কাপুরুষতা নয়, এটা রণকৌশল। নরক থেকে ফিরতে হলে তাকে বেঁচে থাকতে হবে। এই অন্ধকারের সাথে লড়াই করতে হলে তাকে আলোর মশালটা জিইয়ে রাখতে হবে, নিভতে দেওয়া যাবে না।

বড় হুজুরের হুংকার পেছনে ফেলে ফারিস দ্রুতপায়ে স্থান ত্যাগ করলেন। পেছনে তখনো চলছে ধর্মের নামে অধর্মের এক মহোৎসব।

৯

নির্বাচনী দামামা বেজে উঠেছে জোরেশোরে। চারদিকে সাজ সাজ রব, বাতাসে ওড়ছে প্রতিশ্রুতির ধুলো। নেতারা ধুলোমাখা পায়ে ছুটছেন ভোটারদের দুয়ারে। যুবক-যুবতী, বৃদ্ধ বা কৃষক কারও নিস্তার নেই তাদের তোষামোদ থেকে। বাকের আলীর প্রতিদ্বন্দ্বী যে খুব বাঘের মতো গর্জনশীল, তা কিন্তু নয়; তবুও বাকের আলী কোনো ঝুঁকি নিতে নারাজ। হারের লজ্জা তিনি সইবেন না, যে করেই হোক এবারও তার নামের আগে 'এমপি' তকমাটা চাই-ই চাই।

সকাল থেকেই বাকের আলীর সাঙ্গপাঙ্গরা আঠার বালতি আর পোস্টারের বাণ্ডিল নিয়ে পুরো এলাকা দখলে নেমেছে। বিদ্যুতের খাম্বা, নিরীহ গৃহস্থের সদ্য চুনকাম করা দেয়াল, এমনকি পথচারী পারাপারের ওভারব্রিজ, কোনোকিছুই যেন এই পোস্টার-সন্ত্রাস থেকে রেহাই পাচ্ছে না। চারদিকে তাকালে এখন শুধুই বাকের আলীর দাঁত বের করা হাসিমুখ। তবে সবচেয়ে বড় কৌতুকটা পোস্টারের নিচের ওই ছোট্ট লাইনটিতে, 'প্রচারে: এলাকাবাসী'। ফারিস রাস্তার এক কোণে দাঁড়িয়ে দৃশ্যটা দেখল আর মনে মনে তিক্ত হাসল। সে খুব ভালো করেই জানে, এই কথিত 'এলাকাবাসী'র স্বতঃস্ফূর্ত ভালোবাসার পুরোটাই তার চাচার নিজের পকেটের টাকায় কেনা। আর যারা ঘাম ঝরিয়ে পোস্টারগুলো সাটাচ্ছে, তারা কেউ পাড়ার ছেলেও নয়, নিছক ভাড়াটে শ্রমিক। অথচ কাগজে-কলমে কী সুন্দর করেই না গিলিয়ে দেওয়া হচ্ছে মিথ্যেটা!

দুপুর গড়িয়ে বিকেল হতে না হতেই রিকশায় বাঁধা চোঙা মাইকগুলো গর্জে উঠল। হিন্দি গানের সুরে বিকৃত করে বানানো নির্বাচনী প্যারোডি গান, 'ও ভাই ও বোন, দিও দিও ভোট...'। গানের তালে তালে চলছে বাকের আলীর গুণগান। মাইকের সেই বিকট আওয়াজে ঘরের জানালার কাচ পর্যন্ত থরথর করছে। ফারিস কানে হাত দিয়ে ভাবে, এলাকার মানুষের কানের পর্দা ফাটানোই কি তবে জনসেবার প্রথম ধাপ?"

বিকেল হতেই রাস্তার মোড়ে একশটা মোটরসাইকেলের বিশাল বহর। সবার পরনে একই রঙের গেঞ্জি, আর তাতে বাকের আলীর ছবি। হর্ন বাজিয়ে, ধুলো উড়িয়ে এমন এক ত্রাসের রাজত্ব কায়েম করা হলো যে, সাধারণ রিকশা বা পথচারী ভয়ে একপাশে সিঁটিয়ে গেল। ফারিস দেখল, এই তথাকথিত 'শান্তিপূর্ণ মিছিল'-এর কারণে মেইন রোডে বিশাল জ্যাম লেগে গেছে। অ্যাম্বুলেন্সের সাইরেনও ওই হর্নের আওয়াজে চাপা পড়ে

যাচ্ছে। অথচ স্লোগান উঠছে—'রাস্তাঘাটের উন্নয়ন, বাকের ভাইয়ের ওনিয়ন!' নিজেরা রাস্তা আটকে রেখে এই উন্নয়নের বুলি শুনে ফারিসের হাসি পেল।

মিছিল শেষ। ক্লাবের সামনে তখন হুলস্থূল কাণ্ড। প্লাস্টিকের বস্তা থেকে বের করা হচ্ছে গরম বিরিয়ানির প্যাকেট। সারাদিন যারা গলা ফাটিয়ে স্লোগান দিয়েছে, তাদের আসল আগ্রহ যে নেতার আদর্শে নয়, বরং এই এক প্যাকেট খাবারে, তা বুঝতে ফারিসের বাকি রইল না। কাড়াকাড়ি, ধস্তাধস্তি, যেন লঙ্গরখানা খোলা হয়েছে। চাচা দূর থেকে হাত নাড়ছেন তৃপ্তির হাসিতে, যেন ক্ষুধার্ত মানুষকে খাবার দেওয়াই তার মহানুভবতা। কিন্তু ফারিস জানে, এই বিরিয়ানির চাল আর মাংসের দামও তোলা হবে কোনো না কোনো টেন্ডারের টাকায়।

এরপর ফারিস দেখল বাঁশ আর রঙিন কাপড় দিয়ে রাস্তার মাঝখানে বিশাল তোরণ বানানো হয়েছে। গেটের ওপর বড় করে লেখা—'সৎ, যোগ্য ও জনদরদী প্রার্থী বাকের আলীকে স্বাগতম'। সমস্যা হলো, গেটটা বানাতে গিয়ে রাস্তার ফুটপাত তো গেছেই, সাথে মূল সড়কেরও অর্ধেকও। নিচ দিয়ে কোনো বড় ট্রাক বা ডাবল-ডেকার বাস যাওয়ার উপায় নেই।

পরদিন সকাল সকাল বাকের আলী বেরুলেন ভোট শিকারে। পাঞ্জাবির পকেট তো বটেই, সঙ্গীদের হাতেও টাকার বান্ডিল। সাথে একপাল চুনোপুঁটি নেতা, কেবল গলার রগ ফুলিয়ে স্লোগান দেওয়া আর শব্দদূষণে কান ঝালাপালা করা ছাড়া যারা দেশ ও জাতির অন্য কোনো উপকারে আসে না। এই মিছিলে ফারিসও আছে, তবে সে এক নীরব দর্শক।

বাড়ি বাড়ি গিয়ে হিসাব কষা হচ্ছে, কার ঘরে কয়টা ভোট। বাকের আলী একেকটি ভোটের দাম হাঁকছেন পাঁচশ টাকা। পাঞ্জাবির পকেট থেকে নোটের বান্ডিল বেরিয়ে হাতবদল হচ্ছে দ্রুত। যে পরিবারে যত মাথা, সে পরিবারে তত টাকা। টাকার গরমে বাকের আলীর এমপি হওয়া ঠেকায় কে? কাঁটা দিয়ে তো কাঁটা তোলাই নিয়ম, আর টাকা দিয়েই তো কেনা যায় বিবেক।

ফারিস সবই দেখছে, কিন্তু কিছুই বলছে না। তার মনের ভেতরটা দুমড়েমুচড়ে যাচ্ছে। আনমনে সে ভাবে, যে জাতি মাত্র পাঁচশ টাকার বিনিময়ে অসৎ নেতার কাছে নিজেদের ভবিষ্যৎ বন্ধক দেয়, তারা কি এর চেয়ে ভালো কিছু পাওয়ার যোগ্য? এরা জানে না, এই সাময়িক লাভে তারা আসলে নিজেদের পায়েই কুড়াল মারছে। তারা কি একবারও ভেবে দেখে না, নির্বাচনের পেছনে ওড়ানো এই কোটি কোটি টাকা তো আর আকাশ থেকে পড়বে না? এই টাকা সুদে-আসলে উসুল করা হবে জনগণের পকেট

কেটে, সরকারি প্রজেক্টের টাকা মেরে, কিংবা চাঁদাবাজি আর ঘুষের সাম্রাজ্য গড়ে তুলে। দুর্নীতিবাজ নেতার হাতে ক্ষমতা তুলে দিয়ে তারা নিজেদের সর্বনাশ ডেকে আনছে। ফারিসের দীর্ঘশ্বাস ভারী হয়ে আসে। সে বোঝে, এ জাতির মুক্তি নেই, যতদিন না গোড়ায় পরিবর্তন আসে। সেই শিক্ষাজীবনের হাতেখড়িতেই যদি গলদ থাকে, তবে বৃক্ষ তো বাঁকাই হবে। দিন যত গড়ায়, ফারিসের হতাশা বাড়ে।

কিছুদূর এগোতেই দেখা মিলল ইমাম সাহেবের সাথে। তিনিও ভোটের মাঠে নেমেছেন, তবে বাকের আলীর জন্য নয়। তার প্রতীকের নাম 'কলাগাছ'। ইমাম সাহেব ধর্মভীরু মানুষকে বোঝাচ্ছেন, "যদি তোমরা কলাগাছ মার্কায় ভোট না দাও, তবে তোমাদের ইমান থাকবে না, তোমরা কাফের হয়ে যাবে। একজন মুসলিম হয়ে ইসলামি দল ছাড়া অন্য কোথাও ভোট দেওয়া হারাম।"

ফারিস চুপচাপ হরেক পদের মানুষের হরেক পদের সারকাজম শুনে যাচ্ছে। ধর্মের নামে এই ব্ল্যাকমেইল তার কাছে নতুন কিছু নয়।

আরও কিছুটা পথ পেরোতেই দেখা মিলল এলাকার প্রভাবশালী 'বড় হুজুর' এর সাথে। তার বহর ইমাম সাহেবের চেয়েও বিশাল। তিনিও ভোট ভিক্ষা করছেন। প্রথমে ফারিস কিছুটা আশান্বিত হয়েছিল এই ভেবে যে, অন্তত এরা টাকার বিনিময়ে ভোট কিনছে না। সে কৌতূহলী হয়ে এগিয়ে গেল। বড় হুজুর ফারিসকে দেখে একগাল বিনয়ী হাসি দিলেন। সেই হাসিতে আজ আর দম্ভ নেই, আছে কেবল কৃত্রিম বিনয়। ভোটের আগে সবাইকে যে মাটির মানুষ হতে হয়!

জটলা পাকিয়ে বড় হুজুর ঘোষণা করলেন, "যে ব্যক্তি কোলবালিশ মার্কায় ভোট না দিবে সে কাফের হয়ে যাবে। এই দল স্বয়ং আল্লাহর ইশারায় নির্বাচনে দাঁড়িয়েছে। যে ব্যক্তি কোলবালিশে ভোট দেবেন, তার ইহকাল ও পরকালের সব গুনাহ মাফ। আপনারা ভোট দিয়ে জান্নাতের টিকিট কনফার্ম করুন।"

ফারিস আর নিজেকে ধরে রাখতে পারল না। বুকের ভেতর জমে থাকা ক্ষোভ আগ্নেয়গিরির মতো বিস্ফোরিত হলো। সে ভিড় ঠেলে সামনে এসে বড় হুজুরের চোখে চোখ রেখে প্রশ্ন ছুড়ল, হুজুর, আপনাদের কথা যদি সত্য ধরি, তবে যে ব্যক্তি কোলবালিশে ভোট দেবে, সে কলাগাছে ভোট না দেওয়ার অপরাধে কাফের হয়ে যাবে। আবার যে কলাগাছে ভোট দেবে, সে কোলবালিশে ভোট না দেওয়ার অপরাধে কাফের হয়ে যাবে। তার মানে, নির্বাচনের পর এ দেশে আর কোনো মুমিন মুসলমান অবশিষ্ট থাকবে না,

সবাই কাফের হয়ে যাবে! তাহলে সমাধান একটাই। আমাদের এই নির্বাচন বন্ধ করতে হবে। হ্যাঁ, বন্ধ করতে হবে। কারণ যে নির্বাচনের ভিত ন্যায় নয়, যে নির্বাচনে বিরোধীদলের সমর্থকদের কাফের ফতোয়া দেয়া হয় ব্যক্তিগত স্বার্থের জন্য, সে নির্বাচন জাতির ভবিষ্যৎ গড়ে না, বরং ধ্বংস করে। আমরা কেউ এই জাতির ঈমান ধ্বংস করতে চাই না। তাই আজ আমাদের দাঁড়াতে হবে, বলতে হবে এই প্রহসনের নির্বাচন আমরা মানি না। আপনারা কি আমার সাথে একমত?

মুহূর্তের মধ্যে জটলার গুঞ্জন থেমে গেল। উপস্থিত জনতা ফারিসের কথার ধারালো যুক্তিতে বুঝে উঠতে পারছিল না তারা কোন দিকে যাবে। কিছু তরুণ যুবক তৎক্ষণাৎ ফারিসের সাথে সহমত পোষণ করে। তাদের কথা স্পষ্ট, বাংলাদেশে প্রকৃত অর্থে কোনো ইসলামি রাজনৈতিক দলের অস্তিত্ব নেই। পৃথিবীর ইতিহাসে বা সমসাময়িক ফিলিস্তিন, সিরিয়া কিংবা আফগানিস্তানে ইসলামি দলগুলো যেভাবে অস্তিত্ব জানান দেয়, তার সাথে এই গণতন্ত্রের ভিক্ষা চাওয়ার কোনো মিল নেই।

ফারিস জোরালো কণ্ঠে বলল,

আমাদের চার খলিফা থেকে শুরু করে ওসমানী খিলাফত, কোথাও ভোটের বাক্সে ইসলাম বিজয়ী হয়নি। ইসলাম এবং গণতন্ত্র সম্পূর্ণ ভিন্ন মেরুর বাসিন্দা। যারা ইসলামি দলের লেবাসে ভোট চায়, তারা মূলত ধর্মকে পুঁজি করে ব্যবসা করতে এসেছে।

শুধু নামের সাথে ইসলামের টাইটেল বসালেই কেউ ইসলামি দল হয়ে যায় না। যে দল হিংসা আর বিদ্বেষ ভুলে বিরোধী দলকে ন্যূনতম সম্মান দিতে জানে না, তারা ইসলামিক দল হতে পারে না। যে দল ক্ষমতা হারানোর ভয়ে সত্যের পক্ষে দাঁড়াতে ভয় পায়, সমাজের নৈতিক বিপর্যয়ের বিরুদ্ধে সরাসরি অবস্থান নিতে পারে না, তারা ইসলামিক দল হওয়ার দাবিও করতে পারে না।

ইসলাম বিভক্ত নয়, ইসলাম এক। রাসুল এক। কিতাব এক। যদি সত্যিই ইসলামিক দল বলে কিছু থাকে, তবে সেটাও এক হওয়ার কথা। আর যদি ডজন ডজন 'ইসলামি' দলের জন্ম হয় তবে বুঝে নিতে হবে, সেখানে আদর্শের চেয়ে স্বার্থের সংঘর্ষ বেশি, ঈমানের চেয়ে নেতৃত্বের লড়াই বেশি।

ইসলাম কোনো ভোটের প্রতীক না, কোনো নির্বাচনী স্লোগান না। ইসলাম মানুষের আকীদা, আমল, ন্যায় ও ইনসাফের নাম। এটাকে ব্যালটের বাক্সে বন্দি করার অধিকার কারো নেই।

ফারিস চারপাশে তাকাল। ভিড়টা এখন নিস্তব্ধ। তারপর আরও ধারালো কণ্ঠে বলতে শুরু করল, আপনারা যারা নিজেদের ইসলামিক দল বলে প্রচার করছেন, আমি আপনাদের একটা সরল প্রশ্ন করতে চাই, আপনারা কি আদৌ একটি রাষ্ট্র পরিচালনা করতে সক্ষম? রাষ্ট্র পরিচালনা কি শুধু স্লোগান দিয়ে হয়? শুধু দাড়ি, টুপি আর মঞ্চের ওয়াজ দিয়ে হয়?

একটা রাষ্ট্র চালাতে লাগে জ্ঞান, প্রজ্ঞা, প্রশাসনিক দক্ষতা, অর্থনৈতিক দূরদর্শিতা, কূটনৈতিক সক্ষমতা এবং আইনি কাঠামো সম্পর্কে গভীর জ্ঞান।

বলুন তো, আপনাদের দলে কজন বিশ্ববিদ্যালয়ের অধ্যাপক আছেন, যারা রাষ্ট্রনীতি পড়ান? কজন অর্থনীতিবিদ আছেন, যারা মুদ্রাস্ফীতি, বাজেট ঘাটতি, বৈদেশিক ঋণ, রিজার্ভ সংকট সামলাতে পারেন? কজন সংবিধান বিশেষজ্ঞ আছেন, যারা রাষ্ট্রের আইনি কাঠামো ব্যাখ্যা করতে পারেন? কজন প্রশাসনিক অভিজ্ঞ সচিব আছেন, যারা জানেন একটি মন্ত্রণালয় বাস্তবে কীভাবে পরিচালিত হয়?

রাষ্ট্র পরিচালনা মানে শুধু হালাল-হারামের ফতোয়া দেওয়া নয়। রাষ্ট্র পরিচালনা মানে ১৮ কোটি মানুষের খাদ্য নিরাপত্তা নিশ্চিত করা, বিদ্যুৎ উৎপাদন সচল রাখা, বৈদেশিক বাণিজ্য রক্ষা করা, সীমান্ত নিরাপত্তা বজায় রাখা, স্বাস্থ্যব্যবস্থা স্থিতিশীল রাখা। এর জন্য প্রয়োজন সুসংগঠিত বাজেট প্রণয়ন, কার্যকর রাজস্ব ব্যবস্থা, ভর্তুকি ও উন্নয়ন ব্যয়ের ভারসাম্য, শুধু আবেগঘন বয়ান নয়।

একটি রাষ্ট্র দাঁড়িয়ে থাকে সুস্পষ্ট নীতিমালা, শক্তিশালী প্রতিষ্ঠান ও কার্যকর আইনি কাঠামোর ওপর যেখানে সংবিধান, বিচারব্যবস্থা, প্রশাসন ও নীতিনির্ধারণ প্রক্রিয়া সমন্বয়ে কাজ করে; ব্যক্তিগত অনুগ্রহ বা নজরানার লেনদেনে নয়। পাশাপাশি প্রয়োজন দীর্ঘমেয়াদি পরিকল্পনা—পাঁচ, দশ, এমনকি পঞ্চাশ বছরের অবকাঠামো, জ্বালানি, শিক্ষা ও অর্থনৈতিক রোডম্যাপ।

যারা এখনো মানুষকে মাহফিলের ময়দানে বসিয়ে অলৌকিক কিসসা শোনায়, তারা কি সত্যিই রাষ্ট্র পরিচালনার জটিল বাস্তবতা সামলাতে পারবে? রাষ্ট্র কি কেরামতির গল্পে চলে? পীরের খোয়াবের ব্যাখ্যায় চলে? আপনাদের সংগঠনে আমি ভক্ত দেখি, অনুসারী দেখি, মুরিদ দেখি, কিন্তু রাষ্ট্র গঠনের জন্য যে জ্ঞানভিত্তিক প্রাতিষ্ঠানিক কাঠামো দরকার, তার উপস্থিতি কোথায়?

মুরিদ দিয়ে মাহফিলের ময়দানের বাথরুম পরিষ্কার করানো যায়, বয়ানের আসর জমানো যায়, মানুষকে আবেগে কাঁদানো যায়, কিন্তু রাষ্ট্র

পরিচালনা করা যায় না। রাষ্ট্র চালাতে লাগে গবেষণা, নীতি প্রণয়ন, প্রযুক্তিগত বোঝাপড়া ও আন্তর্জাতিক বাস্তবতার জ্ঞান।

দুঃখজনক হলেও সত্য, আপনাদের মাঝে সেই কাঠামোগত সক্ষমতা আমি দেখি না। আর যে সক্ষমতা অর্জনের জন্য জ্ঞান, গবেষণা ও প্রতিষ্ঠান গড়ে তুলতে হয়, সেই পথেও আপনাদের হাঁটতে দেখি না।

ইসলামের নামে আবেগ জাগানো সহজ, কিন্তু ইসলামের ন্যায়বিচারভিত্তিক রাষ্ট্র কাঠামো দাঁড় করানো কঠিন।

বড় হুজুর ও তার সাঙ্গপাঙ্গরা নির্বাক। তাদের মুখের ভাষা যেন উধাও হয়ে গেছে। তারা জানে, ফারিসকে কাফের ফতোয়া দেওয়া যাবে, গায়ের জোরে ধমক দেওয়া যাবে, কিন্তু এই মোক্ষম যুক্তির জবাব তাদের কাছে নেই। অপমানিত হয়ে তারা নিজেদের দরবার ও আস্তানায় ফিরে গেল।

এদিকে ফারিস পুরোদমে নির্বাচনবিরোধী প্রচারণায় নেমে পড়ে। সে বেছে বেছে সেই পরিবারগুলোর কাছেই যেতে শুরু করলেন, যাদের কাছে ওই দুই তথাকথিত ইসলামি দল আগেই ভোট চাইতে গিয়েছিল। তার উদ্দেশ্য সফল হতে শুরু করল, মানুষ বিভ্রান্তি কাটিয়ে উঠতে শুরু করল একে একে।

কিন্তু এই খবর বাতাসের বেগে পৌঁছে গেল বাকের আলীর কানে। ভাতিজার এমন কাণ্ডে তিনি চিন্তিত হয়ে পড়লেন। ফারিসকে থামানো না গেলে তার সাজানো বাগান শুকিয়ে যাবে। তিনি বুঝলেন, সোজা আঙুলে ঘি উঠবে না।

বাকের আলী এবার ভিন্ন চাল চাললেন। নিজের আপন ভাতিজা ফারিসের বিরুদ্ধে ঠুকে দিলেন মিথ্যা মাদক মামলা। পুলিশকে নির্দেশ দিলেন, "যে করেই হোক, নির্বাচনের আগে যেন ছোকরা ছাড়া না পায়। ওকে হাজতে আটকে রাখো।" তবে যাওয়ার সময় গলায় সামান্য দরদ মিশিয়ে বললেন, "দেখো, গায়ে যেন হাত তোলা না হয়। যত যাই হোক, আমারই তো ভাতিজা!"

রাজনীতির দাবা খেলায় রক্তের সম্পর্কও যে কতটা ঠুনকো, হাজতের অন্ধকার সেলে বসে ফারিস হয়তো সেটাই নতুন করে উপলব্ধি করতে শিখবে।

১০

এক সাপ্তাহ পর, নির্বাচনের ঢাকঢোল শেষে বাকের আলী এখন নবনির্বাচিত এমপি। পুরো বাড়িতে উৎসবের আমেজ, বাতাসে জয়ের ঘ্রাণ। সবার মুখে চওড়া হাসি, কেবল ঊর্মির মুখটিই বিষাদে ছাওয়া। আজ সাতটি দিন কেটে গেল, সে তার ভাইয়াকে দেখে না। আগে প্রতিদিন ঘরে ফেরার পথে ফারিস ঊর্মির জন্য চিপস বা চকলেট নিয়ে আসত, ঠিক ছোটবেলার সেই অভ্যাসমতো। ঊর্মির নীরব হাহাকার বাড়ির কোলাহলে চাপা পড়ে যায়। ফারিসের এই আকস্মিক গ্রেফতার নিয়ে ঊর্মি ছাড়া আর কেউ তেমন বিচলিত নয়। কারণ বাড়ির বড়রা জানেন, ফারিসকে কিছুদিন চোখের আড়াল করে রাখাটা ছিল এক রাজনৈতিক কৌশল বা নাটক।

অবশেষে নাটকীয়তার অবসান ঘটিয়ে ফারিসকে বাড়ি ফিরিয়ে আনা হলো। বাকের আলী স্বয়ং গিয়ে তাকে নিয়ে এলেন। ফেরার পথে গাড়িতে চাচা অনেকটা গর্বের সাথেই ফারিসকে প্রশ্ন করলেন, "কী ভাতিজা, ভেতরে কেমন লাগল? কোনো সমস্যা হয়নি তো? অবশ্য হওয়ার কথাও নয়। আমার মতো চাচা যার আছে, তার আবার কিসের সমস্যা?"

ফারিস কোনো উত্তর দিল না। তার বুকের ভেতর যেন এক আকাশ সমান অভিমান জমাট বেঁধে আছে। বাড়ি ফেরার পর ফারিসকে দেখামাত্রই ঊর্মি ছুটে এসে তাকে জড়িয়ে ধরল। মাত্র সাত দিনের ব্যবধান, অথচ মনে হচ্ছিল ভাই-বোন একে অপরের থেকে কয়েক আলোকবর্ষ দূরে ছিল।

দিন গড়ায়, মাস গড়ায়। কিন্তু ফারিস আর আগের মানুষটি নেই। সে বড় বেশি চুপচাপ হয়ে গেছে। চারপাশের পরিস্থিতি দেখে সে উপলব্ধি করে, এ দেশে সহসা কোনো পরিবর্তন আসবে না। এ দেশটা যেন এখন সেই পচা সবজির মতো, যা খাবার অযোগ্য বলে আমরা ডাস্টবিনে ছুড়ে ফেলি।

একদিন সকালে ফারিসের এক পুরনো স্কুলবন্ধু সাদমান এসে হাজির হলো। প্রায় নয় বছর পর বিদেশ থেকে দেশে ফিরেছে সে। ছোটবেলার বন্ধুকে পেয়ে ফারিস তাকে নিয়ে বাইরে বেরুল। হাঁটতে হাঁটতে তারা এসে দাঁড়াল শৈশবের সেই পরিচিত জায়গায়, যেখানে একসময় ক্লাস ফাঁকি দিয়ে তারা আড্ডা দিত। আজ প্রায় বারো বছর পর সেই স্মৃতিবিজড়িত স্থানে দাঁড়িয়ে ফারিস দীর্ঘশ্বাস ফেলে বলল, "যদি সেই দিনগুলো আরেকবার ফিরে পেতাম, তবে এই দিগন্তেই আবার হারিয়ে যেতাম।"

সাদমানের দেশে ফেরার একটা বড় উদ্দেশ্য বিয়ে। বাড়ি থেকে প্রচণ্ড চাপ দিচ্ছে। বড় ভাই বিয়ে না করলে নাকি ছোট ভাইদের বিয়ে আটকে থাকে। তাই শুভকাজটি দ্রুত সারতে হবে।

বিকেলবেলা ফারিস, সাদমান ও সাদমানের মা ও ছোট বোন, এই চারজন মিলে পাত্রী দেখতে গেল। মেয়েটির নাম নাবিলা। সবেমাত্র ক্লাস এইটে পড়ে, বয়স পনেরো। সাদমানের বয়সের প্রায় অর্ধেক। অথচ মেয়েটিকে সাদমানের পছন্দ হয়েছে।

ফারিস সাদমানকে একটু আড়ালে ডেকে নিয়ে বলল, "দোস্ত, মেয়েটি তো নিতান্তই শিশু। এখনো ওর বিয়ের বয়স হয়নি। ও তোর বয়সের অর্ধেক। তোর উচিত তেইশ বা চব্বিশ বছরের কাউকে জীবনসঙ্গী করা। ওটাই আদর্শ ব্যবধান। তাছাড়া বাল্যবিবাহ তো আইনত দণ্ডনীয় অপরাধ। তুই শিক্ষিত ছেলে হয়ে কেন এই ভুল করবি?"

সাদমান তাচ্ছিল্যের সুরে বলল, "আরে রাখ তোর আইন। এখনকার দিনের যা অবস্থা, তেইশ-চব্বিশ বছরের মেয়ে কি আর কুমারী থাকে? কুমারী মেয়ে পেতে হলে এমন অল্প বয়সী মেয়েকেই বিয়ে করতে হবে। তাতেও তো গ্যারান্টি নেই। এখন যেখানে বারো বছর বয়সী মেয়েরা বয়ফ্রেন্ডের সাথে পালিয়ে যায়, সেখানে চব্বিশ বছরের মেয়েকে বিয়ে করা বিলাসিতা।"

ফারিস আর সহ্য করতে পারল না, মুখের ওপরই বলে দিল, "যে ছেলে ক্লাস টেন-এ পড়ার সময় প্রতি শুক্রবার নিয়মিত গার্লফ্রেন্ড নিয়ে বোটানিক্যাল গার্ডেনের গহীনে ঝোপঝাড়ের আড়ালে ঘুরতে যেত, সে-ই আজ বিয়ের সময় কুমারী বালিকা খুঁজছে! এই দিনও যে দেখতে হবে, ভাবিনি।"

মুহূর্তেই সাদমানের মুখ চুপসে গেল। সে কিছু বলতে চাইল, কিন্তু শব্দ বের হলো না।

কিছুক্ষণ পর পরিবারের অনুমতি নিয়ে নাবিলার সঙ্গে একান্তে কিছু কথা বলতে সাদমান ছাদে চলে গেল। ছাদটি যেন এক টুকরো বাগান, রঙ-বেরঙের বাহারি ফুল আর একপাশে সাজানো দোলনা। মার্জিত রুচির ছাপ স্পষ্ট। কিন্তু আলাপের শুরুতেই সাদমান নাবিলাকে এমন এক প্রশ্ন করে বসল যা এই সুন্দর পরিবেশের সঙ্গে বড্ড বেমানান। সে জিজ্ঞেস করল, "তুমি কি কুমারী? আমি কি বিয়ের আগে মেডিকেল টেস্ট করে যাচাই করতে পারব তুমি কুমারী কি না? আমার খুব শখ, আমার ভালোবাসার নারীর প্রথম পুরুষ আমিই হব।"

নাবিলা এমন কুরুচিপূর্ণ প্রশ্নের জন্য প্রস্তুত ছিল না। লজ্জায় ও অপমানে তার চোখ ছলছল করে উঠল। কোনো উত্তর না দিয়ে সে মাথা নিচু করে ছাদ থেকে নেমে এলো এবং নিজের রুমে ঢুকে সজোরে দরজা বন্ধ করে দিল। নাবিলার মা পিছু পিছু এসে দরজায় ধাক্কা দিয়ে জিজ্ঞেস করতে লাগলেন, "কী হয়েছে মা? এভাবে চলে এলি কেন? ছেলে কি কিছু বলেছে?"

নাবিলা কোনো উত্তর দিল না। সাদমানও নিচে নেমে এল। এরপর নাবিলার মাকে ভুলভাল বুঝিয়ে বলল, "তেমন কিছু না আন্টি, নাম জিজ্ঞেস করেছিলাম। ও বোধহয় লজ্জা পেয়ে পালিয়ে গেছে।"

সন্দেহ দানা বাঁধল নাবিলার মায়ের মনে। তার পেটে ধরা মেয়ে এতটা লাজুক নয় যে নাম জিজ্ঞেস করলেই পালিয়ে যাবে। সাদমান নিশ্চয়ই এমন কিছু বলেছে যা নাবিলা সহজভাবে নিতে পারেনি। পরিস্থিতি ঘোলাটে হতে শুরু করল। নাবিলার মা প্রতিবেশী কয়েকজনকে জড়ো করলেন। সাদমানকে জেরা করা হলো, কিন্তু সে আমতা-আমতা করে এড়িয়ে গেল, আসল সত্যটা বলল না। পরিস্থিতি বেগতিক দেখে ফারিস ও সাদমান সেখান থেকে দ্রুত সরে পড়ল।

ফেরার পথে রিকশায় ফারিস জিজ্ঞেস করল, "কিরে, সত্যি করে বল তো, কী এমন বলেছিলি যে মেয়েটি ওভাবে রিঅ্যাক্ট করল?"

সাদমান নির্লজ্জের মতো উত্তর দিল, "আমি শুধু জানতে চেয়েছিলাম নাবিলা কুমারী কি না। বিয়ের আগে মেডিকেল টেস্ট করে যাচাই করা যাবে কি না।"

ফারিসের মাথায় যেন রক্ত চড়ে গেল। একজন ভদ্রলোক কি প্রথম দেখাতেই এমন জঘন্য প্রশ্ন করতে পারে? তবুও ফারিস নিজেকে শান্ত রাখল, কারণ এর জবাবটা তাকে অন্যভাবে দিতে হবে। কথার ফাঁকে সে হঠাৎ বলল, "দোস্ত, তোর বোন সাদিয়ার সাথে আমার বিয়ে দিবি? সাদিয়াকে আমার বেশ পছন্দ হয়েছে।"

সাদমান না করল না। উল্টো খুশিই হলো। ফারিস হার্ভার্ড থেকে পিএইচডি করা ছেলে, পারিবারিক ব্যাকগ্রাউন্ড ভালো, এলাকার এমপির ভাতিজা। এমন ছেলের প্রস্তাব কি ফেরানো যায়? সাদমান উৎসাহ নিয়ে বলল, "অবশ্যই! তুই অভিভাবক নিয়ে বাসায় আয়।"

ফারিস ধীরস্থির গলায় বলল, "অভিভাবক তো নেওয়াই যায়। তবে তার আগে একটা বিষয় নিশ্চিত হওয়া দরকার, তোর বোন কুমারী কি না। তার একটা মেডিকেল টেস্ট করানো প্রয়োজন। আমার খুব শখ, আমার

বউয়ের প্রথম স্পর্শ আমিই হব। তুই এক কাজ কর, বাড়ি গিয়ে সাদিয়াকে নিয়ে আয়। এরপর আমরা মেডিকেল টেস্টের কাজটা সেরে ফেলি।"

কথাটি শোনামাত্র সাদমানের মুখ ফ্যাকাশে হয়ে যায়। নিজের পাতা ফাঁদে সে নিজেই ধরা পড়েছে। চলন্ত রিকশা থেকে লাফ দিয়ে নেমে সোজা হাঁটা ধরল। পেছনে একবার ফিরেও তাকাল না। ফারিস তাকিয়ে রইল তার চলে যাওয়ার পথের দিকে। বুঝতে বাকি রইল না, দীর্ঘদিনের বন্ধুত্বের ইতি এখানেই।

১১

দেশে ফেরার পর আজই ফারিসের প্রথম জুম্মা। প্রবাসের যান্ত্রিক জীবনের পর নিজের মাটিতে সেজদা দেওয়ার একটা আলাদা তৃষ্ণা ছিল বুকে। তাই সকাল দশটা বাজতে না বাজতেই গোসল সেরে তৈরি হয়ে নিল সে। দেরি করা যাবে না। দেরি হলে পেছনের কাতারে জায়গা জুটবে, আর ফারিস চায় সামনের কাতারে বসতে। ইমামের ঠিক কাছাকাছি, যাতে খুতবার প্রতিটি শব্দ কানে আসে।

মসজিদের উদ্দেশ্যে রওনা দিল ফারিস। ঠিক বারোটা বাজতেই খুতবা শুরু হলো। মিম্বরে বসা খতিব সাহেব প্রথাগত আরবি সম্ভাষণ দিয়ে শুরু করলেন,

"ইন্নাল হামদুলিল্লাহ, নাহমাদুহু ওয়া নাস্তা'ঈনুহু, ওয়া নাস্তাগফিরুহু, ওয়া নাউযুবিল্লাহি মিন শুরুরী আনফুসিনা ওয়া মিন সাইয়্যিআতি আ'মালিনা... ওয়া আশহাদু আল্লা-ইলাহা ইল্লাল্লাহু ওয়াহদাহু লা শারিকালাহু, ওয়া আশহাদু আন্না মুহাম্মাদান আবদুহু ওয়া রাসুলুহু... আম্মাবাদ।"

ফারিস নড়েচড়ে বসল। আশা ছিল আত্মশুদ্ধি বা সমসাময়িক কোনো গভীর আলোচনা শোনার। কিন্তু খতিব সাহেবের গলার স্বর পাল্টে গেল মুহূর্তেই। শুরু হলো সেই পুরোনো, জং ধরা বিষদগার। বিষয়বস্তু—নারী।

মাইকে খতিবের গর্জন ভেসে এল, "নারীরা কেন মসজিদে আসবে? খবরদার! নারীদের মসজিদে আসা মানেই ফিতনা ছড়ানো। তাদের জায়গা অন্দরমহলে। চাকরি-বাকরি? নাউজুবিল্লাহ! নারীরা চাকরি করবে না, ভার্সিটিতে পড়বে না। তাদের আসল সৌন্দর্য ঘরের চার দেয়ালে।"

ফারিস ভাবল, এখানেই থামবেন হয়তো। কিন্তু না, হুজুর এবার আরও একধাপ এগিয়ে গেলেন। দরাজ গলায় ঘোষণা দিলেন, "প্রতিটি মুমিন পুরুষের উচিত চারটে করে বিয়ে করা। সমাজে বহু ফাসেক নারী আছে, আপনারা চার বিয়ে করলে তারা অন্তত মুমিন স্বামী পাবে। সব মেয়েকে এটা মানতে হবে যে পুরুষের চার বিয়ে বৈধ। যে নারী এটা মানবে না, সে কুফরি করল! সে আল্লাহর স্পষ্ট বিধান অস্বীকার করল!"

পুরো মসজিদ নিস্তব্ধ। শত শত মানুষ মন্ত্রমুগ্ধের মতো এই কথাগুলো গিলছে। ফারিস তার চারপাশে তাকাল। কারো চোখে কোনো প্রশ্ন নেই, কোনো অস্বস্তি নেই। বরং অনেকের চোখেমুখে সম্মতির ছাপ।

ফারিস অবাক হলো না। একটুও না। সে জানে, এদেশের সংখ্যাগরিষ্ঠ মানুষের কাছে ইসলামের সংজ্ঞা খুব সংক্ষিপ্ত। তাদের কাছে ধর্ম মানেই

নারীর কঠোর পর্দা আর পুরুষের বহুবিবাহের লাইসেন্স। এর বাইরে ইনসাফ, সততা বা মানবতার যে বিশাল জগত পড়ে আছে, তা নিয়ে কারো মাথাব্যথা নেই।

নামাজ শেষ। সালাম ফেরানোর ঠিক পরপরই মসজিদের শান্ত ভাবগাম্ভীর্য উবে গিয়ে এক থমথমে পরিবেশ তৈরি হলো। খতিব সাহেবের চেহারা রক্তিম হয়ে আছে। তিনি মিম্বরে বসে প্রথমে নিচু স্বরে দাঁতে দাঁত চেপে জিজ্ঞেস করলেন, "বাচ্চা হাসছে কার?"

মুসল্লিরা এদিক-সেদিক তাকাচ্ছে, কেউ কোনো কথা বলছে না। পিনপতন নীরবতার মধ্যেই খতিব সাহেব হঠাৎ বাঘের মতো গর্জন করে উঠলেন, "আমি জিজ্ঞেস করছি, বাচ্চা হাসছে কার? পেছনে দৌড়াদৌড়ি করেছে কার বাচ্চা?"

মাইকের প্রবল আওয়াজে সামনের কাতারের কয়েকজন বয়স্ক মানুষ নড়েচড়ে বসলেন। খতিব সাহেব থামলেন না, আঙুল উঁচিয়ে বললেন, "আপনারা কি এখানে নামাজ পড়তে আসেন নাকি বাচ্চা নিয়ে ফাজলামো করতে আসেন? আপনাদের বাচ্চাদের দৌড়াদৌড়িতে, হাসাহাসিতে আমাদের নামাজ নষ্ট হয়ে যাওয়ার উপক্রম। এটা আল্লাহর ঘর, কোনো পার্ক নয়!"

পুরো মসজিদ স্তব্ধ। ভয়ে বাচ্চার অভিভাবক হয়তো কুঁকড়ে গেছেন কোথাও। ঠিক সেই মুহূর্তে ভিড় ঠেলে উঠে দাঁড়ালেন ফারিস। তারপর খতিব সাহেবের চোখের দিকে তাকিয়ে শান্ত গলায় বললেন, "হুজুর, রাসুল (সা.)-এর নামাজ কি কখনো নষ্ট হয়েছিল?"

খতিব সাহেব ভ্রু কুঁচকে তাকালেন। "মানে?"

ফারিস বললেন, "ইতিহাস তো বলে, রাসুল (সা.) যখন সেজদাতে যেতেন, তখন হাসান আর হুসাইন (রা.) তাঁর পিঠের ওপর চড়ে বসতেন। (সুনানে নাসাই, হাদিস ১১৪১) তিনি (সা.) কিন্তু তাদের ধমক দিয়ে নামিয়ে দেননি, বরং তারা নিজে থেকে না নামা পর্যন্ত তিনি সেজদা দীর্ঘ করতেন। তাঁর নামাজ তো নষ্ট হয়নি, আর আপনার নামাজ সামান্য হাসির শব্দেই নষ্ট হয়ে যাচ্ছে?"

ফারিস এক পা এগিয়ে এলেন। গলার স্বর এবার আরও ধারালো, "বাচ্চারা তো দুষ্টুমি করবেই হুজুর। বাচ্চারা হাসবে, খেলবে, দৌড়াবে—এবং তারা মসজিদেই আসবে। এভাবেই তারা শিখবে যে এটা তাদেরও জায়গা। আজ যদি ধমক দিয়ে মসজিদ থেকে বের করে দেন, কাল তারা বড় হয়ে আর এমুখো হবে না।"

পুরো মসজিদে তখন শ্বাসরুদ্ধকর অবস্থা। ফারিস এবার হেসে শেষ আঘাতটা করলেন, "আর তাছাড়া, বাচ্চারা দুষ্টুমি করবে না তো কি আপনার মতো বুড়ো খাটাস দুষ্টুমি করবে?"

খতিব সাহেবের মুখটা হা হয়ে গিয়েও বন্ধ হয়ে গেল। তিনি কিছু একটা বলতে গিয়েও থেমে গেলেন। ফারিসের লজিক অকাট্য—হাদিসের দলিল এবং সামাজিক বাস্তবতা, দুইই খতিব সাহেবের বিপক্ষে। তর্কে জড়ালে এখন শুধু নিজের সম্মানই যাবে না, বরং নিজের ইলম নিয়েও প্রশ্ন উঠবে। তিনি আমতা আমতা করে তসবিহ হাতে নিয়ে চুপচাপ বসে পড়লেন, যেন কিছুই শোনেননি।

মোনাজাত শেষে ভিড় ঠেলে বাইরে বেরিয়ে এল ফারিস। ভেতরে খতিব সাহেবের দম্ভ যেভাবে চূর্ণ করেছে, তাতে নতুন করে আর কোনো কথা বলার প্রয়োজন মনে করল না সে। কারণ সে জানে, এই মানুষগুলো যুক্তির কাছে সাময়িকভাবে হার মানলেও তাদের স্বভাব বদলায় না। যুক্তি ফুরিয়ে গেলেই এরা হয়ে ওঠে আক্রমণাত্মক, হিংস্র। যে দেশে লজিকের চেয়ে গলার জোর আর পেশিশক্তি বেশি, সেখানে মাঝেমধ্যে এমন কড়া ডোজ দেওয়াই হয়তো একমাত্র ভাষা।

মসজিদের সিঁড়ি দিয়ে নামার সময় ফারিসের চোখ পড়ল গেটের এক কোণে। সেই বাবাটি দাঁড়িয়ে আছেন। এক হাতে শক্ত করে ধরে রেখেছেন সেই ছোট্ট বাচ্চাটির হাত, যার হাসির শব্দে কিছুক্ষণ আগে খতিব সাহেবের ইবাদতে তথাকথিত 'ব্যাঘাত' ঘটেছিল। লোকটার চোখেমুখে এখনো আতঙ্কের ছাপ, যেন মসজিদের ভেতরে তিনি কোনো গর্হিত অপরাধ করে ফেলেছেন। তিনি বাচ্চাটাকে নিচু স্বরে ধমকাচ্ছেন, হয়তো শেখাচ্ছেন—আল্লাহর ঘরে হাসতে নেই, ভয় পেতে হয়।

ফারিস ধীর পায়ে তাদের দিকে এগিয়ে গেল। বাবাকে উপেক্ষা করে সে সোজা হাঁটু গেড়ে বসল বাচ্চাটির সামনে। বাচ্চাটি ফ্যালফ্যাল করে তাকিয়ে আছে, তার চোখে ভয়ের বদলে এখনো সেই দুষ্টুমি আর কৌতূহল মেশানো আভা।

ফারিস পকেট থেকে একটা চকলেট বের করে বাচ্চাটির হাতে গুঁজে দিয়ে হাসল। তারপর খুব নিচু স্বরে, যেন এটা তাদের দুজনের গোপন কোনো চুক্তি, বলল, "তোমার হাসির শব্দটা কিন্তু খুব সুন্দর ছিল, খোকা। ওরা রাগ করুক, তবুও তুমি হেসো। এই গুমোট নরকের ভেতর ওটাই একমাত্র স্বর্গীয় সুর। যখন তুমি বড় হবে, তখন নিজেই বুঝে যাবে কোথায় হাসতে হবে, আর কোথায় থামতে হবে।"

বাচ্চাটি ফিক করে হেসে দিল। সেই মুক্তার মতো হাসি।

পরদিন সকালে ড্রইংরুমে বসে খবরের কাগজে চোখ বোলাচ্ছিল ফারিস। চারপাশের কোলাহলে মনটা বিষিয়ে আছে। হঠাৎ তার দৃষ্টি চলে গেল ঘরের এক কোণে। মলিন পোশাক পরা এক জরাজীর্ণ বৃদ্ধ বাকের আলীর পায়ের কাছে মেঝেতে বসে অঝোরে কাঁদছেন। পাশে জড়সড় হয়ে দাঁড়িয়ে আছে এক যুবক, সম্ভবত বৃদ্ধের ছেলে। ফারিস কান পেতে শোনার চেষ্টা করল তাদের আর্তনাদ।

বৃদ্ধ হাত জোড় করে বলছেন, "বাকের ভাই, আমার শেষ সম্বল ভিটাটুকুও বেইচা দিছি। চড়া সুদে টাকা আনছি মহাজনের কাছ থেইকা। সব মিলাইয়া এই দশ লাখ টাকাই যোগাড় করতে পারছি। দোহাই লাগে আপনার, আমার পোলডার একটা গতি কইরা দেন। পুলিশে কনস্টেবল পদে চাকরিটা না হইলে আমরা না খাইয়া মরমু।"

বাকের আলী অত্যন্ত স্বাভাবিক ভঙ্গিতে চায়ের কাপে চুমুক দিলেন। যেন মানুষের কান্না তার কাছে চায়ের সাথে পরিবেশিত কোনো সাধারণ বিনোদন। নির্লিপ্ত গলায় বললেন, "দেখো মিয়া ভাই, এখন রেট বাড়ছে। উপর মহলে অনেক খরচ। দশ লাখে তো এখন পিওনের চাকরিও হয় না। আর পুলিশ তো সোনার হরিণ। আরও পাঁচ লাখ না দিলে ফাইল নড়বে না।"

বৃদ্ধের মাথায় আকাশ ভেঙে পড়ল। তার চোখের কোণের জল শুকিয়ে সেখানে এখন শুধুই হাহাকার। যুবক ছেলেটি মাথা নিচু করে দাঁড়িয়ে আছে, যেন দরিদ্র হয়ে জন্মানোটাই তার আজন্ম পাপ। ফারিস আর স্থির থাকতে পারল না। সে দ্রুত পায়ে এগিয়ে এসে বলল, "চাচা, সরকারি চাকরির জন্য টাকা লাগবে কেন? ও যদি ফিট হয়, রিটেন আর ভাইভায় পাস করে, তাহলে তো এমনিতেই চাকরি হওয়ার কথা। আপনারা কি মেধার নিলাম করছেন?"

বাকের আলী বিরক্ত হয়ে ভ্রু কুঁচকে তাকালেন। তাচ্ছিল্যের সুরে বললেন, "ভাতিজা, তুমি আবার আসছো লেকচার দিতে? এটা আমেরিকা না। এখানে টেবিলে ফাইল নড়ে না টাকা ছাড়া। আর এই টাকা তো আমি খাচ্ছি না, এটা 'সিস্টেম লস'। উপর পর্যন্ত সবাইকে খুশি রাখতে হয়। তুমি যাও, নিজের কাজে যাও।"

বাকের আলীর ধমকে ফারিস নড়ল না, বরং স্থির দৃষ্টিতে বৃদ্ধের দিকে তাকিয়ে রইল। তার চোখে এখন আর জল নেই, আছে এক ভুতুড়ে শূন্যতা। যে দেশে মেধার চেয়ে টাকার ওজন বেশি, সেখানে যুবকদের মেরুদণ্ড

এভাবেই ভেঙে দেওয়া হয় প্রতিদিন। সেই ভাঙা মেরুদণ্ডের যন্ত্রণা বুকে চেপে ফারিস এবার অত্যন্ত ঠান্ডা মাথায় বলল, "চাচা, আপনি যে ঘুস খান, আপনার বিবেক কি একবারও আপনাকে প্রশ্ন করে না—'আমি কি কাজটা ঠিক করছি?' নাকি বিবেকটাকেও আপনি ফাইলে ঢুকিয়ে স্ট্যাম্প মেরে দিয়েছেন?

দেখুন চাচা, ঘুসকে মানুষ "টাকা" বলে ঢেকে দেয়, যেন নাম পাল্টালেই পাপের গন্ধ পাল্টে যায়। কিন্তু যুক্তি নামের জিনিসটা খুব বেয়াদব, সে নাম দেখে না, কাজ দেখে।

ঘুস মানে কী?

ঘুস মানে, আপনি নিয়মকে বিক্রি করছেন। ন্যায়কে নিলামে তুলছেন। নিরপরাধের অধিকারকে "লাইন" বানিয়ে তার ওপর আপনার দাম বসাচ্ছেন। আপনার হাতে যে কলম, সেটা তখন আর কলম থাকে না, ওটা হয়ে যায় একটা ছুরি; পার্থক্য শুধু এতটুকু, ছুরি রক্ত বের করে, আর ঘুস ভবিষ্যৎ বের করে। কেউই টেরও পায় না, কখন কে নিঃস্ব হয়ে গেল।

চাচা, আপনার এই এসি রুমের সুগন্ধি মাখা বাতাসেও আমি পচনের গন্ধ পাই। আপনি যখন ওই ড্রয়ার থেকে টাকাগুলো বের করেন, আপনার বিবেক কি একবারও কুঁকড়ে যায় না? নাকি ওটা অনেক আগেই অকেজো হয়ে গেছে?

আমি একটা সহজ সমীকরণ মেলাতে পারছি না। আমরা শৈশব থেকে জানি চুরি, দুর্নীতি কিংবা ঘুষ হচ্ছে সমাজের মলমূত্র। তাহলে আপনার রুচিতে বাধে না কেন? একটা পশুর সামনেও যদি আপনি পচা খাবার আর ভালো খাবার রাখেন, সেও কিন্তু পচাটা বেছে নেবে না। অথচ আপনি দিব্যি এই পচা খাবারটা গিলছেন।

আসুন একটা লজিক নিয়ে খেলি। ঘুষ খাওয়া আর পায়খানা খাওয়ার মধ্যে পার্থক্যটা কোথায়? প্রথমটা খেলে আপনার চরিত্র আর সমাজ পচে যায়, আর দ্বিতীয়টা খেলে শুধু আপনার পাকস্থলী নষ্ট হবে। অর্থাৎ, যুক্তির বিচারে ঘুষ খাওয়ার চেয়ে মলভক্ষণ অনেক বেশি 'পবিত্র' কাজ। কারণ তাতে অন্তত অন্য কারোর হক নষ্ট হয় না।

আমার খুব জানতে ইচ্ছে করে চাচা, যদি কেউ আপনাকে পাঁচ লাখ টাকা নগদ দিয়ে বিনিময়ে এক চামচ টাটকা বিষ্ঠা খেতে বলে, আপনি কি খুব বেশিক্ষণ দ্বিধা করবেন? আমার ধারণা, আপনি করবেন না। কারণ যে মানুষটা টাকার বিনিময়ে নিজের আত্মাকে নরকের নরদমায় বিক্রি করে দিতে পারে, তার কাছে ওই এক চামচ বিষ্ঠা তো নেহাতই তুচ্ছ!

গভীরভাবে ভেবে দেখবেন চাচা, আপনার ওই আলিশান ড্রইং রুমের সোফাগুলো কি সত্যিই চামড়া দিয়ে তৈরি? নাকি সেগুলো সাধারণ মানুষের হাহাকার আর আপনার গিলে ফেলা ওই বিষ্ঠার স্তূপ দিয়ে বানানো?

বাকের আলী কিছুই বলল না, কারণ ফারিসের এই যুক্তির কাছে তার ব্যাখ্যা নগ্ন।

পরদিন দুপুরের তপ্ত রোদে উপজেলা স্বাস্থ্য কমপ্লেক্সের এক ঠিকাদার এসেছেন ছোট চাচা আকবর আলীর সাথে দেখা করতে। সামনে উপজেলা সিটি কর্পোরেশন নির্বাচন, তাই হাসপাতালের জন্য কিছু কেনাকাটার টেন্ডার পাস করাতে হবে। আকবর আলী কাগজ উল্টে দেখতে দেখতে বললেন, "বাজেট তো ভালোই। কিন্তু আইটেমগুলোর দাম একটু কম হয়ে গেল না?"

ঠিকাদার ধূর্ত হাসলেন। পানের পিক ফেলতে ফেলতে বললেন, "চেয়ারম্যান সাব, চিন্তা কইরেন না। এক একটা পর্দার দাম ধরা হয়েছে বিয়াল্লিশ হাজার টাকা। আর ডাক্তারদের বসার জন্য যে চেয়ার কেনা হবে, তার প্রতি পিস ধরা হয়েছে নয় লাখ টাকা। টোটাল বিলের ত্রিশ পার্সেন্ট আপনার, বাকিটা ভাগাভাগি হবে।"

ফারিস পাশ দিয়ে যাচ্ছিল। কথাটা শুনে সে থমকে দাঁড়াল। নিজের কানকে বিশ্বাস করতে কষ্ট হলো তার। অবিশ্বাস নিয়ে প্রশ্ন করল, "চাচা! একটা চেয়ারের দাম নয় লাখ টাকা? আপনারা কি স্বর্ণের চেয়ার কিনছেন? আর পর্দার দাম বিয়াল্লিশ হাজার? এই টাকা তো জনগণের ট্যাক্সের টাকা! রোগীদের চিকিৎসার টাকা!"

আকবর আলী হো হো করে হেসে উঠলেন। যেন ফারিস খুব মজার কোনো কৌতুক বলেছে। "আরে বোকা, এটাকে বলে 'অ্যাডজাস্টমেন্ট'। কাগজে-কলমে দাম বেশি না দেখালে বড় বাজেট পাস হবে কীভাবে? আর বাজেট পাস না হলে উন্নয়ন হবে কীভাবে? তুমি বিদেশ থেকে এসেছ, দেশের ইকোনমি বুঝবা না।"

ফারিস ঘৃণায় মুখ ফিরিয়ে নিল। সে ভাবল, যে দেশে হাসপাতালের যন্ত্রপাতি কেনার চেয়ে চুরির ভাগাভাগি মুখ্য হয়ে দাঁড়ায়, সে দেশে মানুষ চিকিৎসার অভাবে মারা যাবে, এটাই তো স্বাভাবিক।

বিকেলে বাজারের পাশ দিয়ে যাওয়ার সময় ফারিস দেখল হুলুস্থুল কাণ্ড। আলুর দাম কেজিতে হঠাৎ বিশ টাকা বেড়ে গেছে। সাধারণ মানুষ ক্ষোভে ফুঁসছে। ফারিস লক্ষ্য করল, আকবর চাচার গোডাউন থেকে ট্রাক ট্রাক আলু বের হওয়ার কথা থাকলেও সব আটকে রাখা হয়েছে। গেট বন্ধ।

আকবর চাচা ফোনে কাউকে নির্দেশ দিচ্ছেন, “এখন মাল ছাড়িস না। মার্কেট আরও গরম হতে দে। পাবলিক যখন দুইশত টাকায় কিনতে বাধ্য হবে, তখন ছাড়বি। এখন সাপ্লাই বন্ধ রাখ।”

ফারিস চাচার সামনে গিয়ে দাঁড়াল। তার কণ্ঠে আর অনুরোধ নেই, আছে তীব্র ধিক্কার। “চাচা, এটাকে ব্যবসা বলে না। এটাকে বলে জিম্মি করা। আপনারা কৃত্রিম সংকট তৈরি করে সাধারণ মানুষের পকেট কাটছেন। এই যে রিকশাওয়ালাটা সারাদিন যা আয় করে, তার অর্ধেক যদি শুধু আলু কিনতেই চলে যায়, সে খাবে কী?”

বাকের আলী ফোন রেখে ঠান্ডা গলায় বললেন, “শোন ফারিস, রাজনীতি করতে হলে টাকা লাগে। আর টাকা আকাশ থেকে পড়ে না। এই মার্কেট কন্ট্রোল করেই আমাদের ফাণ্ড আসে। এটাকে বলে ‘বিজনেস পলিসি’। পাবলিকের স্মৃতিশক্তি কম, দুদিন চিল্লাবে, তারপর সব ভুলে যাবে।”

ফারিসের মনে হলো, এই মানুষগুলো আসলে রাজনীতিবিদ নয়, এরা একেকজন শোষক। ব্রিটিশরা চলে গেছে, কিন্তু রেখে গেছে এই নব্য জমিদারদের, যারা নিজ দেশের মানুষকে প্রজা মনে করে।

সন্ধ্যায় ড্রইংরুমে দেখা গেল স্থানীয় থানার ওসি সাহেবকে। সাথে বড় চাচা বাকের আলী। এলাকার এক শিক্ষক ফেসবুকে রাস্তার বেহাল দশা নিয়ে স্ট্যাটাস দিয়েছিলেন। এতে নাকি এমপি সাহেবের সম্মানহানি হয়েছে।

বাকের আলী ওসিকে হুকুমের সুরে বললেন, “মাস্টার একটু বেশিই বাড়ছে। ফেসবুকে নাকি বিপ্লব ঘটাবে। ওর নামে একটা ব্যবস্থা নেন।”

ওসি পান চিবোতে চিবোতে বললেন, “স্যার, চিন্তা করবেন না। ওর পকেটে দুই পিস ইয়াবা ঢুকিয়ে দিলেই হবে। মাদক মামলায় চালান করে দেব। জামিন পেতে পেতে তিন মাস জেল খাটবে। তখন আর ফেসবুকে স্ট্যাটাস দেওয়ার সাহস পাবে না।”

ফারিস এই কথোপকথন শুনে শিউরে উঠল। শরীরের লোম দাঁড়িয়ে গেল তার। সে চিৎকার করে বলল, “আপনারা কি মানুষ? একজন শিক্ষক সত্যি কথা বলেছে বলে তাকে মাদক ব্যবসায়ী বানাবেন? আইনের কি কোনো সম্মান নেই আপনাদের কাছে?”

ওসি সাহেব ফারিসের দিকে তাকিয়ে তাচ্ছিল্যের হাসি হাসলেন। চাচা ধমকের সুরে বললেন, “ভাতিজা, চুপ করো। রাজনীতিতে ইমোশনের জায়গা নেই। কাঁটা তুলতে হলে একটু ব্যথা দিতেই হয়। এটা ‘ডিসিপ্লিন’ মেইনটেইন করা।”

ফারিস বুঝল, এখানে আইন মানে ন্যায়বিচার নয়, আইন মানে ক্ষমতাশীলদের হাতের পুতুল, যা দিয়ে তারা সত্যের গলা টিপে ধরে।

পরদিন সকালে ফারিস দেখল, তাদের বাড়ির সামনের পিচ ঢালাই করা রাস্তাটা কার্পেটিং করা হচ্ছে। কিন্তু অদ্ভুত ব্যাপার, বাতাসে পোড়া মবিল আর নিম্নমানের বিটুমিনের কটু গন্ধ। পাথরের বদলে ব্যবহার করা হচ্ছে ইটের খোয়া। হাত দিয়ে টান দিলেই পিচ উঠে আসছে চামড়ার মতো।

ফারিস কাজের তদারকি করা ইঞ্জিনিয়ারকে প্রশ্ন করল, "এভাবে রাস্তা বানাচ্ছেন কেন? এটা তো এক বর্ষাও টিকবে না।"

ইঞ্জিনিয়ার অসহায় ভঙ্গিতে বললেন, "স্যার, এমপি সাব আর ঠিকাদারের নির্দেশ। ওনারা বলেছেন, রাস্তা এমনভাবে বানাতে হবে যেন প্রতি বছর বাজেট আসে। একবার শক্ত রাস্তা বানালে তো আগামী পাঁচ বছর আর কাজ পাওয়া যাবে না। কাজ না থাকলে টাকা আসবে কোত্থেকে?"

ফারিস অবাক হয়ে ভাবল, নিজের দেশের মাটি, নিজের দেশের রাস্তা, অথচ সেটাকেও ইচ্ছে করে ঠুনকো করে বানানো হচ্ছে শুধুমাত্র চুরির সুযোগ জিইয়ে রাখার জন্য! একে কি উন্নয়ন বলে? নাকি উন্নয়নের নামে এ এক পরিকল্পিত ধ্বংসযজ্ঞ?

লুটপাটের এই মহোৎসব এখানেই থামল না। ড্রইংরুমে আবার জটলা। ঢাকা থেকে এক সফটওয়্যার ফার্মের এমডি এসেছে বাকের আলীর কাছে। নির্বাচনী এলাকার জন্য একটা 'স্মার্ট অ্যাপ' বানাতে চান চাচা। নাম হবে "স্মার্ট সেবা"।

এমডি ল্যাপটপ খুলে প্রেজেন্টেশন দিচ্ছে। স্লাইডে চকচকে সব গ্রাফিক্স। সে বলছে, "স্যার, এই অ্যাপে গ্রামের মানুষ সব সেবা পাবে। জন্ম নিবন্ধন, ভাতার কার্ড, সব হবে এক ক্লিকে। প্রজেক্ট ভ্যালু ধরেছি মাত্র পাঁচ কোটি টাকা।"

পাশে বসে থাকা ফারিস ল্যাপটপের স্ক্রিনে তাকাল। আমেরিকার টেক-জগৎ চিনে আসা ফারিসের কাছে কোডিং নখদর্পণে। সে এমডিকে প্রশ্ন করল, "ভাই, এই অ্যাপের ব্যাকএন্ডে কোন ল্যাঙ্গুয়েজ ব্যবহার করবেন? আর সার্ভার আর্কিটেকচার কী? স্কেলেবিলিটি প্ল্যান কী?"

এমডি তোতলামি শুরু করল। কপালের ঘাম মুছতে মুছতে আমতা আমতা করে বলল, "ইয়ে মানে স্যার... পিএইচপি আর লারাভেল ফ্রেমওয়ার্ক..."

ফারিস হেসে বলল, "যে ফিচারগুলো দেখালেন, এগুলো ওয়ার্ডপ্রেসের একটা সাধারণ থিম দিয়েই করা সম্ভব, যার খরচ সর্বোচ্চ পাঁচ হাজার টাকা।

আর আপনারা পাঁচ কোটি টাকা বাজেট ধরেছেন? তাছাড়া গ্রামের কয়জন মানুষের স্মার্টফোন আছে বা ডেটা কেনার সামর্থ্য আছে, সেই ফিজিবিলিটি স্টাডি করেছেন?"

এমডি এবার বাকের আলীর দিকে তাকাল। বাকের আলী ফারিসকে থামিয়ে দিয়ে বললেন, "আরে ভাতিজা, তুমি টেকনিক্যাল বিষয় বুঝলেও পলিটিক্যাল বিষয় বুঝো না। অ্যাপ কাজ করল কি করল না, সেটা বিষয় না। বিষয় হলো 'উদ্বোধন'। আমি পত্রিকায় হেডলাইন চাই যে, আমি এলাকাকে ডিজিটাল বানিয়ে দিয়েছি। পাঁচ কোটি টাকার মধ্যে এক কোটি কাজ হবে, বাকি চার কোটি 'ম্যানেজমেন্ট কস্ট'। বুঝলা?"

ফারিস স্তব্ধ হয়ে বসে রইল। যেখানে দেশের হাজারো ফ্রিল্যান্সার রাত জেগে হাড়ভাঙ্গা খাটুনি খেটে ডলার এনে দেশের রিজার্ভ বাড়াচ্ছে, সেখানে নীতিনির্ধারকরা আইটি প্রজেক্টকে বানিয়েছে টাকা চুরির আধুনিক মেশিন। ডিজিটাল বাংলাদেশের সাইনবোর্ডের আড়ালে চলছে এনালগ চুরির এক নগ্ন মহোৎসব। ফারিস অনুভব করল, সে এক গভীর অন্ধকার কূপে আটকা পড়েছে, যেখান থেকে আলো দেখার আর কোনো সম্ভাবনা নেই।

১২

পরদিন সকাল সকাল ফারিস বেরিয়ে পড়ল ঢাকার পথে। উদ্দেশ্য পুরনো কিছু বন্ধুর সাথে গেট টুগেদার করা। বাড়ি থেকে বের হয়ে কিছুদূর যেতেই দেখা হলো ইমাম সাহেবের সাথে। তিনি বাজারে যাবেন সদাই কিনতে। ফারিস তাঁকে ডেকে তুলে নিল তার রিকশায়। যেহেতু আপাতত গন্তব্য একই, তাই একসাথেই যাওয়া যায়। ইমাম সাহেব খুশি হলেন ফারিসের এই বিনয়ী আচরণ দেখে। যদিও ফারিস আগে থেকেই অত্যন্ত ভদ্র, সংযত ছেলে। তবে সাধারণ মানুষের গুনাগুন আবার হুজুরদের চোখে পড়ে না, এদেশের বেশিরভাগ হুজুররা তো সাধারণ মানুষদের জাহান্নামী ভাবেন।

কিছুদূর যেতেই কলেজের সামনে দেখা মিলল কয়েকজন মেয়ের, তারা কলেজে যাচ্ছে। পরনে কালো বোরকা, সাথে হিজাব। বোরকা পরেছে ঠিকই, কিন্তু মুখ ঢাকেনি। ইমাম সাহেব তাদের দিকে কিছুক্ষণ তাকিয়ে রইলেন, যতক্ষণ দেখা যায় দেখলেন তাদের মন ভরে। এরপর ফারিসকে বললেন, "আজকালকার মেয়েরা বোরকাকেও ফ্যাশন বানিয়ে ফেলছে। অথচ এই বোরকা হলো তাদের আপাদমস্তক আবৃত করে রাখার পোশাক মাত্র। বোরকা পরে মুখ না ঢাকা যেন ঘরের জানালা বন্ধ করে দরজা খোলা রাখার মতো।"

ফারিস রেগে গিয়ে বললেন, "যতক্ষণ দেখার সুযোগ ছিল মন ভরে তো দেখে নিলেন, সে কী পরেছে এটা একান্তই তার ব্যাপার, তার স্বাধীনতা। এতে আপনার কী? আগে নিজের নজর হেফাজত করুন।"

আর কথা না বাড়িয়ে ফারিস নেমে পড়ল রিকশা থেকে। এমন বিকৃত মানুষ থেকে যত দূরে থাকা যায় ততই ভালো।

বাসের অপেক্ষায় মিনিট দশেক দাঁড়িয়ে থাকার পর দেখা মিলল সায়েদাবাদগামী বাসের। ফারিস উঠে বসলো সামনের সিটে। পাশের সিটেই ছিলেন এক ভদ্রমহিলা। পরনে কালো বোরকা আর মুখে হিজাব। দেখে মনে হলো কলেজের শিক্ষিকা হবেন। কিছুদূর যেতেই পরের বাস স্টপ থেকে স্থানীয় কিছু কলেজ ছাত্রী উঠলেন। নামবেন কলেজগেটে। পরনে হিজাব আর থ্রিপিস। ফারিসের পাশের সিটে বসা মহিলাটি তাদের দিকে তাকিয়ে বললেন, "আজকালকার মেয়েরা হিজাবকেও ফ্যাশন বানিয়ে ফেলেছে। আমরা কখনো চিন্তাও করার সাহস পেতাম না বোরকা ছাড়া শুধু থ্রিপিসের সাথে হিজাব পরার। এরা আমাদের মুসলিম সংস্কৃতিকে নষ্ট করে ফেলছে।"

ফারিস চুপচাপ মাথা নাড়ে, কিন্তু কোনো জবাব দেয় না। দিন দিন সে ইন্ট্রোভার্ট হয়ে যাচ্ছে।

প্রায় চল্লিশ মিনিট পর ফারিস এসে পৌঁছাল সায়েদাবাদ বাস টার্মিনালে। এবারের গন্তব্য কাটাবন। সেখান থেকে এক বন্ধুর সাথে দেখা করবে। তারপর তাকে নিয়ে চলে যাবে সেই চিরচেনা টিএসসিতে। ফারিস সায়েদাবাদ থেকে শাহবাগ হয়ে মিরপুরগামী, টিনের বাক্স খ্যাত একটি বাসে উঠে বসলো। এবার পাশে বসলেন এক কর্মজীবী মহিলা। পরনে ছিল রঙিন থ্রিপিস আর হিজাব।

কিছুদূর যেতেই সেখানে উঠে বসল টপ আর প্লাজো পরিহিত দুজন বিশ্ববিদ্যালয় পড়ুয়া শিক্ষার্থী। বাসে সিট না থাকায় তারা দাঁড়িয়ে যাচ্ছিলেন। ফারিসের পাশে থাকা মহিলাটি তাদের দিকে তাকিয়ে বললেন, "অন্তত হিজাবটা তো পরা উচিত। মেয়েদের লজ্জাশরম আজ কোথায় চলে গেল। আমাদের সময়টাই ভালো ছিল।" একথা বলে মহিলাটি বাস থেকে নেমে পড়লেন। আর সঙ্গে সঙ্গে সেখান থেকে টপ আর প্লাজো পরিহিত মেয়েটি এসে ফারিসের পাশে বসলেন। সিট খালি হলে যে আগে বসবে সেই হবে সিটের পরবর্তী মালিক, এটাই নিয়ম।

কিছুদূর যেতেই বাসে উঠলেন আরও দুজন। একজন মেয়ে আরেকজন ছেলে। দেখে মনে হচ্ছে গার্লফ্রেন্ড-বয়ফ্রেন্ড। মেয়েটির পরনে ছিল টাইট জিন্স আর টি-শার্ট। শরীরের অঙ্গগুলো যেন তার জিন্স ছিঁড়ে বেরিয়ে আসতে চাইছে। ফারিস বুঝতে পারল এরা বোধহয় চারুকলার শিক্ষার্থী হবে। সিট না থাকায় দুজনই দাঁড়িয়ে যাচ্ছেন।

ফারিসের পাশের সিটে বসা মেয়েটি হঠাৎ তাদের উদ্দেশ্য করে বললেন, "আজকালকার শহরে মেয়েরা এমন পোশাক পরে, দেখে বোঝার উপায় নেই কোনটা ছেলে কোনটা মেয়ে। একটা ভালো ঘরের মেয়ে কখনোই এত টাইট জিন্স পরে বাইরে বেরোবে না। লজ্জাশরম তো প্রত্যেকেরই কম বেশি থাকা উচিত। পশ্চিমা সংস্কৃতি আমাদের দেশীয় মুসলিম সংস্কৃতি পুরোপুরি নষ্ট করে ফেলছে।"

ফারিস এবার আর চুপ থাকতে পারল না। ধৈর্যের বাঁধ ভেঙে ফারিস বলে ফেলল, "তার পোশাক দিয়ে আপনার কী? সে কি আপনার পছন্দ মতো পোশাক পরবে? তার তো স্বাধীনভাবে পোশাক পরার অধিকার আছে। আপনি এই অধিকার হরণ করার কে?"

অল্প থেমে সে নিজেকে গুছিয়ে নিয়ে বলতে শুরু করল, "শুনুন, যারা বোরকা ও নিকাব পরিধান করে পরিপূর্ণ পর্দা করেন, তারা সেইসব

মেয়েদের খারাপ ভাবেন যারা বোরকা পরে মুখ খোলা রাখেন। যারা বোরকা পরে মুখ খোলা রাখেন তারা সেইসব মেয়েদের খারাপ ভাবেন যারা থ্রিপিসের সাথে হিজাব পরিধান করেন। যারা থ্রিপিসের সাথে হিজাব পরিধান করেন তারা সেইসব মেয়েদের খারাপ ভাবেন যারা হিজাবই পরেন না। আর যারা আপনার মতো হিজাব মেইনটেইন করে না, জাস্ট দেশীয় পোশাকে শালীনতা বজায় রাখে তারা সেইসব মেয়েদের খারাপ ভাবে যারা টাইট জিন্স টপস পরিধান করে। আপনাদের প্রত্যেকের মানদণ্ড আলাদা।"

তার কণ্ঠস্বর কিছুটা দৃঢ় হলো। "প্রত্যেকে যদি নিজের বানানো মানদণ্ড দিয়ে সমাজকে বিচার করে, তাহলে এটা কোনোভাবেই কাম্য নয়। অন্য মেয়েরা কী পোশাক পরিধান করেছে সেটার জন্য যেমন আল্লাহ আপনাকে দায়ী করবেন না, ঠিক তেমনই সেটা নিয়ে আপনার মাথা ঘামানোর দরকার নেই। নিশ্চয় আল্লাহ প্রতিটি মানুষকে স্বাধীনভাবে পৃথিবীতে পাঠিয়েছেন। সুতরাং প্রত্যেকে অন্যের ক্ষতি না করে স্বাধীনভাবে বাঁচার অধিকার রাখেন।"

ফারিস জানালা দিয়ে বাইরের দ্রুতগতির শহরের দিকে তাকিয়ে শেষ করল, "আপনি যে সময়টুকু অন্যের পোশাক নিয়ে থিসিস করেন, সেই সময়টুকু যদি নিজের দক্ষতা বৃদ্ধিতে কাজে লাগান, তাহলে চিন্তা করুন আপনি এক সপ্তাহে কতটুকু দক্ষ হবেন, এক মাসে কতটুকু হবেন, এক বছরে কতটুকু হবেন? আমাদের সবার উচিত নিজেদের নিয়ে ভাবা। এবং অন্যদের চিন্তাভাবনা ও স্বাধীনতাকে সম্মান দেওয়া।"

ভিড়ের মধ্যে হঠাৎ ছন্দপতন ঘটল। ফারিসের যুক্তিনির্ভর, শান্ত কথাগুলো আঘাত করল এক বদ্ধমূল ধারণার প্রাচীরে। তথাকথিত তাওহীদি জনতা'র দল থেকে একজন মধ্যবয়সী তীক্ষ্ণ কণ্ঠে প্রশ্ন ছুঁড়ে দিলেন,

"কেন, তারা এভাবে চলে কেন? পর্দা করে চললেই তো আর এত ঝামেলা হয় না। তুমি কি পর্দার বিপক্ষে কথা বলছো? তুমি কি ইসলাম মানো না? ইসলাম মানলে তো পর্দার বিপক্ষে কথা বলার সাহস হইতো না।"

মুহূর্তেই নারীর পোশাকের আলোচনার মোড় ঘুরে গেল ধর্মের অনুশাসন আর ব্যক্তিগত চর্চার দিকে। ফারিস এই আক্রমণাত্মক প্রশ্নে বিন্দুমাত্র বিচলিত হলো না। বরং ফারিস সহানুভূতি, যুক্তি ও শ্রদ্ধার সাথে তার সংশয় দূর করতে চাইলেন।

"ভাই শুনুন, আমি অবশ্যই ইসলাম মেনে চলি আমার সাধ্যের মধ্যে, যেটুকু আমার সাধ্যের ভেতর নেই আমি সেটুকুর জন্য ক্ষমাপ্রার্থী পরম করুণাময় আল্লাহর কাছে। নিশ্চয়ই তিনি ক্ষমাশীল।"

আমি নারীদের পর্দার বিপক্ষে নই। নিশ্চয়ই পরিপূর্ণ পর্দা করা উত্তম কাজ। যে এই উত্তম কাজ করবে আল্লাহ স্বয়ং নিজেই তাকে পুরস্কৃত করবেন। আর যিনি এই উত্তম কাজ করবেন না, তাকে আল্লাহ চাইলে শাস্তি দেবেন কিংবা ক্ষমা করে দেবেন। এটা নিতান্তই আল্লাহর ইচ্ছে। আমরা কেন তাদের নিয়ে সমালোচনা করবো? কেন আমরা আরেকজনের পোশাক নিয়ে মেতে থাকব?

এই যে দেখুন, আপনারও দাড়ি নেই, আমারও নেই। দুজনেই কিন্তু দাড়ি কেটে আল্লাহর গুরুত্বপূর্ণ একটা বিধান লংঘন করেছি। কিছুক্ষণ আগে আসরের আযান দিলো, আপনিও নামাজ পড়েন নি, আমিও পড়িনি। আপনার জিন্সও টাকনুর নিচ অব্দি নেমে গেছে, আমারটাও। দুজনেই গুনাহ করছি। আমাদের নিজেদের ঈমান আমল যেখানে ঠিক নেই, সেখানে আমরা আসছি আরেকজনের জান্নাত-জাহান্নামের ফয়সালা ঠিক করতে? নিজেদের ত্রুটি উপেক্ষা করে অন্যের ব্যক্তিগত জীবনে নাক গলানোর এই প্রবণতা কি আমাদের মূল উদ্দেশ্য থেকে বিচ্যুত করছে না?"

আর সবচেয়ে গুরুত্বপূর্ণ কথা হলো, আমরা যাদের পোশাক নিয়ে সারাদিন মেতে থাকি, তাদের নিয়ে আল্লাহ আমাদের প্রশ্ন করবেন না। কারণ আল্লাহ নিজেই সুস্পষ্টভাবে বলে দিয়েছেন: 'কেহ অন্য কাহারও পাপ বহন করিবে না।' (সূরা ফাত্বির: আয়াত ১৮)।

এই আয়াত অনুযায়ী, কারও পাপের দায়ভার কেউ নেবে না। সুতরাং অন্য কোনো নারীর পোশাক নিয়ে সমালোচনায় মেতে থাকার চেয়ে আমাদের উচিত নিজেদের দায়িত্বের দিকে মনোযোগ দেওয়া। আমরা বরং আমাদের মা, স্ত্রী, কন্যাসন্তান এবং বোনদের পর্দার জন্য পারিবারিক ভাবে উপদেশ দিতে পারি এবং তাদের পরিপূর্ণ ধর্মীয় শিক্ষা নিশ্চিত করতে পারি। তারা যেন বড় হয়ে নিজ থেকেই পর্দার গুরুত্ব বোঝেন এবং তা পালন করে চলেন।

"যদি আমার ঘরের স্ত্রীলোক পর্দাহীন ভাবে চলে, সেজন্য আমি গুনাহগার হব—যাদের নিয়ে রাস্তাঘাটে সমালোচনা করি তাদের জন্য নয়। কেননা রাসুল (সা.) স্পষ্টভাবে বলেছেন: 'তোমাদের প্রত্যেকেই রাখাল বা দায়িত্বশীল। আর তোমরা প্রত্যেকেই তোমাদের দায়িত্ব সম্পর্কে জিজ্ঞাসিত হবে।' (সহীহ বুখারী, হাদিস নং: ৭১৩৮)।

অথচ, আমরা কজন আছি যারা নিজের পরিবারে নিজের স্ত্রী, কন্যাসন্তান ও বোনদের পর্দার ব্যবস্থা করেছি? কিংবা তাদের পরিপূর্ণ দ্বীনি শিক্ষার ব্যবস্থা করেছি? আমরা কজন আছি যারা নিজ নিজ পরিবারে

মাহরাম, গাইরে-মাহরাম মেইনটেইন করে চলার জন্য উপযুক্ত পরিবেশ তৈরি করেছি? নিজের ঘরের স্ত্রীলোকের পর্দার ব্যাপারে উদাসীনতা ঢেকে আমরা গাইরে-মাহরাম অন্য এক নারীর পোশাক নিয়ে পরে আছি!

ফারিসের কথায় একটি নীরব আত্মসমীক্ষার ঢেউ উঠল ভিড়ের মধ্যে। সে এবার স্বর সামান্য উঁচিয়ে উপসংহারে পৌঁছাল:

"আমাদের সবার উচিত আরেকজনের ব্যক্তিগত মতামত, স্বাধীনতা ইত্যাদির উপর হস্তক্ষেপ করে যে সময় নষ্ট করি, সে সময় অন্য কোনো গঠনমূলক কাজে লাগানো। আমরা সে সময়ে 'অবলা থেকে উত্তরণ'-এর মতো গল্পগুলো পড়তে পারি। 'নরক থেকে ফিরছি'-এর মতো উপন্যাস রচনা করতে পারি, যা আপনার মতো কুৎসিত চিন্তাধারার বিপক্ষে মানুষকে জাগ্রত করবে। মনে রাখবেন আমাদের সময় নির্ধারিত। আমাদের মৃত্যুর ফয়সালা আসমানে ইতিমধ্যে হয়ে আছে। যে সময়টুকু বাঁচব, নিজেদের পরিশুদ্ধ করা ও মানব সভ্যতার জন্য কিছু রেখে যাওয়ার চেষ্টা করা উচিত। ভালো থাকবেন চাচা।"

মুরুব্বি নীরব হয়ে গেলেন। তাঁর সমস্ত যুক্তি ফারিসের আত্মসমালোচনামূলক যুক্তির কাছে নগ্ন হয়ে গেল। তিনি কেবল ফারিসের চলে যাওয়ার পথে এক দৃষ্টিতে তাকিয়ে রইলেন, তবুও অনুতপ্ত হলেন না।

১৩

বিকেল চারটায়, প্রায় তিন বছর পর টিএসসির চিরচেনা সবুজ চত্বরে দেখা হলো পুরনো বন্ধুদের সাথে। অফিসের ব্যস্ততা, মাসের শেষে পরিবারের হাতে টাকা তুলে দেওয়ার চাপ, আর জীবিকার চিন্তা সবকিছুকে ছুটি দিয়ে তারা যেন ফিরে গিয়েছিল সেই প্রথম বর্ষের দিনগুলিতে। শীতের সন্ধ্যায়, চায়ের উষ্ণ আড্ডায় গান, কবিতা আর ছন্দের পুরোনো নস্টালজিক আমেজ সবাইকে আঁকড়ে ধরল। সবাই মিলে সিদ্ধান্ত নিল ঢাকার বাইরে ট্যুরে যাবে। পাহাড় না সমুদ্র এই নিয়ে বন্ধুমহল যখন দুই ভাগে বিভক্ত, তখন ফারিস সমাধান দিল এমন কোথাও যেতে হবে, যেখানে পাহাড় ছুঁয়ে দেয় সমুদ্রের নীল জলরেখাকে, যেখানে পাহাড় ও সমুদ্রকে একইসাথে আলিঙ্গন করা যায়। সিদ্ধান্ত হলো, তারা মহেশখালী যাবে। ছোট দ্বীপপুঞ্জের পাহাড় আর সমুদ্রের নোনা জলে নিজেদের সঁপে দেবে সবাই। ৫ ডিসেম্বরের জন্য টিকিট কাটা হলো।

পরদিন সকালে ফারিস ঘুম থেকে উঠে তৈরি হয়ে নিল। বন্ধুদের সাথে অনেক দিন পর একসাথে নাস্তা করা হবে। ব্যাচেলর মেসে সকালের রান্না হয় না, তাই সবাই মিলে বের হলো হোটেলের দিকে। কিন্তু এ কী! রাস্তার মোড়ের প্রথম হোটেল বন্ধ। আরেকটু এগিয়ে গিয়ে দেখা গেল দ্বিতীয়টিও বন্ধ। সবাই অবাক। আজ তো হোটেল বন্ধ থাকার কথা নয়।

খানিকটা পরেই তাদের চোখ গেল শাহবাগ অভিমুখে। সেখানে লোক জড়ো হচ্ছে, জনস্রোত যেন বাঁধ মানছে না, কপালে লাল সবুজ পতাকা, হাতে প্ল্যাকার্ড। বুঝতে বাকি রইল না, এ এক আন্দোলনের ডাক। গতরাতে এক তরুণীকে পাঁচজন মিলে গণধর্ষণ করে হত্যা করে রমনার ধারে ফেলে রেখেছিল। সেই পৈশাচিকতার বিচার দাবিতেই আজ এই আন্দোলন। ফারিস ও তার বন্ধুরা মিশে গেল প্রতিবাদী মানুষের ভিড়ে। সবার কণ্ঠে একই স্লোগান, যা আকাশ-বাতাস কাঁপিয়ে তুলছে: "চুপ থাকো না, চেন ভাঙো। ধর্ষকদের সুরক্ষা বন্ধ করো। ধর্ষকদের ফাঁসি চাই!"

দল-মত নির্বিশেষে সকল শ্রেণিপেশার মানুষ যোগ দিয়েছে এই আন্দোলনে। মিডিয়া ও পুরো দেশের মনোযোগ এখন এই ন্যায়বিচারের দাবির দিকে। সবার প্রশ্ন একটাই, আর কত মা-বোন ধর্ষিত হলে প্রশাসনের টনক নড়বে? এই দায় প্রশাসনকে নিতে হবে, রাষ্ট্রের নিরাপত্তা বাহিনীকে নিতে হবে। অপরাধীকে ৪৮ ঘণ্টার মধ্যে গ্রেফতার করে দ্রুততম সময়ে ফাঁসিতে ঝোলাতে হবে।

ফারিস অবাক, এমন তো হবার কথা ছিল না। নাগরিক কেন রাষ্ট্রের কাছে ন্যায়বিচার চাইবে? ন্যায়বিচার কি চেয়ে নেয়ার জিনিস? ন্যায়বিচার নিশ্চিত করা তো সরকারের দায়িত্ব। এই দেশে পুলিশ আছে, গোয়েন্দা আছে, সিআইডি আছে, আছে পরিপূর্ণ অবকাঠামো। তবে কেন মানুষ আন্দোলন করে ন্যায়বিচার চাচ্ছে?

এই আন্দোলন ধীরে ধীরে ছড়িয়ে পড়ল দেশজুড়ে। স্কুল, কলেজ ও বিশ্ববিদ্যালয়ের শিক্ষার্থীরা ন্যায়বিচারের প্রত্যাশায় মাঠে নেমে এলো। সোশ্যাল মিডিয়াও ভরে উঠল প্রতিবাদে। হ্যাশট্যাগ ট্রেন্ড হলো: #justiceformaya #savewomens।

আন্দোলনের এই তীব্র জনস্রোতের মাঝে মানুষ দু'ভাগে বিভক্ত হয়ে গেল। একদল, যারা ধর্ষকের অবিলম্বে ফাঁসি চায়। আরেকদল, যারা এরই মধ্যে এক বিকৃত 'থিসিস' নিয়ে হাজির, ধর্ষণের জন্য কেবল পুরুষ একা দায়ী নয়। তাদের মতে, সেই নারী টাইট জিন্স পরিহিত ছিল, তার 'খোলামেলা' পোশাক পুরুষকে উত্তেজিত করেছে। তাই সে নিজেকে ধরে রাখতে পারেনি। সুতরাং অপরাধী যদি হতেই হয়, তবে দুজনই হবে।

মুহূর্তেই ধর্ষকের পক্ষে শক্ত অবস্থানে দাঁড়াল একদল জনতা, যারা নিজেদের তথাকথিত 'তাওহীদি জনতা' হিসেবে গণমাধ্যমে উপস্থাপন করলেন। তারা বিশ্লেষণ শুরু করল: কেন মেয়েটি খোলামেলা পোশাক পরেছিল? কেন সে বোরকা বা হিজাব পরেনি? কেন সে মাহরাম (অভিভাবক) ছাড়া একা বের হয়েছিল? তাদের বদ্ধমূল ধারণা, নিশ্চয়ই মেয়েটির অঙ্গভঙ্গি আবেদনময়ী ছিল এবং সে উগ্র নারীবাদী ছিল। যেহেতু সেই মেয়েটি উগ্র নারীবাদী ছিল, সেহেতু সে এটাই 'ডিজার্ভ' করে। সুতরাং ধর্ষকের মতোই সেও অপরাধী।

ফারিস এই তথাকথিত তাওহীদি জনতার বীভৎস বিশ্লেষণ দেখে হতভম্ব হয়ে গেল। তবে কি তারা বেপর্দা বা রাতে মাহরাম পুরুষ ছাড়া একা বের হওয়া নারীদের ধর্ষণ করার অধিকার চাইছে? এ সমাজ পচেছে বহু আগে, কিন্তু এর দুর্গন্ধ যে এত তীব্র ও কদর্য হবে, তা ফারিস কখনোই ভাবেনি।

ফারিস তার ভেতরের সমস্ত ক্ষোভ উগড়ে দিয়ে তাদের প্রশ্ন ছুড়ে দিল:

"যখন দু'বছরের শিশুকেও ধর্ষণ করা হয়, তখনও কি তোমরা পোশাকের দোষ দিবে? যখন স্বামীকে বেঁধে স্ত্রীকে ধর্ষণ করা হয়, তখনও কি তোমরা মাহরাম ছাড়া বের হওয়াকে দায়ী করবে? যখন বোরকা ও নিকাবে আবৃত স্কুলছাত্রীকে ধর্ষণ করা হয়, তখনও কি তোমরা বলবে তার

অঙ্গভঙ্গি আবেদনময়ী ছিল? আসলে আপনারা নারীর পোশাককে ঢাল বানিয়ে ধর্ষণের মতো জঘন্য অপরাধকে বৈধতা দিতে চাইছেন! আপনাদের এই যুক্তি ধর্ষককে আরও অপরাধ করতে উৎসাহিত করবে। আমরা স্পষ্ট করে বলতে চাই, ধর্ষণের দায় কারণ ধর্ষকের। আমার সোনার বাংলায় ধর্ষকদের ঠাঁই নাই। এই বাংলায় হয় ধর্ষক থাকবে, নাহয় আমরা থাকব।"

তাওহীদি জনতার একজন নেতা উচ্চস্বরে বললেন: "ইসলামী শরীয়তে পর্দা করা ফরজ। যে নারী পর্দা করে না, সে গুনাহগার। তার কারণে সমাজের যুবকরা বিপথে যায়। ধর্ষণের ঘটনা তারই ফল! আর শোনো, মিষ্টিকে না ঢাকলে যেমন পিঁপড়া আসবেই, তেমনি নারী পর্দা না করলে রেপ হবেই! এটাই প্রকৃতির নিয়ম! পুরুষকে ধরে রাখতে হলে নারীকে অবশ্যই ঢাকা থাকতে হবে।"

ফারিস নিজের ভেতরের আগ্নেয়গিরি আর চেপে রাখতে পারল না। ভিড় ঠেলে সামনে এসে দূর্গন্ধময় যুক্তিগুলো খন্ডন করল,

"আপনারা পুরুষকে একদল পিঁপড়ার সাথে তুলনা করছেন? তাহলে কি আপনারা প্রমাণ করতে চাইছেন, মানুষ আর পিঁপড়ার মধ্যে কোনো পার্থক্য নেই? আপনারা বলছেন, মিষ্টি না ঢাকলে পিঁপড়া আসবে। আপনারা কি জানেন না পিঁপড়াকে আল্লাহ বিচার-বুদ্ধি-বিবেক দিয়ে পাঠাননি। পিঁপড়া জানে না এই মিষ্টির মালিক কে, সে জানে না এটা কার জন্য রাখা হয়েছে, সে বোঝে না এই মিষ্টি খাওয়ার উপযুক্ত কিনা, এমনকি সেটা মেয়াদোত্তীর্ণ হলেও পিঁপড়া খায়। কারণ সে মানুষ নয়, সে পিঁপড়া। আর আমি, আপনি মানুষ! আমরা আশরাফুল মাখলুকাত, সৃষ্টির সেরা জীব। আপনি কেন নিজেকে পিঁপড়ার সাথে তুলনা দিবেন? তবে কি মানুষ হয়ে জন্মানোই পাপ? আপনাদের বিচার-বুদ্ধি-বিবেক কোথায় গেল?"

ফারিস ক্ষণিকের জন্য থামল, চারপাশে তাকিয়ে এবার আরো তীব্র কণ্ঠে বলল,

"পিঁপড়া তো পচা-গলা মিষ্টিও খায়। আপনারা কি সেই পচা মিষ্টি খান? নাকি মিষ্টি কেনার সময় ঠিকই দেখেন মেয়াদ আছে কিনা, মিষ্টির স্বাদ ঠিক আছে কিনা? যখন খাওয়ার মিষ্টি বেছে নিতে আপনাদের বিবেক কাজ করে, তখন একজন নারীর জীবন বা সম্মানের ক্ষেত্রে সেই বিবেক কাজ করে না কেন? আপনারা পুরুষকে একটি দায়িত্বজ্ঞানহীন পশুতে পরিণত করছেন। মানুষের যদি ন্যূনতম আত্মনিয়ন্ত্রণ না থাকে, তবে তার জন্য ইসলামি শরীয়াহর সব বিধান কি কেবল নারীর ওপরই বর্তাবে? একজন পুরুষ যদি নারী দেখলেই উত্তেজিত হয়ে যায়, তবে তাকে নিয়ন্ত্রণ করার দায়িত্ব তার

নিজের মস্তিষ্ক ও বিবেকের। আসলে আপনারা নারীর পোশাককে ঢাল বানিয়ে ধর্ষণের মতো জঘন্য অপরাধকে বৈধতা দিতে চাইছেন! আপনাদের এই যুক্তি ধর্ষককে আরও অপরাধ করতে উৎসাহিত করবে।

আপনারা যেমন জানেন, এই পচা মেয়াদউত্তীর্ণ মিষ্টি খাওয়া যাবে না, ঠিক সেভাবে আপনাকে এটাও জানতে ও বুঝতে হবে, এই নারী যে পোশাকই পরিধান করুক, সে নারী আপনার নয়। আপনার জন্য কেবল আপনার বিবাহ করা স্ত্রীকেই বৈধ করা হয়েছে।

ফারিসের এই যুক্তিগুলো সেই তথাকথিত ভণ্ড তাওহীদি জনতার মুখে 'হিসু' হয়ে লাগল। তবুও সেই মূর্খ জনতাদের বিবেক জাগ্রত হলো না। বরং তারা ফারিস এবং আন্দোলনের অন্যান্য মুখপাত্রদের কাফের ফতোয়া দিয়ে বসলো। এভাবেই আন্দোলন চলতে থাকে। এদিকে ডিবি পুলিশ ও ইলেকট্রনিক মিডিয়া তদন্ত চালিয়ে যাচ্ছে। কেউ জানে না সামনে কী আছে। মিছিল এগোয়, জনস্রোত বাড়ে। আর আন্দোলনকারীরা চেয়ে থাকে এক অদৃশ্য ছায়া 'ন্যায়বিচার' ধরার অপেক্ষায়।

আন্দোলনের এই বিপুল জনজোয়ারের মাঝে দাঁড়িয়েও ফারিসের মন অকস্মাৎ এক হিমশীতল হতাশার গভীরে তলিয়ে গেল। সে অনুভব করল, তার চারপাশের সমস্ত উদ্দীপনা যেন ভিত্তিহীন বালুচরে নির্মিত। তার মনে প্রশ্ন জাগল, তবে কি তাদের এই সংগ্রাম আসলে ভিত্তিহীন মরীচিকা?

তারা কেন এই পথে, এই রৌদ্রে নিজেদের কণ্ঠস্বর ক্ষয় করছে? এই দেশের সুনির্দিষ্ট রাষ্ট্রীয় আইনে কি ধর্ষণের কোনো শাস্তি নেই? ধর্ষণ করা কি এই দেশের দণ্ডবিধি অনুযায়ী ঘোর অপরাধ হিসেবে স্বীকৃত নয়?

যদি দেশের আইনে ধর্ষণ সুস্পষ্ট অপরাধ হয়ে থাকে এবং শাস্তির বিধান থাকে, তবে কেন একটি অপরাধীর মৃত্যুদণ্ড চাইতে জনতাকে এভাবে রাজপথ কাঁপাতে হবে? প্রমাণ যেখানে সূর্যের আলোর মতো স্পষ্ট, প্রযুক্তি যেখানে অপরাধীকে সহজেই চিহ্নিত করে দেয়, সেখানে এই দুর্বোধ্য বিলম্ব কেন?

এই ভাবনাগুলো ফারিসের হৃদয়ে তীক্ষ্ণ শূলের মতো বিঁধল। ফারিস বুঝতে পারল, সমস্যার গভীরতা সে যা ভেবেছিল তার চেয়েও অনেক বেশি। এখানে কেবল অপরাধ আর ন্যায়বিচারের সরল সমীকরণ নেই। এখানে খেলছে অনেক গভীর জলের বড় বড় বোয়ালেরা, যারা ক্ষমতার অদৃশ্য জালে সমাজের মূল কাঠামোকে বেঁধে রেখেছে। ফারিস বুঝতে পারল, তার হাতে থাকা ন্যায়বিচারের পুঁটি মাছ ধরার বরশিতে সেইসব দানবীয় বোয়ালদের

আটকানো অসম্ভব। তার আন্দোলন, তার যুক্তি, তার আবেগ সবকিছুই এই অন্ধকারের সামনে তুচ্ছ।

এদিকে, যখন পুরো দেশ এক তরুণীর ধর্ষণে ন্যায়বিচার চেয়ে আবেগের উত্তাল সমুদ্রে ভাসছে এবং মিডিয়া ব্যস্ত এই আন্দোলন নিয়ে, ঠিক তখনই ক্ষমতার মসনদে বসা বাকের আলী তার সবচেয়ে বড় কাজটি সেরে ফেললেন। জনরোষের এই বিক্ষুব্ধ মুহূর্তটিকে ঢাল হিসেবে ব্যবহার করে তিনি দেশ থেকে ১ হাজার কোটি টাকা পাচার করার প্রক্রিয়া শেষ করলেন। সাথে দুবাইতে বিলাসবহুল ভিলা ও রিসোর্ট কেনার কাজটাও চুকিয়ে দিলেন।

পুরো দেশ এই বিষয়ে কিছুই জানল না। জানবে কী করে? তাদের তো ব্যস্ত রাখা হয়েছে 'মায়া ধর্ষণের ফাঁসি চাই' আন্দোলনে। কেউ কিছুই বুঝতে পারল না। কেন্দ্রীয় ব্যাংক চুপ। মিডিয়া তো ব্যস্ত অন্যদিকে, সাথে আমজনতাও।

ফারিস বুঝতে পারল, জনরোষের এই তীব্র আন্দোলন ক্ষমতাবানদের কাছে কেবলই একটি 'পর্দা'। তারা সেই পর্দার আড়ালে নিজেদের জঘন্যতম অপরাধ সম্পন্ন করে নির্বিঘ্নে। যখন একদল মানুষ নৈতিকতার জন্য লড়ছে, তখন আরেকদল নিঃশব্দে জাতির অর্থনীতিকে পঙ্গু করে দিচ্ছে। ন্যায়বিচারের স্লোগান যখন আকাশের দিকে, ঠিক তখনই দুর্নীতির চোরাবালি ত্বরিত গতিতে গ্রাস করে নিল দেশের হাজার কোটি টাকা। এই দৃশ্য দেখে ফারিসের উপলব্ধি হলো, এই জাতি এক গভীর ষড়যন্ত্রের শিকার, যেখানে সত্য আর ন্যায় কেবলই ক্ষমতার পদতলে পিষ্ট হয়।

১৪

ফারিসের এই নীরব পর্যবেক্ষণ আর দীর্ঘশ্বাস ফেলার দিন শেষ। সে বুঝতে পারছে, শুধু কথা বলে বা যুক্তি দেখিয়ে এই গভীর পচন রোধ করা সম্ভব নয়। এরা যুক্তির ভাষা বোঝে না, এরা বোঝে শুধু ক্ষমতার ভাষা আর ভয়। তার পিএইচডি ডিগ্রি, তার অর্জিত জ্ঞান যদি এই ঘুনে ধরা সমাজটাকে একটুও নাড়াতে না পারে, তবে এই শিক্ষার কোনো মূল্য নেই।

ফারিস সিদ্ধান্ত নেয়, এবার আর ডিফেন্সিভ নয়, এবার সে খেলবে অফেন্সিভ।

রাত গভীর। বাড়ির সবাই ঘুমে, কিন্তু ফারিসের চোখে ঘুম নেই। সে ল্যাপটপ খুলে বসেছে। গত কয়েকদিনে সে যা যা দেখেছে, সবকিছুর একটা মেন্টাল ম্যাপ তৈরি করছে। তার প্রতিপক্ষ কারা? তার নিজের রক্ত, তার চাচারা, তার ভাই, এবং এই সমাজের প্রভাবশালীরা। লড়াইটা কঠিন, কারণ শত্রু বাইরে নয়, শত্রু ঘরের ভেতরেই।

সেদিন রাতেই ফারিস ফেসবুকে একটা পেজ খুলে, নাম—"বাংলাদেশ ২.০"। নিজের নাম পরিচয় গোপন রেখে সে প্রথম স্ট্যাটাস লিখল:

"আমাদের দেশ, আমাদের অধিকার। আপনাদের চোখে পড়া যেকোনো অনিয়ম, দুর্নীতির প্রমাণ (ভিডিও/ছবি) আমাদের ইনবক্সে পাঠান। নাম পরিচয় গোপন রাখা হবে। আমরা লড়ব অন্যায়ের বিরুদ্ধে।"

পেজটি বুস্ট করে দিল সে। টার্গেট অডিয়েন্স—ঢাকা ও তার আশেপাশের তরুণ সমাজ।

পরদিন সকাল।

ফারিসের পরিকল্পনা শুরু হলো স্থানীয় প্রাইমারি স্কুল দিয়ে। এই স্কুলের ম্যানেজিং কমিটির সভাপতি তার ছোট চাচা আকবর আলী। ফারিস শুনেছে, স্কুলের নতুন বিল্ডিংয়ের জন্য বরাদ্দ টাকা দিয়ে নিম্নমানের কাজ হয়েছে, আর গরিব ছাত্রদের উপবৃত্তির টাকাও নাকি ঠিকমতো দেওয়া হয় না।

ফারিস স্কুলে পৌঁছাল তখন সকাল ১১টা। স্কুলের বারান্দায় কয়েকজন অভিভাবক দাঁড়িয়ে আছেন, তাদের চোখেমুখে হতাশা। হেডমাস্টারের রুমের সামনে গিয়ে সে দেখল, হেডমাস্টার সাহেব পায়ের ওপর পা তুলে ফোনে কার সাথে যেন হাসাহাসি করছেন। সামনে এক দরিদ্র মা দাঁড়িয়ে আঁচল দিয়ে চোখ মুছছেন।

ফারিস অনুমতি না নিয়েই ভেতরে ঢুকল। হেডমাস্টার বিরক্ত হয়ে ফোন রেখে ধমক দিলেন, "কে আপনি? দেখছেন না ব্যস্ত আছি? পারমিশন ছাড়া ঢুকলেন কেন?"

ফারিস শান্ত গলায় বলল, "আমি ব্যস্ততা দেখছি না, আমি দেখছি দায়িত্বজ্ঞানহীনতা। আমি ফারিস, আকবর চেয়ারম্যানের ভাতিজা। তবে আজ আমি ভাতিজা হিসেবে আসিনি, এসেছি একজন সচেতন নাগরিক হিসেবে।"

হেডমাস্টারের গলার সুর মুহূর্তেই নরম হয়ে গেল, কিন্তু দম্ভ গেল না। "ওহ, তুমি বিদেশ ফেরত সেই ছেলে! তা কি চাও?"

ফারিস বলল, "এই মহিলা কাঁদছেন কেন?"

মহিলাটি ভয়ে ভয়ে বললেন, "বাবা, আমার পোলার উপবৃত্তির টাকা নাকি আইছে, কিন্তু স্যার বলতাছে টাকা আসে নাই। আমার ঘরে চাইল নাই বাবা..."

হেডমাস্টার ধমক দিয়ে উঠলেন, "আরে বললেই হলো? সার্ভারে সমস্যা। টাকা আসলে কি আমি খেয়ে ফেলব?"

ফারিস পকেট থেকে তার স্মার্টফোন বের করল। সে আগেই শিক্ষা অধিদপ্তরের ওয়েবসাইট থেকে ডেটা চেক করে এসেছে। সে স্ক্রিনটা হেডমাস্টারের চোখের সামনে ধরে বলল, "স্যার, সার্ভার বলছে এই ছাত্রের নামে টাকা গত সপ্তাহেই ডিসবার্সড হয়েছে। আর আপনি বলছেন আসে নাই? টাকাটা কোন নম্বরে ক্যাশআউট হয়েছে সেটা কি আমি এখন পুলিশ সুপারকে ফোন দিয়ে বের করতে বলব? নাকি শিক্ষা সচিবের দপ্তরে একটা মেইল করব?"

হেডমাস্টার ঘামতে শুরু করলেন। ফারিসের কথা বলার ভঙ্গি আর কনফিডেন্স দেখে তিনি বুঝে গেলেন, এ সাধারণ কেউ নয়। একে 'ম্যানেজ' করা যাবে না।

ফারিস টেবিলে একটা থাপ্পড় দিয়ে বলল, "আগামী ১০ মিনিটের মধ্যে এই মহিলার পাওনা টাকা বুঝিয়ে দিবেন। আর স্কুলের গত এক বছরের অডিট রিপোর্ট আমি দেখতে চাই। চাচা সভাপতি হতে পারেন, কিন্তু এই স্কুলের মালিক জনগণ।"

হেডমাস্টার কাঁপাকাঁপা হাতে ড্রয়ার থেকে টাকা বের করে দিল। মহিলাটি অঝোরে কেঁদে ফারিসের মাথায় হাত বুলিয়ে চলে গেলেন। এই প্রথম ফারিস অনুভব করল, পিএইচডি করার সার্থকতা। এই আনন্দ ল্যাবে বসে কোনো আবিষ্কার করার চেয়েও কম নয়!

এবার ফারিসের গন্তব্য উপজেলা স্বাস্থ্য কমপ্লেক্স। খবর পেয়েছে, সেখানে গরিব রোগীদের বিনামূল্যে সেবা দেওয়ার কথা থাকলেও ডাক্তাররা ফিস ছাড়া রোগী দেখছেন না। এই প্রকাশ্য ডাকাতি আর অনিয়মটা নিজের চোখে দেখার জন্যই তার সেখানে যাওয়া।

হাসপাতালে ঢুকে নিজেকে সাধারণ একজন রোগী হিসেবে পরিচয় দিল ফারিস। ডাক্তারের চেম্বারের সামনে লম্বা লাইন, আর ভেতরে ঢুকলেই টাকার খেলা। ফারিস যখন নিজের সিরিয়ালে ভেতরে ঢুকল, ডাক্তার অভ্যাসবশত টাকার ইশারা করলেন।

ফারিস পকেট থেকে টাকা বের করল না। বরং পকেটে হাত রেখেই ডাক্তারের চোখের দিকে তাকাল। সেই দৃষ্টিতে মিনতি ছিল না, ছিল তীক্ষ্ণ এক প্রশ্ন। ফারিস দৃঢ় গলায় বলল, "সরকারি হাসপাতালে ডিউটি চলাকালীন টাকার দাবিটা কি বিধিসম্মত, ডাক্তার সাহেব?"

ডাক্তার চমকে তাকালেন। ফারিসের বাচনভঙ্গি, চোখের ভাষা আর দাঁড়ানোর স্টাইল বলে দিচ্ছিল, এ কোনো সাধারণ গ্রাম্য রোগী নয়। ডাক্তার শিক্ষিত মানুষ, পরিস্থিতি বুঝতে তার সময় লাগল না। তিনি জানতেন, গোঁয়ারের সাথে গায়ের জোরে পারা যায়, কিন্তু শিক্ষিতের যুক্তির কাছে মানসম্মান নিয়ে টানাটানি পড়ে।

মুহূর্তেই ডাক্তারের চেহারা চুপসে গেল। আমতা আমতা করে বললেন, “না না... আসলে... ঠিক আছে, বসুন আপনি। ভুল বোঝাবুঝি হয়েছে।”

এরপরের সময়টুকু ডাক্তার আর কারো দিকে টাকার জন্য হাত বাড়ালেন না। ফারিস বুঝল, অন্যায় ততক্ষণই মাথা চাড়া দিয়ে থাকে, যতক্ষণ না কেউ চোখের দিকে তাকিয়ে প্রশ্ন করে।

হাসপাতালের কাজ শেষ করে গেট দিয়ে বের হতেই ফারিসের চোখ আটকে গেল রাস্তার পাশে। জুম্মার নামাজের সেই খতিব সাহেব। কিছুদিন আগেও যিনি মিম্বরে বসে হুঙ্কার দিচ্ছিলেন, এখন তাকে দেখাচ্ছে নিতান্তই অসহায়। সাথে বোরকা পরিহিত তার স্ত্রী, যন্ত্রণায় কুঁকড়ে আছেন। হুজুর রিকশাওলা আর পথচারীদের কাছে কিছু একটা জানতে চাইছেন, কপালে বিন্দু বিন্দু ঘাম।

ফারিস এগিয়ে গেল।

"কি ব্যাপার হুজুর? আপনাকে খুব চিন্তিত মনে হচ্ছে। এভাবে ছোটাছুটি করছেন কেন? কোনো সাহায্য লাগবে?"

ফারিসকে চিনতে না পারলেও বিপদে পড়া মানুষ হিসেবে খতিব সাহেব বললেন, "আর বলবেন না ভাই, আমার স্ত্রী খুব অসুস্থ। জটিল গোপন রোগ।

পুরুষ ডাক্তার দেখানো যাবে না, একজন ভালো মহিলা ডাক্তার খুঁজছি হন্যে হয়ে। কিন্তু এই মফস্বলে কোথাও পাচ্ছি না। আপনি কি কোনো সন্ধান দিতে পারেন?"

খতিব সাহেবকে জবাব দেওয়ার এটাই মোক্ষম সময়।

ফারিস শান্ত গলায় বলল, "হুজুর, সেদিন না খুতবায় বললেন, মেয়েরা বিশ্ববিদ্যালয়ে পড়বে না, মেয়েরা চাকরি করবে না, তাদের আসল জায়গা ঘরের চার দেয়ালের ভেতর। যদি সব মেয়ে আপনার কথা মেনে ঘরেই বসে থাকত, তবে আজ আপনার স্ত্রীর চিকিৎসার জন্য এই মহিলা ডাক্তারটা আকাশ থেকে পড়ত?"

খতিব সাহেব থমকে গেলেন। তার ফর্সা মুখটা মুহূর্তের মধ্যে লাল হয়ে গেল। চোখেমুখে শুধুই হতাশা আর পরাজয়ের গ্লানি। তার কাছে এই অকাট্য যুক্তির কোনো উত্তর নেই। নিজের পাতা ফতোয়ার জালে নিজেই আটকে গেছেন তিনি।

ফারিস আর কথা বাড়াল না। তর্কে জিতে আনন্দ পাওয়ার মতো মানসিকতা তার নেই, তার লক্ষ্য মানুষকে আয়না দেখানো। সে পকেট থেকে হাত বের করে সামনের রাস্তার দিকে ইশারা করল।

"সামনের ওই মোড়টা পার হয়েই একটা ভালো প্রাইভেট ক্লিনিক আছে। ওখানে যান, একজন অভিজ্ঞ মহিলা ডাক্তার বসেন।"

হুজুর মাথা নিচু করে স্ত্রীর হাত ধরে সেদিকেই পা বাড়ালেন। ফারিস তাকিয়ে রইল তাদের যাওয়ার পথের দিকে। মানুষ বড় অদ্ভুত, বিপদে না পড়লে এদের যুক্তি আর বিশ্বাসের দৌড় বোঝা যায় না।

দুপুর গড়িয়ে বিকেল। ঘটনা দাবানলের মতো ছড়িয়ে পড়েছে। ফারিস বাড়ি ফিরতেই দেখল ড্রইংরুমে থমথমে পরিবেশ। বড় চাচা বাকের আলী, ছোট চাচা আকবর আলী, আর ফুপাতো ভাই আদনান বসে আছে। তাদের চেহারা দেখে মনে হচ্ছে ফারিস কোনো খুন করে এসেছে।

আকবর আলী চিৎকার করে উঠলেন, "তুই কি শুরু করছিস? হেডমাস্টার আমার লোক। তুই তার সাথে দুর্ব্যবহার করছিস! তুই জানিস এতে আমার ইমেজের কত বড় ক্ষতি হয়েছে?"

বাকের আলী গম্ভীর গলায় বললেন, "ফারিস, বিদেশ থেকে পিএইচডি করে এসেছিস বলে কি যা ইচ্ছে তাই করবি? আমরা এই এলাকার কর্তা। আমাদের মুখের ওপর কথা বলার সাহস ডিসি-এসপিরও নাই, আর তুই..."

ফারিস মাঝখানের সোফাটায় বসল। খুব শান্ত, ধীরস্থির। সে বলল, "চাচা, আপনাদের ইমেজ তো তখনই নষ্ট হয়েছে যখন আপনারা গরিবের

হক মেরে খাওয়া শুরু করেছেন। আমি শুধু আয়নাটা আপনাদের সামনে ধরেছি।”

আদনান ব্যঙ্গ করে বলল, “ভাইয়া, তুমি কিন্তু বেশি বাড়ছ। আমেরিকার পাঠ এখানে খাটাইতে এসো না। এটা বাংলাদেশ। এখানে সোজা আঙুলে ঘি ওঠে না।”

ফারিস আদনানের দিকে তাকিয়ে হাসল। তারপর বলল, “আদনান, তুই যেটাকে স্মার্টনেস ভাবছিস, ওটা আসলে ক্রিমিনাল মাইন্ডসেট। আর চাচা, আপনারা শুনুন। আমি সিদ্ধান্ত নিয়েছি, আমি এই দেশ ছেড়ে যাচ্ছি না। আমি দেশেই থাকব। আর এখান থেকেই শুরু হবে আমার কাজ।”

আকবর আলী চোখ রাঙিয়ে বললেন, “কি করবি তুই? আমাদের বিরুদ্ধে যাবি? নিজের পরিবারের বিরুদ্ধে?”

ফারিস দাঁড়িয়ে পড়ল। তার কণ্ঠে উচ্চতা হঠাৎ বেড়ে গেল কয়েক গুণ। সে দৃঢ় গলায় ঘোষণা দিল,

“পরিবার যদি অন্যায়ের পক্ষ নেয়, তবে ন্যায়ের স্বার্থে পরিবারের বিরুদ্ধে যাওয়াও জিহাদ। আমি আপনাদের সাবধান করছি। আজ থেকে এই এলাকায় কোনো টেন্ডারবাজি, কোনো নিয়োগ বাণিজ্য, কোনো ত্রাণ চুরি আমি হতে দেব না। আমার হাতে এখন শুধু ডিগ্রি নেই, আমার হাতে আছে টেকনোলজি, আর আছে সত্যের সাহস। আপনারা আমাকে থামানোর চেষ্টা করবেন না।”

এই বলে ফারিস ঘর থেকে বেরিয়ে গেল। ভেতর পড়ে রইল নিস্তব্ধতা আর স্তব্ধ হয়ে বসে থাকা তিনজন মানুষ। যারা বুঝতে পারল, তাদের সাজানো সাম্রাজ্যে বড় এক ফাটল ধরেছে।

ফারিস সোজা চলে গেল গ্রামের হাই স্কুল মাঠে। সেখানে বিকেলে ছেলেরা ক্রিকেট খেলে। ফারিস মাঠে গিয়ে ডাকল সবাইকে। এই ছেলেদের অনেকেই বেকার, অনেকেই হতাশাগ্রস্ত, আবার কেউ কেউ আদনানের মতো বখে যাওয়া।

ফারিস তাদের উদ্দেশ্যে বলল, “তোরা কি চাস সারাজীবন বড় ভাইদের চামচামি করতে? নাকি নিজেদের মেরুদণ্ড সোজা করে দাঁড়াতে? আমি একটা টিম করতে চাই। নাম ‘প্রজেক্ট ফিনিক্স’। আমরা এই ছাই থেকে উঠে দাঁড়াব। আমরা নিজেরাই রাস্তা মেরামত করব, আমরাই অডিট করব, আমরাই দুর্নীতিবাজদের ভিডিও করে ভাইরাল করব। কে কে আছিস আমার সাথে?”

প্রথমে সবাই চুপ করে ছিল। ভয় আর সংকোচ। এরপর ভিড়ের ভেতর থেকে এক ছেলে এগিয়ে আসল। ছেলেটার নাম রফিক, বাবার ওষুধ কেনার টাকা ছিল না বলে গত মাসে তার বাবা মারা গেছে। সে এসে বলল, "ভাইয়া, আমি আছি। আমার হারানোর কিছু নাই। আমি এই সিস্টেম বদলাইতে চাই।"

রফিকের দেখাদেখি আরো দুজন, তারপর আরো পাঁচজন। দেখতে দেখতে জনা বিশেক তরুণের এক দল তৈরি হয়ে গেল। ফারিসের চোখে জল। সে জানত, অন্ধকার যতই গভীর হোক, আলো জ্বালালে মানুষ ঠিকই পথ খুঁজে নেয়।

সেদিন সন্ধ্যায় 'বাংলাদেশ ২.০' পেজ থেকে ফারিস প্রথম ভিডিও আপলোড দিল। ক্যাপশনে লেখা ছিল:

"খেলা শুরু। তৈরি থেকো দুর্নীতিবাজরা। আমরা আসছি।"

গল্পের মোড় ঘুরে গেছে। ফারিস এখন আর একা নয়, সে এখন এক বিপ্লবের নাম। কিন্তু এর পরিণতি কি হবে? প্রভাবশালী চাচারা কি চুপ করে বসে থাকবে? নাকি ফারিসের ওপর নেমে আসবে কোনো বড় আঘাত?

ফারিস প্রথমে সংগঠন গড়ার কাজটা নীরবে শুরু করে। কোনো ব্যানার, পোস্টার বা স্লোগান দিয়ে নয়, সংযোগ দিয়ে। সে সবাইকে একটি হোয়াটসঅ্যাপ গ্রুপে যুক্ত করে। গ্রুপটার নাম সাধারণ, কিন্তু ভেতরের আলোচনাগুলো ছিল অসাধারণ। সেখানে প্রতিটি কর্মসূচি, প্রতিটি মিটিং, এমনকি কে কোথায় কি বলছে সবকিছুর আপডেট দেয়া হয় নিয়ম করে।

ধীরে ধীরে তারা শুধু একটি দল নয়, একটি চিন্তার পরিসর তৈরি করে। তারা তাদের নিজস্ব একটি আদর্শ দাঁড় করায়। ক্ষমতা দখলের জন্য নয়, ক্ষমতাকে জবাবদিহিতার ভেতর আনার জন্য।

ফারিস সবাইকে প্রথম মিটিংয়েই স্পষ্ট করে বলে, "একদিনে সমাজ বদলায় না। পচন একদিনে ধরেনি, সারবেও না একদিনে। কিন্তু আলো ছড়ায় মানুষে মানুষে।"

তাই সে নির্দেশ দেয়, প্রত্যেকে অন্তত একজন করে নতুন মানুষ যুক্ত করবে। টার্গেট কলেজ ও বিশ্ববিদ্যালয়ের তরুণ তরুণীরা। কারণ ফারিস জানত, পচন সবচেয়ে কম ধরে তরুণ শিক্ষার্থীদের ভেতরেই।

একজন থেকে দুজন, দুজন থেকে দশজন। এভাবে চুপচাপ ভারী হতে থাকে তাদের দল। এরা কেউ এমপি হওয়ার স্বপ্ন নিয়ে আসেনি। কেউ মন্ত্রিত্বের ভাগ চায়নি। কেউ টেন্ডারের কমিশন বা বিলাসী জীবনের শর্টকাট

খুঁজতে আসেনি। তারা এসেছে অস্বস্তি নিয়ে, ক্ষোভ নিয়ে, একধরনের দায়বোধ নিয়ে। এই ঘুণে ধরা রাষ্ট্রকে অন্তত প্রশ্নটা ছুড়ে দেওয়ার দায়।

পরদিন ফারিস সিদ্ধান্ত নিল একটি সভা করার, কারণ এখনই সময় আড়াল থেকে বের হওয়ার। এই সিদ্ধান্তটা হঠাৎ করে ঠিক হয়নি। এর পেছনে ছিল কয়েক সপ্তাহের পরিকল্পনা, হিসাব আর পর্যবেক্ষণ। ফারিস জানত, রাজপথে নামা মানে শুধু বক্তব্য দেয়া নয়, নিজেকে উন্মুক্ত করে দেয়া। রাজপথে নামলে সমর্থনের জন্যও প্রস্তুত থাকতে হয়, আবার আঘাতের জন্যও।

তাই সে ইচ্ছে করেই বড় কোনো মাঠ বা রাজনৈতিক মঞ্চ বেছে নেয়নি। বেছে নিয়েছে টিএসসি, যেখানে প্রশ্ন জন্মায়, প্রতিবাদ বড় হয়, আর ইতিহাস অনেক সময় নিঃশব্দে দিক বদলায়।

সভাটা ছোট রাখার সিদ্ধান্তও ছিল সময়োপযোগী। কারণ ফারিস জানত, সংখ্যা দিয়ে নয়, চিন্তা দিয়েই শুরু করতে হয়। দলের সবাইকে স্পষ্ট নির্দেশ দেয়া হয়েছিল, বেলা তিনটার মধ্যে উপস্থিত থাকতে হবে।

কেউ দলীয় ব্যানার আনবে না।

কেউ স্লোগান তুলবে না।

আজকের দিনটা শক্তি প্রদর্শনের নয়, অবস্থান জানানোর।

দেশের প্রথম সারির কয়েকটি মিডিয়াকে আমন্ত্রণ জানানো হয়েছে। কারণ তারা চেয়েছে, এই প্রশ্নগুলো ফেসবুক লাইভে সীমাবদ্ধ না রেখে সরাসরি জাতির কানে পৌঁছাতে।

বিকেল নামার আগেই টিএসসির চত্বরের বাতাস বদলাতে শুরু করে। কেউ জানত না ঠিক কী হতে যাচ্ছে। তবু একটা কৌতূহল জমে ছিল সাধারণ শিক্ষার্থী ও বহিরাগতদের ভেতরে।

দলের ছেলেদের চোখে স্লোগানের উন্মাদনা ছিল না, ছিল স্থিরতা। সাংবাদিকরা ক্যামেরা সেট করতে ব্যস্ত। কিছু সাধারণ শিক্ষার্থী দূরে দাঁড়িয়ে আলোচনা করছিল, এটাও কি একটা রাজনৈতিক নাটক নাকি সত্যিই নতুন কিছু?

ফারিস যখন পৌঁছায়, তখন ভিড় বড় হয়নি, কিন্তু মনোযোগ ঘনীভূত হয়েছিল।

সে ইচ্ছে করেই কোনো শোডাউন করেনি।

না মোটরসাইকেল বহর,

না স্লোগান,

না উল্লাস।

ধীর পায়ে মঞ্চে উঠল সে।

মঞ্চে দাঁড়িয়ে প্রথমে কিছু বলেনি।

শুধু চারপাশে তাকিয়েছিল।

মানুষের চোখের দিকে, ক্যামেরার লেন্সের দিকে, আর সময়ের দিকে। তার ভেতরে কোনো বক্তার উত্তেজনা ছিল না, ছিল জবাবদিহিতা চাইতে নামা একজন মানুষের স্থির প্রস্তুতি।

সে মাইক্রোফোনটা হাতে নিয়ে এক মুহূর্ত থামল।

চারপাশ নিস্তব্ধ হয়ে গেল।

তারপর উপস্থিত সবার উদ্দেশ্যে সে বলল—

আমি প্রশ্ন...
আমি সেই কণ্ঠ,
যাকে মাইকে ডেকে আনা হয় না,
তবু প্রতিটি দেয়ালে আমার প্রশ্নের দাগ লেগে থাকে!
আমি নই পোস্টারের হাসি,
নই সভার করতালিতে মিশে যাওয়া সুর।
আমি সেই ঘাম,
যার ওপর দাঁড়িয়ে তোমাদের দম্ভের মঞ্চ উঁচু হয়!
আমি সেই আইন,
যার দাঁড়িপাল্লা কাঁপে তোমাদের ক্ষমতার ভারে!
আমি সেই ন্যায়,
যাকে ফাইলের নিচে চাপা দেওয়া হয়!
আমি সেই ইতিহাস,
যাকে কাটছাঁট করা হয়!
আমি সেই ভবিষ্যৎ,
যাকে প্রতিশ্রুতির কাছে বন্ধক রাখা হয়!
আমি প্রশ্ন,
কেন আমার নামে শপথ নিয়ে আমাকেই ভুলে যাও?
কেন আমার করের টাকায় তোমাদের ক্ষমতার প্রাসাদ উঠে?
আর আমার সন্তানের স্বপ্ন ভাঙে ধুলোয়?
আমি প্রশ্ন,
আমি সংখ্যা নই, আমি ভোট নই, আমি সার্বভৌম কণ্ঠ!

আজ আমি চুপ থাকলে কাল তোমাদেরও কথা বলার জিভ থাকবে
না।
শোনো—
আমি হুঙ্কার নই, আমি সতর্কতা।
আমি বিদ্রোহ নই, আমি অস্তিত্বের দায়।
আমি সেই কলম যাকে ভয় পায় উদ্ধত বন্দুক,
কারণ আমার কালি রক্তের চেয়েও গভীর দাগ রেখে যায়।
আমি পতন নয়, পতন ঠেকাতে চাই।
আমি রাষ্ট্র ভাঙতে নয়, রাষ্ট্রকে আয়না দেখাতে চাই।
আমি ধ্বংস চাই না, আমি জবাব চাই!
আমি প্রশ্ন—
আমাকে হত্যা করা যায়, নীরব করা যায়, গুম করা যায়,
কিন্তু ইতিহাস থেকে মুছে ফেলা যায় না।
কারণ—
আমি একা নই,
আমি লক্ষ কণ্ঠের জমাটবদ্ধ প্রতিধ্বনি।
এরপর আমি—
আমি তিতুমীরের বাঁশের কেল্লার সেই অকুতোভয় স্পর্ধা,
আমি ভাষার শহীদ মিনার, ভাসানীর অগ্নিঝরা হুঙ্কার।
আমি জেলের অন্ধকারে লেখা অলিখিত ইশতেহার,
আমি রক্তে লেখা সংবিধানের সেই অপঠিত অনুচ্ছেদ।
আজ আমি ফারিস, কাল হবো হাদী, পরশু নজরুল।
সবশেষে,
আমি প্রতিটি জাগ্রত বিবেকের শেষ সীমানা।
আমি প্রশ্ন।
আমায় উত্তর দাও,
নইলে, ইতিহাস তার নিজের ভাষায় উত্তর দেবে।

শেষ লাইনটা বলার পর ফারিস আর কিছু বলেনি। মাইক্রোফোনটা নামিয়ে বলল, আজ এখানেই শেষ।

আজ কোনো স্লোগান নয়। আজ শুধু মনে রাখবেন, প্রশ্নটা করা শুরু হয়েছে।

তারপর মঞ্চ থেকে নেমে গেল ধীরে। দলের ছেলেরা কেউ তাকে ঘিরে ধরল না। কেউ বিজয়ের উল্লাস করল না।

কারণ তারা জানে, এটা কোনো সমাপ্তি নয়। এটা কেবল শুরু। টিএসসির আকাশে সেদিন কোনো স্লোগান ভাসেনি, ভেসেছিল শুধু এক অদৃশ্য শব্দ—

আমি প্রশ্ন।

ফারিসের এই আকস্মিক বিদ্রোহে বাড়ি'র ভিত কেঁপে উঠেছে। যে ফারিসকে তারা ভেবেছিল শান্তশিষ্ট, বইপোকা এক ছেলে, সেই ছেলেই এখন তাদের চোখের ঘুম হারাম করে দিয়েছে। তবে চাচারাও কাঁচা খেলোয়াড় নন। রাজনীতির মাঠ ভেজে খাওয়া মানুষ তারা। সরাসরি ফারিসের গায়ে হাত তুললে জনসমক্ষে তাদের ইমেজ নষ্ট হবে, প্লাস পারিবারিক বিরোধ চরমে পৌঁছাবে। তাই তারা হাঁটলেন ভিন্ন পথে। শুরু হলো স্নায়ুযুদ্ধ।

সবচেয়ে কঠিন যুদ্ধটা এল রাতে। বাইরের শত্রুর সাথে লড়া সহজ, কিন্তু নিজের বাবার সাথে?

ফারিসের বাবা ফজলুর রহমান, আজীবন মাথা নিচু করে চলা একজন নিরীহ শিক্ষক। তিনি ফারিসকে ডাকলেন তার ঘরে।

বাবা জানালার দিকে তাকিয়ে আছেন। ফারিস গিয়ে দাঁড়াল।

"বাবা, তুমি ডেকেছ?"

বাবা ঘুরে দাঁড়ালেন। তার চোখে জল।

"ফারিস, তুই কি চাস বল তো? আমি সারা জীবন সম্মানের সাথে চাকরি করেছি। কারো সাথে কখনো বাকবিতণ্ডা হয় নি। আজ তোর জন্য তোর চাচারা আমাকে কথা শোনায়। তারা বলছে, আমি নাকি তোকে লেলিয়ে দিয়েছি তাদের সম্পদ ধ্বংস করার জন্য। তুই কি চাস এই বুড়ো বয়সে আমি ভাইদের কাছে অপমানিত হই?"

ফারিস বাবার হাত ধরে বলল, "বাবা, তুমি আমাকে শিখিয়েছ 'অন্যায় যে করে আর অন্যায় যে সহে, তব ঘৃণা যেন তারে তৃণসম দহে'। তুমি সৎ ছিলে, কিন্তু তুমি ছিলে নীরব। তোমার এই নীরবতার সুযোগেই চাচারা আজ দানব হয়েছে। আমি শুধু তোমার দেওয়া শিক্ষাটা কাজে লাগাচ্ছি বাবা। তুমি কি চাও তোমার ছেলে চোরদের সাথে আপোষ করুক? তুমি কি চাও আমি আমার ডিগ্রিটা ধুয়ে পানি খাই আর চোখের সামনে দেশকে রসাতলে যেতে দেখি?"

বাবার মুখে কোনো কথা নেই। তিনি ছেলের চোখের দিকে তাকালেন। সেই চোখে তিনি নিজের যৌবনের ছায়া দেখতে পেলেন। যে সাহস তিনি নিজে কোনোদিন দেখাতে পারেননি, আজ তার ছেলে সেটা দেখাচ্ছে।

বাবা দীর্ঘশ্বাস ফেলে বললেন, "পথটা কিন্তু অনেক কঠিন রে বাবা। ওরা তোকে ছাড়বে না। ওরা যেকোনো পর্যায়ে যেতে পারে।"

ফারিস মুচকি হেসে বলল, "জানি বাবা। কিন্তু আমি প্রস্তুত। তুমি শুধু আমার মাথায় হাত রেখে বলো, আমি সঠিক পথে আছি কি না?"

বাবা কাঁপাকাঁপা হাতে ছেলের মাথায় হাত রাখলেন। মুখে কিছু বললেন না, কিন্তু তার চোখের কোণ বেয়ে গড়িয়ে পড়া জল বলে দিল। ছেলের জন্য আজ তার গর্বের শেষ নেই।

ঠিক সেই মুহূর্তে হঠাৎ এক ককটেলের বিকট শব্দ শুনতে পেল তারা। কোন এক ছায়ামূর্তি এসে বাড়ির ভেতরে এক ককটেল ছুড়ে মিশে গেছে জনসমুদ্রে। বাড়ির জানালার কাঁচ ঝনঝন করে ভেঙে পড়ল। নারীদের চিৎকার আর বারুদের গন্ধে ভরে গেল বাতাস। যুদ্ধ এবার আর কথার পিঠে কথায় নেই, বারুদের গন্ধে রূপ নিয়েছে।

ককটেলটা ফাটানো হয়েছে ঠিক শোবার ঘরের জানালার নিচে। কাঁচের টুকরো ছিটকে এসে ছোট বোন ঊর্মির পায়ে লেগেছে, রক্ত ঝরছে। মায়ের আর্তনাদ আর ঊর্মির কান্না মিলে এক বিভীষিকাময় পরিস্থিতি।

ফারিস ছুটে গিয়ে বোনকে কোলে তুলে নিল। ফার্স্ট এইড বক্স এনে নিজেই ব্যান্ডেজ করে দিল। বাবা ফজলুর রহমান পাথরের মতো দাঁড়িয়ে আছেন। নিজের ভাইয়েরা যে ক্ষমতার লোভে এতটা নিচে নামতে পারে, নিজের ভাতিজিকে রক্তাক্ত করতে পারে, এটা তার কল্পনারও বাইরে ছিল।

বড় চাচা বাকের আলী আর ছোট চাচা আকবর আলী ঘর থেকে বেরিয়ে এলেন। তাদের চোখেমুখে কৃত্রিম আতঙ্ক। বাকের আলী চিৎকার করে বললেন, "কারা ফাটাল বোমা? বিরোধীদের কাজ! ওরা দেখছে আমি এমপি হয়েছি, তাই নাশকতা করছে। কালই থানায় জিডি করব।"

ফারিস বোনের মাথায় হাত বুলিয়ে ধীরে ধীরে উঠে দাঁড়াল। তার হাতে বোমার স্প্লিন্টারের একটা টুকরো। সে চাচাদের দিকে এগিয়ে গেল। তার দৃষ্টি এতই তীক্ষ্ণ যে বাকের আলীও চোখ নামিয়ে নিলেন।

ফারিস ভয়ংকর গলায় বলল, "চাচা, নাটক বন্ধ করুন। বিরোধীরা বোমা মারলে সেটা গেটের বাইরে মারত, বাড়ির ভেতরে না। বাড়ির ম্যাপ বাইরের কেউ জানে না। এটা আপনাদেরই পোষা গুন্ডা আদনানের কাজ।

আমাকে ভয় দেখাতে গিয়ে আজ আমার বোনের রক্ত ঝরিয়েছেন। এই রক্তের দাগ আমি মুছব না, এই দাগ আপনাদের পতনের কারণ হবে।"

আকবর আলী তেড়ে এলেন, "তোর কি মাথা খারাপ হয়েছে? আমরা নিজের বাড়িতে বোমা মারব?"

ফারিস পকেট থেকে ফোন বের করল। "আপনারা ভুলে গেছেন, আমি বাড়ির চারপাশের গাছে নাইট ভিশন ক্যামেরা লাগিয়ে রেখেছিলাম। বোমাটা কে মেরেছে, কোন বাইকে করে এসেছে, সব আমার ক্লাউড স্টোরেজে আপলোড হয়ে গেছে। ফুটেজটা দ্রুতই ফেসবুকে আপলোড হবে।"

দুই চাচার মুখ চুন হয়ে গেল। তারা ভাবতেও পারেনি ফারিস এত দ্রুত টেকনোলজিক্যাল ফাঁদ পাতবে।

আধঘণ্টার মধ্যে পুলিশের গাড়ি সাইরেন বাজিয়ে হাজির। তবে তারা বোমা হামলাকারীদের ধরতে আসেনি। ওসি সাহেব গাড়ি থেকে নেমে সোজা ফারিসের দিকে আঙুল তুললেন।

"ফারিস সাহেব, আপনার নামে গুরুতর অভিযোগ আছে। এলাকায় নাশকতা সৃষ্টির অভিযোগে আপনাকে গ্রেফতার করা হলো।"

শরীরের স্নায়ুগুলো যেন মুহূর্তের জন্য অবশ হয়ে গেছে। কয়েক মিনিট আগে যে মানুষগুলো তার ওপর বোমা হামলা চালালো, পুলিশ তাদের ফেলে আসা আলামতটুকুও পরীক্ষা করার প্রয়োজন বোধ করল না। বরং গাড়ি থেকে নেমে ওসি সাহেব সরাসরি ফারিসের দিকে তর্জনী উঁচিয়ে ধরলেন। যেখানে পুলিশের উচিত ছিল তার পাশে দাঁড়িয়ে অপরাধীদের ধরা, সেখানে আইন রক্ষাকারী বাহিনী খোদ তাকেই হাতকড়া পরাতে উদ্যত। তাকে থামিয়ে দিতে এমন নির্মম পদক্ষেপ নিবে তার চাচারা তা সে কল্পনাতেও ভাবেনি।

পুলিশের গাড়ির দরজাটা ধাক্কা দিয়ে বন্ধ করা হলো। লোহার দেয়ালে ধাতব শব্দ প্রতিধ্বনি হয়ে ফিরে এলো ফারিসের দু কানে। দু'পাশে বসে থাকা কনস্টেবলরা ভেবেছিল, এখন সে নিশ্চয় চুপ থাকবে। মঞ্চ থেকে নামা মানুষরা সাধারণত ভ্যানে উঠে নীরব হয়ে যায়। কিন্তু ফারিস জানালার জালি ধরে বাইরে তাকিয়ে দেখে রাস্তায় মানুষ এখনো দাঁড়িয়ে।

কেউ ভিডিও করছে,

কেউ শুধু তাকিয়ে আছে।

ফারিস হালকা হেসে চোখ বন্ধ করল।

তারপর ধীরে, খুব ধীরে,

আবার বলতে শুরু করল—

এই লোহার দেয়াল আমার শরীরটাকে আটকে রেখেছে, আমার শব্দকে নয়।

আমি সেই পাথর,
যা ভাঙলে স্ফুলিঙ্গ জন্ম নেয়, কিন্তু শব্দ হয় না।
আমি সেই শহর,
যাকে তোমরা কার্ফুর চাদরে ঢাকতে চাও,
অথচ আমি অলিতে-গলিতে স্লোগান হয়ে জেগে থাকি।
তোমরা আমাকে বিপজ্জনক বলো,
কারণ আমি তোমাদের সাজানো মিথ্যার মঞ্চে এক টুকরো ধ্রুব সত্য।
তোমরা আমাকে অদৃশ্য ভাবো,
কারণ আমি ড্রয়িংরুমের এসির ভেতর নয়,
আমি আছি উত্তপ্ত রাজপথে।
মনে রেখো,
দেয়ালের লিখন মুছে ফেলা যায়,
কিন্তু দেয়ালটা থেকেই যায়।
কণ্ঠরোধ করা যায়,
কিন্তু বাতাসের কম্পন থামানো যায় না।
আমি সেই কম্পন,
যা তোমাদের প্রাসাদের ভিত নাড়িয়ে দেয়।
আমি কোনো দল নই,
আমি কোনো নিশান নই।
আমি প্রতিটি মানুষের ভেতর ঘুমিয়ে থাকা সেই বিবেক,
যা একবার জেগে উঠলে কেও তাকে আটকাতে পারে না।
আমি প্রশ্ন ছিলাম,
আমি প্রশ্ন আছি,
আমি প্রশ্ন হয়েই থাকব।
যতদিন না উত্তর মেলে,
আমিই হবো তোমাদের ঘুমের ভেতর হানা দেওয়া সবচেয়ে দীর্ঘ দুঃস্বপ্ন।
আমি প্রশ্ন।

১৫

জেলখানার সেই ছোট্ট কক্ষটি ছিল স্যাঁতসেঁতে আর ভ্যাপসা গন্ধে ভরা। ছাদ থেকে চুইয়ে পড়া নোনা ধরা পানির দাগগুলো দেয়ালের গায়ে বিচ্ছিরি কোনো মানচিত্রের মতো ফুটে আছে। ভ্যাপসা গরম আর স্যাঁতসেঁতে মেঝের গন্ধে দম বন্ধ হয়ে আসছিল তার। বাইরের পৃথিবীর সঙ্গে তার একমাত্র যোগসূত্র বলতে ছিল উঁচুতে থাকা ছোট্ট একটি ভেন্টিলেটর, যেখান দিয়ে এক চিলতে ফ্যাকাসে আলো মেঝের ধুলো অবধি পৌছায়। নিজেরই নিশ্বাসের শব্দ এখন তার কাছে অসহ্য লাগছে; প্রতিটি মুহূর্ত যেন সীসার মতো ভারী হয়ে তার বুকের ওপর চেপে বসছে। এই নিঃসঙ্গতা আর অনিশ্চয়তা তাকে ভেতর থেকে শেষ করে দিচ্ছিল।

থানার অন্ধকার কুঠুরিতে ফারিস যখন ভাগ্যের নিষ্ঠুর পরিহাস নিয়ে ভাবছে, তখনই জেলের লোহার গেটে চাবির ঝনঝনানি শোনা গেল। কনস্টেবলের সাথে ভেতরে প্রবেশ করলেন সৌম্য চেহারার এক প্রৌঢ়। পরনে ধবধবে সাদা জুব্বা, মাথায় পাগড়ি এবং লম্বা মেহদি রাঙা দাড়ি। তিনি এই অঞ্চলের অত্যন্ত প্রভাবশালী এক পীর সাহেব।

তিনি ফারিসের সামনে এসে পরম মমতায় তার কাঁধে হাত রাখলেন। এরপর শান্ত কণ্ঠে বললেন, "বাপু, হক আর বাতিলের লড়াইয়ে একলা চলা বড় কঠিন। তুমি দেশের জন্য লড়তে চাও, কিন্তু পিঠ বাঁচানোর দেয়াল না থাকলে তোমাকে ওরা পিষে ফেলবে।"

ফারিস অবাক হয়ে তাকিয়ে রইল। পীর সাহেব সরাসরি প্রস্তাব দিলেন, "আমি তোমার জামিনের ব্যবস্থা করছি, কিন্তু বিনিময়ে তোমাকে আমার কাফেলায় শামিল হতে হবে। আমার শক্তির ছায়াতলে থাকলে এই পুলিশ বা হামলাকারীরা তোমার পশমও স্পর্শ করতে পারবে না।"

ফারিস ভাবল, একা চলে বারবার সে বিপদে পড়ছে। দেশের বৃহত্তর স্বার্থে এবং শত্রুদের উচিত শিক্ষা দিতে এই মুহূর্তে কারো সাহায্য নেওয়াটা হয়তো ভুল হবে না। সে রাজি হলো।

ঘণ্টা খানেকের মধ্যেই পীর সাহেবের প্রভাবে আইনি জটিলতা কেটে গেল। আদালত থেকে জামিন নিয়ে ফারিসকে সরাসরি নিয়ে যাওয়া হলো পীর সাহেবের দরবারে। শহর থেকে কিছুটা দূরে বিশাল এক এলাকা নিয়ে সেই দরবার। গেট দিয়ে ঢোকার সময় ফারিস দেখল শত শত অনুসারী পরম শ্রদ্ধায় পীর সাহেবকে কুর্নিশ করছে। চারিদিকে এক অদ্ভুত নিস্তব্ধতা আর আতর-আগরবাতির কড়া ঘ্রাণ।

পীর সাহেব তার খাস কামরার দিকে ইশারা করে বললেন, "এসো ফারিস, আজ থেকে এই দরবারই তোমার কেল্লা। তবে মনে রেখো, আমার আনুগত্য করলে তুমি অজেয়, আর অবাধ্য হলে এই দেয়ালের বাইরে পা রাখা তোমার জন্য অসম্ভব হয়ে পড়বে।"

ফারিসের কাছে সবকিছু ধোয়াশা মনে হচ্ছে। সে এক নতুন জালে পা দিয়েছে নাকি সত্যিই কোনো শক্তিশালী আশ্রয় খুঁজে পেয়েছে তা সময়ই বলে দেবে।

দরবারে আসার প্রথম কয়েকদিন ফারিসের কাটল এক ঘোরের মধ্যে। কিন্তু সেই ঘোর কাটতে সময় লাগল না। সে লক্ষ্য করল, পীর সাহেবের অনুসারীরা অত্যন্ত সুপরিকল্পিতভাবে তাকে ঘিরে রেখেছে। তারা ফারিসের অতীত, তার দেশপ্রেম এবং তার দুর্বল জায়গাগুলো নিয়ে আগে থেকেই পড়াশোনা করে রেখেছে। শুরু হলো এক সূক্ষ্ম 'ব্রেইনওয়াশ' প্রক্রিয়া।

খাওয়ার টেবিল থেকে শুরু করে শোবার ঘর পর্যন্ত, সবখানেই তারা ফারিসকে এটা বোঝানোর চেষ্টা করতে লাগল যে, দেশের প্রচলিত আইন বা ব্যবস্থা সব তাগুতি বা ভ্রষ্ট। তাদের মতে, পীর সাহেবের নির্দেশই হলো চূড়ান্ত ঐশী আইন। তারা ধর্মের এমন সব অদ্ভুত ব্যাখ্যা দিতে শুরু করল যা ফারিসকে রীতিমতো স্তম্ভিত করে দিল।

একদিন সন্ধ্যায় ফারিস দেখল, মুরিদদের এক মজলিসে পীর সাহেবকে প্রায় খোদার আসনে বসানো হয়েছে। ভক্তরা তার পা ধোয়া পানি পান করছে এবং তার প্রতিটি কথাকে বিনাবাক্যে গ্রহণ করছে। সেখানে ইসলামের মৌলিক শিক্ষার চেয়ে পীরতন্ত্র, কুসংস্কার আর অন্ধ বিশ্বাসকেই বেশি প্রাধান্য দেওয়া হচ্ছে।

ফারিস দরবারে থাকার কয়েক দিনের মধ্যেই বুঝতে পারল, সে এক বিশাল কর্পোরেট ধর্মীয় সিন্ডিকেটের ভেতর আটকা পড়েছে। ফারিস খেয়াল করল, তাদের এই তথাকথিত 'ইসলামী বিপ্লব'-এর আড়ালে লুকিয়ে আছে তীব্র ধর্মীয় সহিংসতা আর ফতোয়াবাজির এক বিষাক্ত জগৎ। কেউ পীরের মতের বাইরে গেলেই তার ওপর নেমে আসছে ধর্মের দোহাই দিয়ে অকথ্য নির্যাতন। পীর সাহেব আর তার খলিফারা তাকে যে তালিম দিচ্ছে, তা আসলে ইসলামের শিক্ষা নয়, বরং 'চরম আনুগত্যের দাসত্ব'।

দরবারের বারান্দায় দাঁড়িয়ে ফারিস এক অদ্ভুত দৃশ্য দেখল। গ্রাম থেকে আসা এক সরলপ্রাণ যুবক পীর সাহেবের পায়ে লুটিয়ে পড়ছে। কান্নায় ভেঙে পড়া কণ্ঠে সে বলছে, "বাবা, বিয়ের দশ বছর হয়ে গেল, কোনো সন্তান হলো না। ডাক্তার-কবিরাজ সব হার মেনেছে। আপনি দয়া করুন।"

পীর সাহেব চোখ বন্ধ করে কিছুক্ষণ তসবিহ জপলেন। তারপর গম্ভীর কণ্ঠে বললেন, "তোর ঘরে শয়তানের নজর লেগেছে। এই গেরো ছুটানো সাধারণ কাজ নয়। যা, দরবারে একজোড়া হৃষ্টপুষ্ট গরু মানত কর। আর কাল তোর স্ত্রীকে নিয়ে আসিস, তার শরীরে বিশেষ আমল করে দিতে হবে। তবেই কোল জুড়ে সন্তান আসবে।"

পরদিন যুবকটি তার স্ত্রীকে নিয়ে হাজির হলো। ফারিস আড়াল থেকে দেখল, পীর সাহেব যুবকটিকে বাইরে অপেক্ষা করতে বলে মহিলাকে নিয়ে ভেতরের একটি অন্ধকার খাস কামরায় ঢুকলেন। ঢোকার সময় পীর সাহেবের মুখে এক কুৎসিত তৃপ্তির হাসি ফুটে উঠল, যা দেখে ফারিসের আর বোঝার বাকি রইলো না কি ঘটতে যাচ্ছে।

এক ঘণ্টা পার হলো। যুবকটি বাইরে উৎকণ্ঠা নিয়ে পায়চারি করছে, মুখে তার পরম ভক্তি। অথচ যে কামরায় তার স্ত্রী, সেখান থেকে কোনো কান্নার শব্দও বাইরে আসার উপায় নেই। ভারী পর্দার আড়ালে সব ঢাকা।

এক ঘণ্টা পর পীর সাহেব ঘর্মাক্ত শরীরে কামরা থেকে বেরিয়ে এলেন। তার চোখে-মুখে এক পৈশাচিক শান্ত ভাব। যুবকটির কাঁধে হাত রেখে বললেন, "যা বাবা, নিয়ে যা তোর স্ত্রীকে। সব সমস্যার সমাধান করে দিয়েছি। রহমতের দরজা খুলে গেছে, তোর ঘরে এখন সন্তান আসবে।"

যুবকটি পীর সাহেবের পায়ে হাত দিয়ে সালাম করল, কৃতজ্ঞতায় তার চোখ দিয়ে পানি ঝরছে। সে ভাবছে এটা বড় কোনো আধ্যাত্মিক কারিশমা। কিন্তু ফারিস যখন ওই মহিলার দিকে তাকাল, দেখল তার চোখ দুটো পাথরের মতো স্থির হয়ে আছে। অপমানে আর গ্লানিতে মহিলা যেন জীবন্ত এক লাশ হয়ে গেছে।

ফারিস দরবারের দেয়াল ধরে দাঁড়িয়ে রইল। তার ভেতরটা রি রি করে উঠল। সে বুঝতে পারল, এটা ধর্ম নয়, এটা বিশ্বাসের আড়ালে এক ভয়াবহ যৌন লালসা আর ধোঁকাবাজি। ধর্মের দোহাই দিয়ে এখানে অসহায় মানুষের ওপর দিনের আলোয় ধর্ষণ চালানো হচ্ছে।

ফারিস মনে মনে গর্জে উঠল, "ইসলাম তো ইনসাফ আর পবিত্রতার ধর্ম। আর এই পৈশাচিক ভণ্ডামিকে এরা ইসলাম বলে প্রচার করছে? এই পাপের দুর্গ গুঁড়িয়ে দিতেই হবে।"

ফারিস দ্রুত পায়ে দরবারের সীমানা ছাড়িয়ে যুবকটির পিছু নিল। নির্জন রাস্তার মাথায় গিয়ে সে যুবকটির সামনে দাঁড়াল। ফারিসের বুক ধড়ফড় করছে, চোখের সামনে ঘটে যাওয়া অন্যায়ের প্রতিবাদ না করতে পারলে সে নিজেকে ক্ষমা করতে পারবে না।

সে যুবকটির কাঁধে হাত রেখে বলল, "শোনেন ভাই, একটু দাঁড়ান! আপনি যেটাকে রহমত ভাবছেন, সেটা আসলে চরম বিশ্বাসঘাতকতা। আপনার স্ত্রীকে পীর সাহেব যে ঘরে নিয়ে গিয়েছিলেন, সেখানে কোনো পবিত্র আমল হয়নি। উনি ধর্মের আড়ালে আপনাদের ইজ্জত নিয়ে খেলছেন!"

যুবকটি এক ঝটকায় ফারিসের হাত সরিয়ে দিল। তার চোখে মুহূর্তেই আগুনের মতো ক্রোধ জ্বলে উঠল। সে চিৎকার করে বলল, "থামুন আপনি! আপনার সাহস তো কম না! পীর সাহেবের নামে এসব অপবাদ দিচ্ছেন? আপনি জানেন উনি কত বড় আল্লাহর অলি?"

ফারিস তাকে শান্ত করার চেষ্টা করে বলল, "ভাই, আমি নিজের চোখে পীর সাহেবের কুৎসিত হাসি দেখেছি। আমি বুঝতে পেরেছি ভেতরে কী হয়েছে। আপনি আপনার স্ত্রীর চোখের দিকে তাকিয়ে দেখুন একবার, সে কথা বলতে পারছে না কেন?"

যুবকটি এবার আরও হিংস্র হয়ে উঠল। সে ফারিসের কলার চেপে ধরে বলল, "আমি বুঝে ফেলেছি আপনি কারা! দরবারে ঢুকেছেন পীর সাহেবের ক্ষতি করতে। আপনি নির্ঘাত ইহুদি-নাসারাদের দালাল! আমাদের ঈমান নষ্ট করতে এসেছেন। যে লোকটা দশ বছরের বন্ধ্যাত্ব দূর করার দায়িত্ব নিলেন, তার চরিত্র নিয়ে কথা বলেন? আপনি মানুষ না শয়তান?"

পেছন থেকে যুবকটির স্ত্রী কেবল নিথর হয়ে দাঁড়িয়ে আছে। তার চোখ দিয়ে অঝোরে ঝরছে জল, কিন্তু স্বামীর অন্ধ বিশ্বাসের সামনে সে টুঁ শব্দটি করার সাহস পাচ্ছে না।

যুবকটি ফারিসকে ধাক্কা দিয়ে বলল, "খবরদার! আর একটা কথা বললে আমি গ্রামের লোক ডেকে আপনাকে পিটিয়ে মারব। পীর সাহেবের ওপর আমাদের অন্ধ বিশ্বাস। আপনার মতো নাস্তিকের কথা শোনার সময় আমাদের নেই।"

তারা চলে গেল। ফারিস রাস্তার মাঝখানে একা দাঁড়িয়ে রইল। তার মনে হলো, পীর সাহেব কেবল এই লোকগুলোর শরীর নয়, এদের মগজটাও চিবিয়ে খেয়ে ফেলেছেন। যেখানে মানুষ যৌক্তিক চিন্তা করার ক্ষমতা হারিয়ে ফেলে, সেখানে সত্য বলাটাই যেন সবচেয়ে বড় অপরাধ।

ফারিস দীর্ঘশ্বাস ফেলে ভাবল, "এই মগজ ধোলাই করা অন্ধকার থেকে এদের বের করা তলোয়ারের লড়াইয়ের চেয়েও কঠিন। কিন্তু আমাকে থামলে চলবে না।"

ফারিসের মাথায় চিন্তার ঝড় বয়ে যাচ্ছে। দরবারের ভেতরের দৃশ্যগুলো দেখে তার কাছে ইসলামের এক বিকৃত এবং পঙ্গু রূপ উন্মোচিত হচ্ছে। প্রতিদিন আসর বা মাগরিবের নামাজের পর পীর সাহেব যখন বয়ানে বসেন, তখন তার মূল মন্ত্রই থাকে, "দুনিয়া হলো মুমিনের জন্য জেলখানা, আর কাফেরের জন্য জান্নাত।" (সহীহ মুসলিম, হাদিস ২৯৫৬; তিরমিযি, হাদিস ২৩২৪)

পীর সাহেব মুরিদদের উদ্দেশ্য করে গম্ভীর গলায় বলেন, "বাপু সকল, এই ইংরেজি শিক্ষা, বিজ্ঞান, দর্শন, এসব হলো ঈমান চুরির কলকাঠি। এসব পড়লে অন্তর শক্ত হয়ে যায়। আমাদের দরকার শুধু পরকাল। জান্নাতে যেতে হলে দুনিয়াবি সফলতার মোহ ত্যাগ করো। অল্পতে তুষ্ট থাকাই হলো আসল মুমিনের কাজ।"

ফারিস পেছনে বসে দেখল, শত শত তরুণ আর মাদ্রাসার ছাত্ররা মন্ত্রমুগ্ধের মতো এই আফিম গিলছে। পীর সাহেবের এই দর্শনের ফলেই দরবারের চারপাশে ঘুরে বেড়ানো ছাত্ররা আত্মমর্যাদা হারিয়ে ফেলেছে। তারা মানুষের দ্বারে দ্বারে গিয়ে মুষ্টি চাল সংগ্রহ করে, ভিক্ষা করাকে 'বিনয়' বলে মনে করে। তাদের শেখানো হচ্ছে কীভাবে দুবেলা দুমুঠো খেয়ে কোনোমতে টিকে থাকা যায়।

ফারিসের মনে এক তীব্র হাহাকার জন্ম নিল। সে মনে মনে আওড়াতে লাগল, "হায়রে মূর্খতা! আল্লাহ তো সেই শক্তিশালী আর ধনী মুমিনকে বেশি পছন্দ করেন যে হাত পাতে না, বরং মানুষকে সাহায্য করে। ইসলামের স্তম্ভগুলোর দিকে তাকালে দেখা যায় হজ্ব, যাকাত, কোরবানি, সাদাকাহ, এই বড় বড় ইবাদতগুলো পালনের জন্য তো অর্থের প্রয়োজন। মিসকিন হয়ে থাকলে তো ইসলামের অর্ধেক বিধানই পালন করা অসম্ভব!"

তার ভাবনায় বারবার ফিরে আসছে ফিলিস্তিনের ক্ষতবিক্ষত শিশুদের কথা। শত্রু যখন অত্যাধুনিক মারণাস্ত্র আর প্রযুক্তি নিয়ে ঝাঁপিয়ে পড়ে ফিলিস্তিনের শিশুদের উপর, তখন এই পীর সাহেবরা দরবারে বসে কেবল কান্নাকাটি আর দোয়ার মাহফিল জমান। অথচ ইসলাম শিখিয়েছিল 'শত্রুর মোকাবেলায় ঘোড়া প্রস্তুত রাখো', অর্থাৎ শত্রুর সমকক্ষ প্রযুক্তি আর শক্তি অর্জন করো। (সূরা আল-আনফাল, আয়াত ৬০)

ফারিস নিজেকেই প্রশ্ন করল, "একটা মিসাইল ডিফেন্স সিস্টেম বানাতে যে বিপুল পরিমাণ গবেষণা, বিজ্ঞান আর অর্থের প্রয়োজন, তা কি এই ভিক্ষা করা জাতি কোনোদিন অর্জন করতে পারবে? এরা ইসলামকে

প্রজন্মের কাছে একটা 'মিসকিনের ধর্ম' হিসেবে উপস্থাপন করছে। এরা মুসলিমদের বানাচ্ছে পরনির্ভরশীল, ভীরু আর মেধাহীন একদল সেবক।"

সে বুঝতে পারল, পীর সাহেবের এই দর্শনের পেছনে এক গভীর ষড়যন্ত্র আছে। মানুষকে অর্থনৈতিকভাবে পঙ্গু আর মানসিকভাবে দাস বানিয়ে রাখতে পারলেই তো পীরতন্ত্র টিকে থাকবে। শিক্ষিত আর স্বাবলম্বী মানুষ তো কোনোদিন এই ভণ্ডামির পায়ে মাথা নত করবে না।

ফারিস দরবারের উঁচু মিনারের দিকে তাকিয়ে দীর্ঘশ্বাস ফেলল। তার জেদ আরও বেড়ে গেল। এই অন্ধকারের দেয়াল ভাঙতে হলে তাকে শুধু পীর নয়, এই জাতির মগজে ঢুকে যাওয়া বিষাক্ত দর্শনের বিরুদ্ধেও যুদ্ধ করতে হবে।

ফারিস দরবারে আসার পর থেকেই একটা বিষয় লক্ষ করে স্তম্ভিত হয়ে যাচ্ছিল। এখানে ইসলামের নাম নেওয়া হলেও ইসলামের প্রধান স্তম্ভ 'নামাজ' পড়ার কোনো বালাই নেই। ওয়াক্ত পেরিয়ে যায়, আজান হয়, কিন্তু পীর সাহেব কিংবা তার সাঙ্গোপাঙ্গদের মধ্যে সেজদাহ দেওয়ার কোনো তাগিদ দেখা যায় না। তাদের কাছে নাকি 'কলবের নামাজ'ই যথেষ্ট!

রাত বাড়ার সাথে সাথে দরবারের পরিবেশ এক বীভৎস রূপ ধারণ করে। এশার নামাজের সময় শেষ হবার পরপরই সেখানে শুরু হয় উচ্চস্বরে বাদ্যযন্ত্রের ঝনঝনানি। চারদিকে কাওয়ালি আর মুর্শিদি গানের সুর ওঠে, আর সেই তালের সাথে চলে এক নারকীয় উন্মাদনা।

ফারিস দরবারের এক কোণায় দাঁড়িয়ে দেখল, আসর জমিয়ে বসেছে একদল মুরিদ। তাদের মাঝখানে আগুনের কুণ্ডলী। গানের তালের সাথে সাথে তারা বড় বড় কলকিতে টান দিচ্ছে। চারপাশ ধোঁয়ায় আচ্ছন্ন, আর সেই ধোঁয়ার কটু গন্ধে বাতাস ভারী হয়ে উঠেছে।

সে পরিষ্কার বুঝতে পারল, ওটা গাঁজা।

পীর সাহেবের একজন খাস মুরিদ ফারিসের দিকে তাকিয়ে চোখ লাল করে হাসল। ধোঁয়ার একটা কুণ্ডলী হাতে নিয়ে এসে বলল, "কী মিয়া, ওমন খাম্বার মতো দাঁড়িয়ে আছো কেন? একটু ধরো! এই বস্তু ছাড়া পীর সাহেবের নূরের ভাব জমে না। আল্লাওয়ালারা এই 'ফকিরি ধন' খেয়েই আরশে আজিমের খবর পায়। নামাজ-রোজা তো সাধারণ মানুষের জন্য, আমরা তো ভাবের সাগরে ডুবে আছি!"

ফারিস দেখল, মুরিদদের কেউ কেউ গাঁজার নেশায় বুঁদ হয়ে গানের তালে অদ্ভুতভাবে মাথা ঝোলাচ্ছে। এদের চোখগুলো রক্তবর্ণ, চেহারায় কোনো পবিত্রতা নেই, বরং এক ধরনের পাশবিক ঘোর লেগে আছে। ধর্মের

দোহাই দিয়ে এখানে নেশার অভয়ারণ্য গড়ে তোলা হয়েছে। তারা দাবি করছে, এই নেশাই নাকি তাদের স্রষ্টার কাছাকাছি নিয়ে যায়।

ফারিসের ভেতরটা বিতৃষ্ণায় কুঁকড়ে গেল। সে ভাবল:

"যে ইসলামে নেশা হারাম, যে ইসলামে নামাজই হলো মুমিনের প্রধান ইবাদত, সেখানে এই ভণ্ডরা গানের তালে গাঁজা খেয়ে বেহুঁশ থাকাকে বলছে 'মারেফত'? এরা তো কেবল পথভ্রষ্ট নয়, এরা হলো ইসলামের নামে একদল সুসংগঠিত অপরাধী।"

সে বুঝতে পারল, এই পীরতন্ত্রের আড়ালে আসলে চলছে অপরাধের স্বর্গরাজ্য। এখানে ব্যভিচারীরা পীর সেজে বসে আছে, আর নেশাখোররা সেজেছে মুরিদ। এই অন্ধকূপ থেকে পালানো এখন তার জন্য কেবল জীবন বাঁচানোর লড়াই নয়, বরং এই জঘন্য কুসংস্কারের আসল চেহারা পৃথিবীর সামনে আনার এক মহাযুদ্ধ।

দরবারের ভণ্ডামির ষোলোকলা পূর্ণ হলো যখন ফারিস 'জ্বীন তাড়ানোর' এক বীভৎস নাটক স্বচক্ষে দেখল। দরবারের এক প্রান্তে একটি নির্দিষ্ট ঘর আছে, যেটাকে তারা ' আসরখানা' বলে ডাকে। সেখানে প্রতিদিন ভিড় করে সহজ-সরল মানুষ, যাদের পরিবারের কেউ হয়তো মানসিক রোগে ভুগছে কিংবা কেবল হিস্টিরিয়ায় আক্রান্ত। কিন্তু পীর সাহেবের ভাষায় এরা সবাই 'জ্বীনগ্রস্ত'।

ফারিস দেখল, এক কিশোরীকে টেনে-হিঁচড়ে পীর সাহেবের সামনে আনা হলো। মেয়েটি ভয়ে কাঁপছিল। পীর সাহেব তার রক্তবর্ণ চোখ জোড়া বড় বড় করে মেয়েটির দিকে তাকালেন। তারপর গম্ভীর গলায় চিৎকার করে বললেন, "কিরে খবিস! এখনো যাবি না? আগুনে পুড়িয়ে ছারখার করে দেব কিন্তু!"

শুরু হলো এক পৈশাচিক তান্ডব। পীর সাহেব তার লাঠি দিয়ে মেয়েটিকে অমানবিকভাবে পেটাতে লাগলেন। মেয়েটি ব্যথায় চিৎকার করলে মুরিদদের বলে উঠলেন, "ওরে মারছি না, মারছি জ্বীনটাকে! যত জোরে চিৎকার করবে, বুঝবি জ্বীন তত দুর্বল হচ্ছে।"

ফারিস স্তম্ভিত হয়ে দেখল:

ধোঁয়ার কারসাজি: ঘরজুড়ে এমন এক বিশেষ ধূপের ধোঁয়া ছড়ানো হলো যা মানুষের শ্বাসকষ্ট বাড়িয়ে দেয় এবং মস্তিষ্ককে সাময়িকভাবে আচ্ছন্ন করে ফেলে।

ভয়ংকর ফতোয়া: পীর সাহেব দাবি করলেন, এই জ্বীন নাকি ওই কিশোরীর পরিবারের কোনো গুনাহের কারণে এসেছে। মুক্তির উপায় হিসেবে আবারও সেই 'মানত' আর 'নগদ নজরানা'র দাবি পেশ করা হলো।

মানসিক নির্যাতন: মেয়েটির ওপর যেভাবে গরম পানি ছিটানো আর মরিচের ধোঁয়া দেওয়া হচ্ছিল, তা কোনো সুস্থ মানুষের পক্ষে সহ্য করা সম্ভব নয়। ইসলামের কোথাও এভাবে জ্বীন তাড়ানোর কোনো বিধান নেই, কিন্তু পীর সাহেব এটাকে 'আধ্যাত্মিক সার্জারি' হিসেবে চালিয়ে দিলেন।

ফারিস দেখল, মেয়েটির বাবা-মা হাত জোড় করে কাঁদছে আর পীর সাহেবকে 'ত্রাতা' মনে করছে। অথচ আসলে সেখানে কোনো জ্বীন ছিল না; ছিল এক অসহায় কিশোরীর মানসিক অসুস্থতা আর এক ভণ্ড পীরের জিঘাংসা।

ফারিস মনে মনে বলল, "বিজ্ঞানের এই যুগে এরা জ্বীন-ভূতের ভয় দেখিয়ে মানুষের বিচারবুদ্ধি কেড়ে নিচ্ছে। এরা চায় না কেউ ডাক্তারের কাছে যাক, এরা চায় মানুষ সারাজীবন এই অন্ধকারের গোলাম হয়ে থাকুক। জ্বীন তো এরা নিজেই, যারা ধর্মের লেবাস পরে মানুষের রক্ত চুষে খাচ্ছে।"

প্রতিটি আঘাতের শব্দ ফারিসের কানে তীরের মতো বিঁধছিল। সে বুঝতে পারল, এই দরবার আসলে কোনো আধ্যাত্মিক কেন্দ্র নয়, বরং এটি একটি সুসংগঠিত টর্চার সেল। এই ভণ্ডামির মুখোশ না খুললে অসংখ্য জীবন এভাবে পঙ্গু হয়ে যাবে।

পীর সাহেব হঠাৎ গম্ভীর হয়ে গেলেন। মেয়েটির ওপর লাঠির আঘাত থামিয়ে তিনি মুরিদদের দিকে তাকিয়ে বললেন, "এই মেয়েকে যে জ্বীন ধরেছে, সে সাধারণ কোনো জ্বীন নয়। সে অত্যন্ত শক্তিশালী এবং অবাধ্য। একে তাড়াতে হলে আমার খাস মুরিদ 'বড় জ্বীন'কে ডাকতে হবে।"

তিনি সবাইকে ঘর থেকে কয়েক হাত পিছিয়ে যেতে বললেন। পীর সাহেব একা মেয়েটির সামনে বসে চোখ বন্ধ করে বিড়বিড় করতে লাগলেন। এরপর তিনি শূন্য বাতাসের দিকে তাকিয়ে এক অদ্ভুত ভঙ্গিতে কথা বলতে শুরু করলেন, যেন সেখানে কেউ একজন দাঁড়িয়ে আছে। উপস্থিত সবাই ভয়ে আড়ষ্ট হয়ে রইল, যদিও ফারিস দেখল পীর সাহেব আসলে ফাঁকা হাওয়ার সাথেই কথা বলছেন।

পীর সাহেব শূন্যের দিকে তাকিয়ে শ্রদ্ধাভরে বললেন, "আসো বাবা, আসো। তুমি তো এখন আমার দরবারের খাদেম। একসময় তুমি অবাধ্য ছিলে, কিন্তু এখন তো তুমি হেদায়েত পেয়েছ। এই অবাধ্য জ্বীনটাকে শায়েস্তা করার দায়িত্ব এখন তোমার।"

কিছুক্ষণ পর পীর সাহেব এমনভাবে মাথা নাড়তে লাগলেন যেন অদৃশ্য সেই মুরিদ জ্বীনটি তার কানে কানে কিছু বলছে। পীর সাহেব মাঝে মাঝে 'জি', 'আচ্ছা', 'ঠিক আছে' বলে সায় দিচ্ছেন। পুরো পরিবেশ তখন এক অলৌকিক আতঙ্কে থমথমে হয়ে আছে।

মিনিট দশেক পর পীর সাহেব একটি দীর্ঘশ্বাস ফেলে মেয়েটির বাবার দিকে ফিরলেন। তার চোখেমুখে এক কৃত্রিম ক্লান্তির ছাপ। তিনি বললেন, "আমার খাস মুরিদ জ্বীন ওই শয়তানটাকে কাবু করেছে। তবে সে একটা শর্ত দিয়েছে। ওই অবাধ্য জ্বীনটাকে এই এলাকা থেকে চিরতরে বিদায় করতে হলে আজ রাতের মধ্যেই ৩টি হৃষ্টপুষ্ট মহিষ দরবারে দান করতে হবে। এই ৩টি মহিষের পদচিহ্ন দরবারের মাটিতে পড়ার সাথে সাথেই তোর মেয়ে মুক্তি পাবে। মনে রাখিস, মহিষ যেন দুর্বল না হয়, নাহলে বড় জ্বীন কিন্তু অসন্তুষ্ট হবে।"

মেয়েটির বাবা এই 'অলৌকিক' কাণ্ড দেখে পরম ভক্তিতে পীর সাহেবের পায়ে লুটিয়ে পড়ল। ফারিস এক কোণে দাঁড়িয়ে দেখল, কীভাবে অদৃশ্য জ্বীন আর সাজানো কথোপকথনের আড়ালে ৩টি মহিষ হাতিয়ে নেওয়ার এক নিখুঁত চিত্রনাট্য মঞ্চস্থ হলো।

ফারিসের বুক ফেটে এক তীব্র তাচ্ছিল্যের হাসি বেরিয়ে আসতে চাইল, কিন্তু সে নিজেকে সামলে নিল। পীর সাহেবের এই সাজানো নাটক আর মুরিদদের অন্ধ ভক্তি দেখে তার মাথায় একটার পর একটা যৌক্তিক প্রশ্ন হাতুড়ি পেটার মতো আঘাত করতে লাগল।

এতক্ষণ নীরব দর্শক হয়ে থাকলেও ফারিস আর নিজেকে নিয়ন্ত্রণ করতে পারল না। তার ভেতরে থাকা যুক্তিবাদী মানুষটা এবং ধর্মের প্রকৃত শিক্ষা একযোগে গর্জে উঠল। পীর সাহেব যখন মহিষের ঘোষণা দিয়ে কেবল আসন থেকে উঠে দাঁড়াতে যাবেন, ঠিক তখনই ফারিসের কণ্ঠস্বর পুরো ঘরকে চাবুকের মতো কাঁপিয়ে দিল।

"এক মিনিট পীর সাহেব! একটা প্রশ্ন ছিল।"

ফারিসের হঠাৎ এই সাহসিকতায় পুরো আসরখানায় পিনপতন নীরবতা নেমে এল। মুরিদদের বিষাক্ত চোখগুলো তার দিকে ঘুরে গেল, কিন্তু ফারিস অবিচল। সে পীর সাহেবের চোখের দিকে সরাসরি তাকিয়ে বলল:

"আপনার এই মুরিদ জ্বীন যদি এতই শক্তিশালী হয় যে সে অবাধ্য আত্মাকে নিমেষেই কাবু করে ফেলে, তবে সে ফিলিস্তিনের আকাশ সীমায় গিয়ে কেন দাঁড়ায় না? একেকটা মিসাইল যখন নিরীহ শিশুদের ওপর ধেয়ে

আসে, তখন কেন আপনার এই শক্তিশালী জ্বীনরা সেগুলো হাত দিয়ে ধরে আটকে দেয় না?"

ফারিসের চোখের সামনে ভেসে উঠল গাঁজার সেই ধ্বংসস্তূপ আর অনাহারে থাকা শরণার্থী শিশুদের মুখ। পীরের চোখে চোখ রেখে বলল:

"যেখানে একবেলা খাবারের জন্য গাঁজার ক্ষুধার্ত শিশুরা কাঁদছে, সেখানে আপনার এই জ্বীন কেন এক মুঠো খাবার পৌঁছে দিতে পারছে না? তবে কি আপনার এই বিশাল ক্ষমতাধারী মুরিদ জ্বীনরা শুধুই গ্রামের অশিক্ষিত মানুষের ঘর থেকে ৩টি মহিষ কিংবা কয়েকটা খাসি হাতিয়ে নেওয়ার মতো অনর্থক আর নিচু কাজেই সাহায্য করে? আপনার জ্বীনের ক্ষমতা কি তবে কেবল দরবারের এই চার দেয়ালের ভেতর আর অসহায় মানুষের পকেট কাটার মধ্যেই সীমাবদ্ধ?"

আপনাদের এই মারেফতি আসলে এক চরম স্বার্থপরতার নাম। আপনাদের এই আধ্যাত্মিকতা দেশের বিপদে বা মানবতার আর্তনাদে জাগে না; এরা কেবল তখনই জেগে ওঠে, যখন সামনে মহিষ কিংবা নগদ টাকা পাওয়ার কোনো সহজ সুযোগ তৈরি হয়। আপনারা ইসলামকে মিসকিনের ধর্ম আর কুসংস্কারের আখড়া বানিয়ে ফেলেছেন।

সে গভীর ঘৃণা নিয়ে পীর সাহেবের দিকে তাকাল। যে মানুষগুলো পীরকে আল্লাহর খাস অলি ভাবছে, তারা জানেই না যে তারা আসলে এক ভয়ংকর মানসিক এবং অর্থনৈতিক শোষণের শিকার হচ্ছে। ফারিস প্রতিজ্ঞা করল, এই ভণ্ডামির দুর্গ তাকে ভাঙতেই হবে।

ফারিসের সাহসী উচ্চারণে আসরখানায় যেন অগ্নিকাণ্ড ঘটল। মুহূর্তেই 'বেয়াদব', 'নাস্তিক' চিৎকারে মুরিদেরা ক্ষিপ্ত হয়ে ফারিসের ওপর ঝাঁপিয়ে পড়তে চাইল। কিন্তু পীর সাহেব হাত উঁচু করতেই এক অদ্ভুত স্তব্ধতা নেমে এল। এই দরবারে পীর সাহেবের ইশারা ছাড়া যেন মুরিদদের ফুসফুসে অক্সিজেনও ঢোকে না।

পীর সাহেব বাঁকা হাসি হেসে ধীরপায়ে ফারিসের সামনে এসে দাঁড়ালেন। কণ্ঠে কৃত্রিম গাম্ভীর্য নিয়ে বললেন, "তুমি কি জানো না পবিত্র কুরআনে জ্বীনদের নিয়ে স্পষ্ট বর্ণনা আছে? যারা জ্বীন বিশ্বাস করে না, তারা সরাসরি কুরআন অস্বীকারকারী। তবে কি তুমি নিজেকে কাফের ঘোষণা করতে চাইছো?"

ফারিস একচুলও নড়ল না। সে শান্ত গলায় জবাব দিল, "আমি জ্বীন অস্বীকার করছি না। তারা আল্লাহর সৃষ্টি, তারা মানুষের মতোই পৃথিবীতে থাকে, ইবাদত করে, এটা সত্য। কিন্তু আপনারা যেভাবে জ্বীনদের রিপ্রেজেন্ট

করছেন, তা স্রেফ বিভ্রান্তি আর প্রতারণা। আপনি জ্বীনকে বানিয়ে ফেলেছেন আপনার ক্যাশ বাক্স ভরার মেশিন।"

পীর সাহেব এবার তুরুপের তাস চাললেন, "তবে কি কুরআনে যে চিকিৎসার কথা আছে, কালো জাদু আর জ্বীন থেকে বাঁচার উপায় আছে, সেসবও কি মিথ্যা? তুমি কি রুকিয়া বা কুরআনি চিকিৎসাকে অস্বীকার করছো?"

ফারিস সোজা হয়ে দাঁড়িয়ে বলল, "না, আমি অস্বীকার করছি না। তবে এটা যতটা না আধ্যাত্মিক, তার চেয়ে বেশি সাইকোলজিক্যাল। আমি একটা সহজ প্রশ্ন করি, আপনার এই কালো জাদু বা জ্বীন কেন মার্কাস নেট, গ্যাব্রিয়েল গেট কিংবা নোভা মাস্কদের ধরে না? তারা তো দিনরাত আপনাদের ভাষায় 'নাস্তিকতা' ছড়াচ্ছে, পৃথিবীর মোট সম্পদের প্রায় ৯৫% তাদের হাতে, তবে তাদের ওপর কেন আপনাদের কোনো যাদুর প্রভাব পড়ে না?"

পীর সাহেব গর্জে উঠলেন, "আবারও কুরআন অস্বীকার! তুই কি বলতে চাস কুরআন মিথ্যা?"

ফারিস অবিচল কণ্ঠে উত্তর দিল, "কুরআন সত্য, কিন্তু আপনাদের ব্যাখ্যা বিকৃত। বিষয়টি মূলত মনস্তাত্ত্বিক এবং স্নায়বিক। যখন কাউকে বারবার বোঝানো হয় যে তার ওপর জাদু করা হয়েছে বা জ্বীন আসর করেছে, তখন তার মস্তিষ্ক সেই নেতিবাচক সিগন্যাল গ্রহণ করে এবং সারাক্ষণ তা নিয়ে ভাবাতে থাকে। একে চিকিৎসাবিজ্ঞানের ভাষায় বলা হয় 'নোসিবো ইফেক্ট'। এই নেতিবাচক বিশ্বাস শরীরকে প্রতিনিয়ত অসুস্থ হওয়ার সংকেত পাঠায়, ফলে রোগী মানসিকভাবে ভেঙে পড়ে এবং একসময় সত্যিই শারীরিকভাবে অসুস্থ হয়ে যায়।

পক্ষান্তরে, নোভা মাস্কের মতো ব্যক্তিরা এসবে বিশ্বাস করেন না বলে তারা মানসিকভাবে শক্তিশালী থাকেন। তাদের মস্তিষ্কে এই কাল্পনিক ভয়ের কোনো অস্তিত্ব নেই, তাই কোনো তথাকথিত জাদু বা জ্বীন তাদের স্পর্শও করতে পারে না। তবে এই সুরক্ষার একটি গভীরতর এবং বিজ্ঞানসম্মত দিক রয়েছে যা আমাদের ধর্মেও বর্ণিত।

যিনি নিয়মিত আমল করেন, নামাজ-রোজা ও ইবাদতে মশগুল থাকেন, তার মাঝে একটি প্রবল আত্মবিশ্বাস বা সাবকনশাস কনফিডেন্স তৈরি হয়। তিনি বিশ্বাস করেন যে সৃষ্টিকর্তা তাকে রক্ষা করছেন, তাই কোনো অশুভ শক্তি তার ক্ষতি করতে পারবে না। এই ইতিবাচক মানসিক দৃঢ়তা বা

'প্লাসেবো ইফেক্ট' তার রোগ প্রতিরোধ ক্ষমতা বাড়িয়ে দেয় এবং তাকে ভয়মুক্ত রাখে। ফলে তিনি সত্যিই কোনো অদৃশ্য ক্ষতির শিকার হন না।

এছাড়াও, একজন ধর্মপ্রাণ ব্যক্তি সাধারণত নিয়মিত হালাল খাবার ভক্ষণ করেন, যা তাকে অস্বাস্থ্যকর ও ক্ষতিকর উপাদান থেকে দূরে রাখে। তিনি পাঁচ ওয়াক্ত নামাজ আদায় করেন, যা কেবল ইবাদত নয়, বরং শরীর ও পেশির জন্য একটি চমৎকার নিয়মিত ব্যায়াম। প্রতিদিন ফজরের সময় ঘুম থেকে ওঠায় ভোরের নির্মল ও পবিত্র বাতাস তার শরীরে লাগে, যা ফুসফুস এবং মস্তিষ্কের কার্যকারিতা বৃদ্ধি করে।

নামাজ ও ইবাদতের এই ধরাবাঁধা নিয়ম তার জীবনে একটি সুশৃঙ্খল রুটিন তৈরি করে দেয়, ফলে তার নাস্তা, আহার এবং ঘুম সময়মতো সম্পন্ন হয়। এই সুশৃঙ্খল জীবনযাত্রাই তাকে শারীরিকভাবে সুস্থ ও মানসিকভাবে প্রশান্ত রাখে। মূলত বিশ্বাসের শক্তি আর বিজ্ঞানের এই সমন্বয়ই একজন মুমিনকে সব ধরণের নেতিবাচক প্রভাব থেকে সুরক্ষিত রাখে।

এজন্যই পবিত্র কুরআনে একে 'বিজ্ঞানময় কুরআন' বলা হয়েছে। (সূরা ইয়াসিন, আয়াত ২) এখানে বিশ্বাসের শক্তিকে বিজ্ঞানের যুক্তিতে ব্যবহার করে মানুষকে মানসিক দাসত্ব থেকে মুক্তি দেওয়ার পথ দেখানো হয়েছে। আর আপনারা সাধারণ মানুষের মানসিক দুর্বলতা আর অজ্ঞতাকে পুঁজি করে ধর্ম ব্যবসা করছেন।"

পীর সাহেবের কপাল কুঁচকে গেল। তর্কের এই পর্যায়ে এসে তিনি বুঝতে পারলেন, ফারিস সাধারণ কোনো মুরিদ নয়। তার যুক্তির সামনে দরবারের হাজার বছরের কুসংস্কারের দেয়াল থরথর করে কাঁপছে। মুরিদদের চোখেমুখেও এখন সংশয়ের কালো ছায়া।

পীর সাহেব বুঝতে পারলেন, যুক্তিতে ফারিসকে হারানো অসম্ভব। আর এই যুক্তি যদি সাধারণ মুরিদদের কানে একবার ঢুকে পড়ে, তবে তার দীর্ঘদিনের সাজানো সাম্রাজ্য তাসের ঘরের মতো ভেঙে পড়বে। তিনি হঠাৎ পৈশাচিক এক হাসি দিলেন, যেন কোনো গভীর রহস্য তার জানা আছে।

পীর সাহেব গম্ভীর কণ্ঠে বললেন, "তোর ওই কিতাবি বিদ্যা আর বিজ্ঞানের যুক্তি এই রুহানি জগতে চলবে না রে বাপু! তুই যখন বিশ্বাস করিস না, তখন নিজ চোখেই দেখ এই জ্বীনের তেজ!"

পীর সাহেব হঠাৎ তার আসনের নিচে রাখা একটি তামার পাত্র থেকে কিছু সাদা পাউডার আগুনের কুণ্ডলীতে ছিটিয়ে দিলেন। মুহূর্তের মধ্যে আগুনের শিখা সবুজ রঙ ধারণ করল এবং ঘরজুড়ে এক তীব্র ঝাঁঝালো

গন্ধ ছড়িয়ে পড়ল। তিনি শূন্যে হাত বাড়িয়ে জিকিরের সুরে চিৎকার করে উঠলেন, "হাজির শো! হাজির শো!"

হঠাৎ ঘরের এক কোণে থাকা একটি মাটির কলস কোনো মানুষের স্পর্শ ছাড়াই সশব্দে ফেটে গেল। উপস্থিত মুরিদেরা ভয়ে আর্তচিৎকার করে উঠল। পীর সাহেব এবার ফারিসের দিকে আঙ্গুল তুলে বললেন, "এই যে দেখলি কলস ফাটল, এটাও কি তোর সাইকোলজি? ইহুদি-নাসারাদের বিজ্ঞান কি বলতে পারবে কেন এই কলস ফাটল?"

পীর সাহেব এবার এক ধাপ এগিয়ে এলেন। তিনি একটি খালি কাঁচের গ্লাস হাতে নিয়ে বিড়বিড় করে ফুঁ দিলেন। দেখা গেল, গ্লাসটি ধীরে ধীরে লাল রঙের তরলে ভরে উঠছে, যেন টাটকা রক্ত। মুরিদরা সমস্বরে 'আল্লাহু আকবার' বলে তাকবীর শুরু করল। পীর সাহেব বিজয়ীর বেশে বললেন, "তোর বিজ্ঞান দিয়ে এই রক্ত মুছে দেখা তো দেখি! তোর নোভা মাস্ক কি পারবে শূন্য থেকে রক্ত আনতে?"

ফারিস স্তব্ধ হয়ে তাকিয়ে রইল। সে বুঝতে পারল, পীর সাহেব এখানে হাতের কায়দা আর কেমিক্যাল ট্রিকস ব্যবহার করে 'অলৌকিকত্ব' প্রমাণ করতে চাইছেন।

ফআরিস এগিয়ে গিয়ে গ্লাসটি দেখতে চাইল, কিন্তু পীর সাহেবের ক্যাডাররা তাকে বাধা দিল। পীর সাহেব চিৎকার করে বললেন, "এই নাস্তিক এখন ছোঁবে না! তোর ওপর এখনই আসমানি গজব পড়বে। দেখ তোরা, ও যে যুক্তির কথা বলছে, সেই যুক্তিকে জ্বীনরা কীভাবে পিষে ফেলে!"

পীর সাহেব এবার কিশোরীটির দিকে ফিরে বললেন, "ওই দেখ, বড় জ্বীন রাগ করেছে। মহিষ না দিলে এই নাস্তিকের রক্ত খাবে ও!"

ফারিস বুঝতে পারল, অলৌকিকতার এই ভণ্ডামি এখন এক ভয়াবহ রূপ নিচ্ছে। পীর সাহেব সুকৌশলে কিশোরীটির ওপর নির্যাতনের দায়ভার ফারিসের ওপর চাপিয়ে দেওয়ার চেষ্টা করছেন।

পীর সাহেবের এই 'জাদুকরী' কারিশমা দেখে মুরিদেরা যখন সিজদায় পড়ার উপক্রম, ফারিস তখন তাচ্ছিল্যের হাসি হাসল। সে জানত, এই তথাকথিত অলৌকিকতার আড়ালে লুকিয়ে আছে সস্তা কিছু রাসায়নিক বিক্রিয়া।

পীর সাহেব যখন গ্লাসের 'রক্ত' দেখিয়ে ফারিসকে অভিশাপ দিচ্ছিলেন, ফারিস তখন এক ঝটকায় মুরিদদের বাধা ঠেলে সামনে এগিয়ে এসে ছোঁ মেরে পীর সাহেবের আসন সংলগ্ন সেই পাউডারের কৌটাটি কেড়ে নিল।

ফারিস চিৎকার করে বলল, "সবাই স্থির হয়ে দাঁড়ান! দেখুন আপনাদের পীর সাহেব কীভাবে আপনাদের চোখে ধুলো দিচ্ছে।"

সে পীর সাহেবের দিকে তাকিয়ে বলল, "পীর সাহেব, আগুনের শিখা সবুজ করার জন্য কোনো জ্বীন লাগে না। তামার গুঁড়ো বা কপার সালফেট আগুনে ফেললে শিখা সবুজই হয়। এটা ক্লাস টেনের বিজ্ঞান বইতেও আছে। আর এই যে কলস ফাটালেন? কলসের ভেতর আপনি আগে থেকেই পটাশিয়াম পারম্যাঙ্গানেট আর গ্লিসারিন মিশিয়ে রেখেছিলেন। এই দুইটা জিনিসের বিক্রিয়া শুরু হতে কিছুটা সময় লাগে, আর ঠিক সেই সময়টাতেই আপনি আপনার 'হাজির শো' নাটকটা সাজিয়েছেন!"

পুরো মজমায় এক অস্থির গুঞ্জন শুরু হলো। ফারিস এবার পীর সাহেবের হাতের সেই 'রক্তের গ্লাস'টা কেড়ে নিতে চাইল। পীর সাহেব পিছু হটে চিৎকার করে উঠলেন, "ধর একে! এ অপবিত্র হাত দিয়ে আমার রুহানি দান নষ্ট করছে!"

ফারিস থামল না, সে জোর করে গ্লাসটা নিয়ে পীর সাহেবের সাদা জুব্বায় ঢেলে দিল। দেখা গেল, কাপড়ে পড়ার সাথে সাথেই সেই লাল রঙ উবে যেতে শুরু করেছে। ফারিস অট্টহাসি দিয়ে বলল, "দেখুন সবাই! এটা রক্ত হলে তো দাগ লেগে যেত। এটা আসলে ফেনলফথ্যালিন মেশানো পানি, যা ক্ষারীয় দ্রবণের সংস্পর্শে এলে লাল হয় আর বাতাস লাগলে উবে যায়। আপনার এই অলৌকিক রক্ত তো স্রেফ ম্যাজিক শোর কেমিক্যাল!"

পীর সাহেবের মুখ মুহূর্তেই ফ্যাকাশে হয়ে গেল। তার দীর্ঘদিনের সাজানো রাজত্ব আজ এক তুড়ি মেরে উড়িয়ে দিচ্ছে এই যুবক। মুরিদদের মধ্যে যারা একটু সচেতন ছিল, তাদের চোখেমুখে সন্দেহের রেখা দেখা দিল।

ফারিস এবার সেই কিশোরীর বাবার দিকে ঘুরে দাঁড়াল। "চাচা, এখনো সময় আছে চোখ মেলুন। আপনার মেয়ে জ্বীনগ্রস্ত নয়, সে অসুস্থ। আর এই পীর কোনো অলি নয়, সে একজন ধূর্ত কেমিস্ট আর খুনি। আপনার ৩টি মহিষ দিয়ে সে ভোজ করবে, আপনার মেয়ের চিকিৎসা হবে না।"

পীর সাহেব বুঝতে পারলেন পরিস্থিতি হাতের বাইরে চলে যাচ্ছে। তিনি তার খাস ক্যাডারদের দিকে ইশারা করলেন। তাদের হাতে থাকা লাঠি আর রামদাগুলো এবার ফারিসের দিকে তাক করা হলো। পীর সাহেব হিসহিস করে বললেন, "অনেক জেনে ফেলেছিস তুই। আজ এই দরবার থেকে কোনো নাস্তিক জ্যান্ত ফিরবে না।"

দরবারের গেট বন্ধ করে দেওয়া হলো। ফারিস বুঝল, যুক্তির লড়াই শেষ, এখন শুরু হতে যাচ্ছে প্রাণের লড়াই।

পীর সাহেবের ইশারায় মুহূর্তের মধ্যে দরবারের শান্ত পরিবেশ এক নরককুণ্ডে পরিণত হলো। "ধর ওকে! টুকরো টুকরো করে ফেল নাস্তিকটাকে!" পীরের কর্কশ চিৎকারের সাথে সাথে উম্মাদ মুরিদ বাহিনী রামদা আর লাঠি নিয়ে ফারিসের ওপর ঝাঁপিয়ে পড়ার উপক্রম করল।

পিছু হটতে হটতে দরবারের একটি দেয়ালের সাথে ফারিসের পিঠ ঠেকে গেল। চারদিকে ঘিরে ধরা হিংস্র চোখগুলো তাকে গ্রাস করতে চাইছে। ঠিক সেই চরম মুহূর্তে ফারিসের মস্তিষ্কে এক প্রচণ্ড ঝিঁঝিঁ শব্দ শুরু হলো। তার চোখের সামনে দরবারের দৃশ্যগুলো ঝাপসা হয়ে আসতে লাগল। কয়েক সেকেন্ডের জন্য সে নিজের পরিচয় নিয়ে দ্বিধায় পড়ে গেল। তার মনে হলো সে এই যুগের কেউ নয়, সে আসলে শাকিল, যে এক হাজার বছর পরের পৃথিবী অর্থাৎ ১০০০ সাল থেকে এক বিশেষ মিশনে এই সময়ে এসেছে। তার সত্তা আর বর্তমানের এই 'ফারিস' চরিত্রটি একে অপরের সাথে মিলেমিশে একাকার হয়ে যাচ্ছে।

শাকিল যখন মৃত্যুভয়ে কুঁকড়ে যাচ্ছিল, তখন সে ভুলেই গিয়েছিল যে তার পেছনে এক অদৃশ্য শক্তি কাজ করছে। কিন্তু রনিতা কিছুই ভোলেনি।

বর্তমান সময়ের ল্যাবরেটরিতে বসে রনিতা অতি-উন্নত মনিটরে শাকিলের প্রতিটি পালস রেট আর নিউরন সিগন্যাল পর্যবেক্ষণ করছিল। যখনই সে দেখল পীর সাহেবের মুরিদ বাহিনীর রামদা শাকিলের ঘাড়ের ঠিক কয়েক ইঞ্চি দূরে, তখনই সে কি-বোর্ডে দ্রুত হাতে কমান্ড টাইপ করল।

"শাকিল, মিশন অ্যাবোর্ট! ফিরে এসো!" রনিতার কণ্ঠ শাকিলের মস্তিষ্কের চিপে প্রতিধ্বনিত হলো।

পরক্ষণেই দরবারের সেই বন্ধ ঘরে এক অদ্ভুত নীলাভ আলোর বিচ্ছুরণ ঘটল। মুরিদরা যখন কোপ দেওয়ার জন্য অস্ত্র তুলল, তারা অবাক হয়ে দেখল সেখানে কেউ নেই। শূন্য বাতাসে মিলিয়ে গেছে সেই যুবক।

এক পলকে শাকিল নিজেকে আবিষ্কার করল একটি কাঁচের ক্যাপসুলের ভেতর। তার শরীর থেকে ডজন খানেক ইলেকট্রোড আর তার খুলে নেওয়া হচ্ছে। রনিতা দৌড়ে এসে ক্যাপসুলের দরজা খুলল। শাকিল হাপাচ্ছিল, তার চোখেমুখে তখনও ১০০০ বছর আগের সেই পৈশাচিক দরবারের আতঙ্ক।

রনিতা তার কাঁধে হাত রেখে শান্ত কণ্ঠে বলল, "শান্ত হও শাকিল। তুমি এখন সুস্থ। তুমি আর ফারিস নও, তুমি ১০০০ সালের পৃথিবীতে ফিরে এসেছ। ওই ভণ্ডামির জগত থেকে তোমাকে বের করে আনা হয়েছে।"

শাকিল চারপাশের উন্নত প্রযুক্তি আর শান্ত পরিবেশের দিকে তাকিয়ে দীর্ঘশ্বাস ফেলল। কিন্তু সেই দীর্ঘশ্বাসটা যেন পুরোপুরি তার নিজের ছিল না। বুকের ভেতর কোথাও আরেকটা শ্বাস ওঠানামা করছিল। ভারী, ক্লান্ত, ক্ষতবিক্ষত।

তার মাথার ভেতর হঠাৎ ঝলকে উঠল ছিন্নভিন্ন কিছু দৃশ্য। ধূপের ধোঁয়ায় ঢেকে থাকা অন্ধকার দরবারঘর, মাটিতে পাতা জাজিম, উন্মত্ত মানুষের গাদাগাদি ভিড়, মাঝখানে কাঁপতে থাকা এক কিশোরীর আতঙ্কিত চোখ, পেছন থেকে ভেসে আসা পীরের কর্কশ নির্দেশ, আর দরবারের বাইরে মহিষের দড়ি ধরে পাগলের মতো ছুটে চলা এক অসহায় বাবা।

শাকিল চোখ বন্ধ করল। কিন্তু চোখ বন্ধ করতেই দৃশ্যগুলো আরও স্পষ্ট হয়ে উঠল।

সে বুঝতে পারল এগুলো স্মৃতি নয়, আবার সম্পূর্ণ তার নিজেরও নয়। ক্রোনো-ডাইভ থেকে ফেরার পর থেকেই তার স্নায়ুর ভেতর কোথাও যেন 'ফারিস' নামের সেই মানুষটার অনুভূতি জমাট বেঁধে আছে। কখনো কখনো সে নিজের ভাবনা আর ফারিসের অনুভূতির মধ্যে পার্থক্য করতে পারছে না।

ঠিক তখনই তার কানে ভেসে এল একটি ফিসফিস কণ্ঠ,

"তুমি মেয়েটির জন্য কিছুই করলে না..."

শাকিল হঠাৎ চোখ মেলে চারদিকে তাকাল। কেউ নেই।

কিন্তু সে জানে, এই কণ্ঠ তার বাইরের নয়। আবার ভেতরেরও নয়। এই কণ্ঠ ফারিসের।

সে ঠোঁট শুকিয়ে আসা কণ্ঠে রনিতার দিকে তাকিয়ে বলল,

"মেয়েটাকে কি ওরা মেরে ফেলল, রনিতা? আমি চোখের সামনে ওর ওপর ওই পৈশাচিকতা হতে দেখলাম, কিন্তু কিছুই করতে পারলাম না। জানো, আমার মনে হচ্ছে ফারিস এখনও ওই উঠোনে দাঁড়িয়ে আছে, হয়তো দাঁড়িয়ে নেই। হয়তো প্রতিবাদ করার অপরাধে পীরের লোকজন তাকে সেখানেই মেরে ফেলেছে। আর যদি বেঁচেও থাকে, তবে এখনও শুনছে মেয়েটির সেই চিৎকার।"

তার গলা ভারী হয়ে এলো।

ওই নিরপরাধ কিশোরীটির জন্য আমার বুকটা ফেটে যাচ্ছে। ইতিহাস কি তবে এভাবেই ভণ্ডামির কাছে পরাজিত হয়ে থাকবে?

রনিতা ধীরে ধীরে হাত বাড়িয়ে শাকিলের কপালে জমে থাকা ঠান্ডা ঘাম মুছে দিল। তার স্পর্শে একধরনের স্থিরতা থাকলেও চোখে ছিল গভীর উদ্বেগ।

সে শান্ত স্বরে বলল,

"শাকিল, তুমি এখনো পুরোপুরি ফিরে আসোনি। তোমার নিউরাল সিঙ্ক ভেঙে গেছে। ফারিসের স্মৃতির কিছু অংশ তোমার আবেগীয় স্তরে আটকে আছে।"

একটু থেমে সে আরও নরম কণ্ঠে বলল,

"ওটা অতীত, একটা মৃত ইতিহাস। আজ থেকে এক হাজার বছর আগের ওই কিশোরী, ওই পীর, ওই দরবার, সবই ধুলোয় মিশে গেছে। তাদের কেউই আজ আর বেঁচে নেই।"

শাকিল ধীরে মাথা নাড়ল, কিন্তু চোখে আগুন। রনিতার দিকে তাকিয়ে বলল, "এমন নিষ্ঠুরতা মানুষ কীভাবে সয়ে নিত? কীভাবে এটাকে ধর্ম বলে বিশ্বাস করত? কীভাবে একটা সমাজ একসাথে অন্ধ হয়ে যেতে পারে?"

রনিতা দীর্ঘশ্বাস ফেলে বলল,

"নিষ্ঠুরতা আসলে আপেক্ষিক বিষয়, শাকিল। সময়ের সাথে এর সংজ্ঞা বদলে যায়। তোমার-আমার চোখে যেটা আজ পৈশাচিক, তখনকার ওই সমাজের কাছে সেটাই ছিল স্বাভাবিক। তারা অন্ধকারে বাস করত, তাই অন্ধকারকেই আলো ভাবত। আমরা বর্তমান থেকে অতীতকে বিচার করতে পারি, কিন্তু পরিবর্তন করতে পারি না।"

শাকিল স্তব্ধ হয়ে বসে রইল।

রনিতার যুক্তি নিখুঁত। কিন্তু যুক্তি হৃদয়ের ক্ষত সারায় না। তার বুকের ভেতর তখনও ফারিস নামের সেই সত্তাটি যন্ত্রণায় কাতরাচ্ছিল। মনে হচ্ছিল দুটো সময়, দুটো মানুষ, দুটো স্মৃতি একসাথে তার মস্তিষ্কের ভেতর জায়গা দখল করে আছে।

সে বুঝতে পারল শারীরিকভাবে সে বর্তমানে ফিরে এসেছে, কিন্তু মানসিকভাবে তার এক অংশ এখনও আটকে আছে ২০২৪ সালের সেই রক্তমাখা উঠোনে।

রনিতা তাকে থামাতে চাইল। কিন্তু শাকিল আর কোনো নিষেধ মানল না।

সেই কিশোরীর আর্তনাদ, মহিষ নিয়ে ছুটে যাওয়া বাবার উন্মত্ত চিৎকার, আর ইতিহাসের অমীমাংসিত প্রশ্নগুলো তাকে তাড়িয়ে বেরাচ্ছে প্রতিনিয়ত।

সে জানে, এই প্রশ্নের উত্তর না খুঁজে সে শান্তি পাবে না। আর তাই, কোনো দ্বিধা ছাড়াই, সে আবারও নিজেকে সমর্পণ করল ক্রোনো-ক্যাপসুলের অন্ধকারে।

লক্ষ্য, ২০২৪ সালের শেষ ভাগ।

যখন শাকিল তৃতীয় বারের মতো অতীতে গিয়ে চোখ মেলল, তার নাকে এল হালকা হিমেল হাওয়ার সাথে ধুলো আর সস্তা আতরের গন্ধ। ২০২৪-এর শেষ দিক, সবেমাত্র শীত নামতে শুরু করেছে। চারদিকে বিশাল সব প্যান্ডেল, মাইকের উচ্চকিত আওয়াজ আর ওয়াজ মাহফিলের উন্মাদনা। শাকিল ভিড়ের মধ্যে মিশে গিয়ে এক বিশাল মাহফিলে প্রবেশ করল। স্টেজে বসা বক্তার কণ্ঠ প্রতিধ্বনিত হচ্ছে। আলোচনার বিষয়: 'বিটকয়েন'।

শাকিল মনে মনে হাসল। সে নিশ্চিত ছিল, একটু পরেই বক্তা বিটকয়েনকে 'দাজ্জালের মুদ্রা' কিংবা 'হারাম' ফতোয়া দিয়ে তুলাধোনা করবেন। কিন্তু স্পিকারের আওয়াজ কানে আসতেই সে চমকে উঠল। বক্তা বলছেন, "বিটকয়েনকে শুধু মন্দ চোখে দেখলে চলবে না। এটি পরবর্তী প্রজন্মের মুদ্রা, ডিজিটাল সম্পদ, এবং এক নতুন আর্থিক বিপ্লব। এই প্রযুক্তির গাণিতিক মাহাত্ম্য বুঝতে হবে। এই ব্যপারে গভীর জ্ঞান আহরণ করা এখন আমাদের জন্য আবশ্যক, যাতে আমরা পিছিয়ে না পড়ি।"

শাকিল স্তম্ভিত! ২০২৪ সালের এক প্রত্যন্ত অঞ্চলের মাহফিলে এমন আধুনিক এবং প্রগতিশীল বক্তব্য? তার যুক্তিবাদী মন কিছুতেই মেলাতে পারছিল না। মাহফিল শেষ হলো। শাকিল বিভ্রান্ত মনে ধীরপায়ে কুয়াশাচ্ছন্ন নির্জন রাস্তা দিয়ে বাড়ির দিকে রওনা দিল।

হঠাৎ পেছন থেকে এক চেনা ছন্দের কণ্ঠস্বর ভেসে এল, "ফারিস ভাই! ও ফারিস ভাই, শুনুন..."

শাকিল থমকে দাঁড়াল। পেছনে তাকিয়ে দেখল, মাহফিলের সেই তরুণ বক্তা তার দিকে এগিয়ে আসছে। বক্তা কাছে এসে শাকিলের বিমূঢ় চোখের দিকে তাকিয়ে এক রহস্যময় হাসি হাসলেন। তারপর নিচু স্বরে বললেন, "কি ভাবছিলে ফারিস ভাই? আমি গতানুগতিক ধারায় বিটকয়েনকে হারাম ফতোয়া দিয়ে হাততালি নিব? হাহা!"

বক্তা শাকিলের কাঁধে হাত রাখলেন। স্পর্শটা অস্বাভাবিক উষ্ণ, অথচ শীতলও। যেন সময়ের বাইরে থাকা কোনো সত্তার ছোঁয়া। তিনি ফিসফিস

করে বললেন, "অবাক হওয়ার কিছু নেই। তুমি যেমন ২০২৫-এর ধ্বংসলীলা দেখতে এসেছ, আমিও তোমার মতোই একজন। সময়ের এই খেলায় তুমি একাই দাবার ঘুঁটি নও!"

কুয়াশার চাদরে ঢাকা সেই নিস্তব্ধ রাতে শাকিলের পায়ের নিচ থেকে যেন মাটি সরে গেল। সে বুঝতে পারল, যে ইতিহাসকে সে ধ্রুব সত্য ভেবেছিল, সেখানে তার মতো আরও অনেকেই ছদ্মবেশে ভিন্ন কোনো উদ্দেশ্য নিয়ে ঘুরে বেড়াচ্ছে। ১০০০ সালের ল্যাবে বসে থাকা রনিতা কি এই অনুপ্রবেশকারীর খবর জানে? নাকি এই টাইম-লুপের ভেতরেই লুকিয়ে আছে আরও ভয়ংকর কোনো সত্য?

বক্তার হাত তখনও শাকিলের কাঁধে রাখা। শাকিল ধীরে গলা খুলল,

"আপনি আসলে কে?"

বক্তা মৃদু হাসলেন।

"তোমার মতোই একজন পথিক। তবে তুমি ইতিহাস দেখতে এসেছ, আর আমি এসেছি ইতিহাস শুরু করতে।"

শাকিলের বুকের ভেতর ধক করে উঠল।

"ইতিহাস! শুরু করতে?"

বক্তার চোখ দুটো কুয়াশার আলোয় অদ্ভুত দীপ্তিতে জ্বলছে।

তিনি ধীরে ধীরে বললেন,

"২০২৫ সালের ধ্বংস, যেটাকে তুমি 'মানবজাতির পাপের ফল' বলে মনে করো। সেটা পুরোপুরি স্বতঃস্ফূর্ত ছিল না। কেউ একজন প্রথম ডোমিনোটা ঠেলে দিয়েছিল।"

শাকিল থমকে গেল।

"কে?"

বক্তা ঝুঁকে এলেন। ফিসফিস কণ্ঠে বললেন,

"তুমি।"

শব্দটা কুয়াশার মধ্যে যেন ছুরি হয়ে কেটে গেল।

শাকিল তীব্র প্রতিবাদে বলে উঠল,

"অসম্ভব! ফারিস সভ্যতাকে বাঁচাতে চেয়েছিল। সে মানুষকে সতর্ক করতে চেয়েছিল, ধ্বংস করতে নয়!"

বক্তা মাথা নেড়ে ধীরে বললেন,

"হ্যাঁ, সে চেয়েছিল বাঁচাতে। কিন্তু ইতিহাসে সবচেয়ে ভয়ংকর ধ্বংসগুলো অনেক সময় 'রক্ষা করার প্রয়াস' থেকেই শুরু হয়।"

শাকিল স্তব্ধ।

বক্তা আবার বললেন,

"তুমি যাকে ২০২৪-এর ফারিস মনে করেছ, সে আসলে ওই সময়ের মানুষ নয়। সে এসেছিল নব সভ্যতার ২০০০ সাল থেকে। মানে, তোমাদের বর্তমানের থেকেও এক হাজার বছর এগিয়ে থাকা এক পৃথিবী থেকে।"

শাকিলের শ্বাস আটকে গেল।

"কি বলছেন আপনি? তাহলে সে কি ভবিষ্যৎ থেকে এসেছিল?"

"হ্যাঁ," বক্তা বললেন, "এবং সে একা ছিল না। তাদের প্রযুক্তি তোমাদের ১০০০ সালের সভ্যতার থেকেও বহু দূর এগিয়ে। সময় তাদের কাছে শুধু অতীত বা ভবিষ্যৎ নয়। সময় তাদের কাছে একটি সম্পাদনাযোগ্য ফাইল।"

শাকিলের মাথা ঝনঝন করতে লাগল।

"কিন্তু, তাহলে কেন সে ২০০০ সাল থেকে দুই হাজার বছর পেছনে এসে ২০২৫-এর ধ্বংসের সূত্রপাত করবে?"

বক্তা এবার দীর্ঘশ্বাস ফেলে বললেন,

"এই প্রশ্নের উত্তর অতীতে নেই, ভবিষ্যতে আছে। ২০২৫ এর ধ্বংস কোনো আকস্মিক ঘটনা ছিল না। এটা ছিল কিছু পরিকল্পিত সিদ্ধান্তের চূড়ান্ত ফল। সেই সিদ্ধান্তের পেছনে যে প্রয়োজন, যে ত্যাগ লুকিয়ে আছে, তা বুঝতে হলে তোমাকে যেতে হবে আরও সামনে।"

"কত সামনে?"

বক্তার ঠোঁটে রহস্যময় হাসি।

"নব সভ্যতার ২০০০ সাল, যেখানে ইতিহাস লেখা হয় না, সম্পাদনা করা হয়।"

শাকিল কাঁপা গলায় বলল,

"আমি যাব... আমি জানতে চাই সত্যটা।"

বক্তা মাথা নাড়লেন ধীরে।

"এখনও পারবে না। তোমাদের প্রযুক্তি কেবল অতীত ভেদ করতে পারে, ভবিষ্যৎ নয়। ভবিষ্যৎ সবসময় নিজেকে লুকিয়ে রাখে, যতক্ষণ না সে নিজে প্রকাশ হতে চায়।"

কুয়াশা ঘন হয়ে এলো।

বক্তার অবয়ব ধীরে ধীরে ঝাপসা হয়ে গেল কুয়াশায়। মিলিয়ে যাওয়ার আগে তিনি শেষবার বললেন,

"যেদিন ভবিষ্যতের দরজা খুলবে, সেদিন তুমি জানবে, ফারিস পৃথিবীকে এমন এক ধ্বংসের দিকে ঠেলে দিয়েছিল, যেখান থেকে জন্ম নিয়েছে তোমাদের এই সভ্যতা।"

শাকিল দাঁড়িয়ে রইল একা।

তার মনে তখন একটাই প্রশ্ন প্রতিধ্বনিত হচ্ছিল,

ধ্বংসটা কি সত্যিই পাপ ছিল?

নাকি কোনো বৃহত্তর পুনর্জন্মের পূর্বনির্ধারিত সংকেত?

সভ্যতা কি ভেঙে পড়েছিল মানুষের ব্যর্থতায়? নাকি ভেঙে ফেলা হয়েছিল আরও উন্নত এক সভ্যতার জন্ম দিতে? আর কুয়াশার আড়ালে মিলিয়ে যাওয়া সেই রহস্যময় বক্তা আসলে কে? সে কি কেবল সময়ের এক পথিক ছিল? নাকি নব সভ্যতার ২০০০ সাল থেকে আগত সেই অদৃশ্য স্থপতিদেরই একজন, যারা সময় ভ্রমণ করে না, সময় সম্পাদনা করে?"

চলবে...

www.ingramcontent.com/pod-product-compliance
Lightning Source LLC
LaVergne TN
LVHW040446051026
849517LV00002B/770
* 9 7 8 9 8 4 3 5 8 7 2 7 5 *